BIOHAZARD

BIOHAZARD

바이오하자드

제우미디어

프롤로그

1998년 7월 24일자 「라쿤 타임스」
스펜서 저택, 대폭발로 파괴되다

목요일 새벽 2시 경, 빅토리 호수 인근 주민들은 라쿤 숲 북서쪽을 강타한 폭발성 소음에 잠에서 깼다. 버려진 스펜서 저택을 휩쓴 불길이 저택 지하에 보관되어 있던 화학약품에까지 옮겨붙어 폭발했기 때문이다. 라쿤 시티에서 벌어진 일련의 연쇄살인 사건으로 숲 주변에는 경찰 바리케이드가 설치되어 있어 소방차의 현장 접근이 지체되었고 저택 전체가 소실되고 말았다. 3시간 가까이 거센 불길과 사투를 벌였지만 31년 된 저택 및 고용인 숙소가 완전히 전소되었다.

유럽의 귀족이자 세계적인 제약회사 엄브렐러의 창업주 중 한 명인 오스웰 스펜서 경이 지은 이 저택은 엄브렐러의 고위층 손님들을 위한 숙소로 지어졌다. 하지만 유명 건축가인 조지 트레버의 설계가 무색하게 완공 뒤 얼마 되지 않아 폐쇄되었다. 엄브렐러 사의 대변인 어맨다 휘트니에 따르면 저택 중 일부는 엄브렐러에서 사용하는 산업용 세정제와 화학약품을 보관하는 데 쓰였다고 한다. 어제 발표된 성명을 통해 엄브렐러 사는 이 안타까운 사고에 대해 책임을 통감한다고 밝혔으며, "우리 측의 중대한 과실이다. 이 화학약품은 오래전에 스펜서 저택에서 처리했어야 했다. 민간인 사상자가 없어 매우 다행스럽게 생각한다."고 전했다.

현재 화재의 원인은 밝혀지지 않았으나 엄브렐러 사에서 조사관을 파견하여 잔해를 샅샅이 조사해 발화점을 찾겠다고 덧붙였다.

1998년 7월 29일자 「라쿤 위클리」
스타스, 살인 사건 수사에서 제외되다

전일 기자회견에서 시 관계자가 밝혔듯, 스타스(특수전술 및 구조 임무) 라쿤 지부가 지난 10주 동안 일어났던 아홉 건의 잔혹한 살인 사건과 다섯 건의 실종 사건의 수사에서 공식적으로 제외되었다. 시의회 의원 에드워드 와이스트는 이 같은 내용이 담긴 성명을 발표하면서 스타스가 배제된 가장 큰 이유로 무능력을 꼽았다.

스타스가 지난주 이 사건에 투입되면서 시작한 첫 번째 활동이 일명 '식인 살인자'들을 찾아 숲의 북서쪽 지역을 수색하는 것이었음을 독자들은 기억할 것이다. 와이스트 의원은 헬리콥터 한 대가 추락하고, 스타스 지부장 앨버트 웨스커 대위를 포함해 열한 명의 대원들 중 총 여섯 명이 목숨을 잃는 대참사로 끝난 그들의 임무 실패가 바로 '프로답지 못한 행실' 때문이었다고 밝혔다.

"스타스가 라쿤 숲 수색에 실패한 시점부터 수사권을 라쿤 경찰에 넘기기로 결정했습니다. 스타스 대원들이 수색에 앞서 마약과 술을 남용했다는 신빙성 있는 증거가 입수되어 그들의 참여를 무기한 정지시켰습니다."

와이스트 의원 외에도 새라 제이컵슨(해리스 시장 대변인)과 경찰국장 J. C 워싱턴이 함께 성명을 발표하고 기자들의 질문에 답했다. 브라이언 아이언스 경찰서장과 생존한 스타스 대원들의 입장은 들을 수 없었다.

1998년 8월 3일자 「시티사이드」
저택의 화재는 사고로 판명

소방 당국은 엄브렐러 사에서 파견한 ISD(산업서비스부)와 협조하여 철저한 조사 끝에, 엄브렐러 사 소유의 스펜서 저택에서 지난달 하순 발생한 화재는 신원을 파악할 수 없는 누군가의 부주의 때문이라고 전일 기자회견에서 발표했다. ISD 팀장 데이비드 비스코프는 다음과 같이 말했다. "누군가가 저택의 방 한 곳에서 모닥불을 피우려다 불이 번진 것으로 보입니다. 방화나 여타의 범죄 행위와 연관 지을 수 있는 증거는 발견하지 못했습니다." 이어서 화재와 폭발로 인해 저택과 주변 부동산이 모조리 파괴되었지만 사상자가 발생한 흔적은 없다고 덧붙였다.

기자회견장에는 라쿤 경찰서의 브라이언 아이언스 서장도 참석했는데, 이 화재가 도시를 괴롭히던 살인 및 실종 사건과 연관이 있느냐는 질문에 현 단계에서는 아무것도 확신할 수 없다고 대답했다. "지금 시점에서 저의 발언은 모두 추측에 불과합니다. 다만 화재가 있던 날 밤 이후 현재 살인이 멈췄다는 사실로 보아 살인자들이 그곳에서 은신 중이었는지도 모릅니다. 그자들이 라쿤 시티를 떠났기를, 그리고 빠른 시일 내에 체포되기를 바랄 뿐입니다."

　아이언스 서장은 짧은 기간 동안 함께했던 스타스 대원들의 위법 행위에 관한 질문에 대해서는 답변을 거부했다. 단지 시의회의 결정에 동의하며 징계처분을 고려 중이라고만 답했다.

제1장

레베카 체임버스는 산악자전거를 타고 사이더 지구의 어둡고 구불거리는 길을 따라 달렸다. 머리 위의 따뜻하고 맑은 밤하늘에서는 늦여름의 달이 점점 커지고 있었다. 비교적 이른 시간이었지만 교외의 거리는 한적했다. 도시 전체에 내려진 통행금지령이 아직 유효했기 때문이다. 살인자들이 체포되어 법의 심판을 받기 전까지 18세 미만의 미성년자는 해가 진 뒤 집 밖을 돌아다녀서는 안 된다. 긴장감이 감도는 조용한 여름이 끝나가고 있었다. 적어도 겉으로 보기에는 말이다.

그녀는 조용한 집들을 빠르게 지나쳤다. 텔레비전의 희미한 빛이 잘 가꿔진 잔디밭 너머로 새어 나왔다. 바람을 가르며 달려가는 그녀의 귀에 들리는 것이라고는 멀리서 울어대는 귀뚜라미 소리와 개가 짖어대는 소리뿐이었다. 여전히 불안에 떠는 라쿤 시민들은 잠긴 문 뒤에 숨어서 살인자들이 체포되었으니 이 도시는 다시 안전해졌다는 발표만 기다리고 있었다.

'다들 진실을 알게 되면 어떻게 될까.'

잠시나마 레베카는 아무것도 모르는 그들이 부러워졌다. 지난 2주 동안 그녀는 진실을 안다는 것이 생각만큼 대단치 않다는 사실을 깨닫고 침울한 상태였다. 게다가 아무도 믿지 않는 진실이기에 더더욱.

스펜서 저택의 악몽 이후 길고 냉혹한 13일이 흘렀다. 배신과 죽음을 딛고 살아남은 스타스 대원들이 진실을 밝히려 했을 때, 그들을 맞이한 건 경멸 가득한 불신의 벽뿐이었다. 지역신문에서는 질, 크리스, 배리, 레베카에게 마약중독자라는 낙인을 찍었다. 물론 엄브렐러의 입김이 있었을 것이다. 거기다가 정직을 당한 이후에는 라쿤 경찰마저 더 이상 그들을 믿지 않았다. 아마도 엄브렐러가 화재 수사를 도맡은 지금, 남은 증거들마저 모조리 없애고 있을 것이다. 스타스 대원들이 고개를 돌리는 곳마다 엄브렐러가 미리 조치를 취해 누구도 그들의 이야기에 귀 기울이지 않도록 손을 쓰는 것 같았다.

'당연한 일인지도 모르지. 세상에서 가장 크고 존경받는 제약회사잖아. 라쿤 시티의 주된 소득원인 건 말할 필요도 없고. 그런 회사가 비밀 실험실에서 생물학무기를 연구하다가 괴물들을 만들어냈다라…… 나 같아도 미쳤다고 생각했을 거야.'

적어도 최악의 상황은 지나갔다. 실험실이 파괴되고 라쿤 시민을 향한 공격도 멈췄다. 아직 사건 용의자를 체포하진 못했지만 레베카는 시간문제라고 믿었다. 엄브렐러는 위험천만한 바이러스를 이용해 실험하고 있었고, 스타스의 수사망으로부터 그 죄상을 숨기지는 못할 것이다. 그녀와 다른 대원들은 그저 본부에서 지원군을 보낼 때까지 숨죽인 채 기다리며 몸을 사리면 된다.

'지원군 이야기가 나와서 말인데, 아얏!'

차고 있던 총집이 그녀의 갈비뼈를 찔렀다. 레베카는 얇은 티셔츠 위로 총집을 매만지며 하루 24시간 무기를 소지하는 일도 오늘 밤이 마지막이기만을 빌었다. 그 총은 배리가 빌려준 38구경 리볼버였다. 다른 사람들은 어떤지 모르겠지만 그녀는 스펜서 저택을 탈출한 이후 밤잠을 제대로 자본 적이 없었다. 게다가 늘 무장한 채로 지내는 건 그녀가 생각하는 안전과 거리가 멀었다.

레베카는 속으로 한숨을 쉬며 포스터 가에서 왼쪽으로 방향을 틀어 배리의 집을 향해 그림자를 뚫고 달렸다. 배리가 갑작스레 회의를 소집한 것으로 보아 본부로부터 어떤 지시를 받은 게 틀림없으리라. 배리는 '새로운 국면'에 접어들었다고 말하면서 최대한 빨리 자신의 집으로 모이라고 했다. 레베카는 지나친 상상력을 자제하려 애쓰면서도 배리의 전화를 받은 후로 내내 몸속 깊은 곳에서 두근거리는 일말의 흥분을 감출 수 없었다.

'브리핑을 하라고 뉴욕으로 오라는 걸지도 몰라. 아니면 엄브렐러 본사를 치기 위해 직접 유럽까지 오라고 할지도 모르지.'

어디로 보내지든 라쿤에 가만히 있는 것보다는 나을 것 같았다. 누군가 공격해 오진 않을까 전전긍긍하면서 지내는 게 점점 괴로워지고 있었다. 크리스는 스타스 대원들에게 집중된 세간의 관심이 사라질 때까지 엄브렐러가 잠자코 기다리는 것이라고 생각했다. 그

건 하나의 가설에 불과했지만 그렇다고 안심하고 잠들 수 있는 건 아니었다. 겁쟁이 브래드 비커스는 압박감을 견디지 못해 고작 이틀 만에 이곳을 떠났다. 질과 크리스, 배리는 입을 모아 브래드의 비겁한 행위를 비난했지만 레베카는 브래드의 선택이 옳았을지도 모른다는 생각이 들기 시작했다. 그렇다고 엄브렐러가 아무 처벌도 받지 않은 채 이대로 사건이 덮이기를 바라는 건 아니었다. 그들의 실험이 도덕적으로 비난받아 마땅하고 불법이라는 사실에는 의심의 여지가 없다. 하지만 스타스 본부에서 지원군을 보내기 전까지 라쿤 시티에 머무는 것은 위험하기 짝이 없는 행동이다.

'하지만 오늘 밤 이후로는 달라지겠지. 조금만 더 기다리면 모든 게 끝날 거야. 총을 차고 다닐 일도, 문을 꼭꼭 걸어 잠그는 일도, 엄브렐러가 진실을 아는 우리에게 무슨 짓을 할지 걱정할 필요도 없게 될 거야.'

사건에 대한 보고서를 처음 올렸을 때 뉴욕의 상사들은 일단 대기하라고만 했다. 부국장 커츠는 자신이 직접 조사해서 결과를 알려주겠다고 약속까지 했었다. 그 이후 11일이 지났건만 아무 소식도 없었다. 그녀는 브래드처럼 비겁하게 도망칠 생각은 추호도 없었지만 갈빗대를 찌르는 총집의 느낌이, 깨어 있는 매 순간 옆구리에서 느껴지는 총의 서늘한 무게가 점차 싫어지기 시작했다. 애초에 그녀는 화학 연구를 하고자 스타스에 들어온 것 아닌가.

'지원군이 온 후에 어쩌면 나를 연구실로 옮겨주고 그 바이러스를 연구하게 해줄지도 몰라. 난 원래 브라보 팀이었잖아. 날 다른 부서로 보낼 리가 없다고.'

그것이야말로 그녀의 재능을 가장 잘 활용하는 방법임에는 틀림 없었다. 다른 대원들은 경험 많은 군인이었지만 레베카는 스타스에 합류한 지 겨우 5주밖에 되지 않았다. 팀의 절반이 목숨을 잃고, 살아남은 사람들이 엄브렐러의 비밀을 알게 된 바로 그 임무가 그녀에게 주어진 첫 번째 임무 아니었던가. 이후 그녀는 바이러스의 분자 구조를 복습하고 T-바이러스의 복제 전략이 무엇인지 알아내기 위해 애쓰며 많은 시간을 보냈다. 스타스에 지금 당장은 현장 응급처치 전문가가 필요치 않았다. 그들에게 필요한 건 과학자였다. 그리고 레베카가 스펜서 저택에서의 경험을 통해 배운 것이 있다면 그녀의 자리는 연구실이라는 사실이었다. 그날 밤 다른 이들에게 짐이 되지 않고 혼자 힘으로 살아남는 데는 성공했다. 하지만 T-바이러스를 연구하는 것이 엄브렐러 사의 죄를 폭로하는 데 있어 자신이 가장 잘할 수 있는 직무임을 알고 있었다.

'그리고 솔직히 말해서 T-바이러스에 완전히 매료됐잖아. 아직까지 세상에 알려지지 않은 돌연변이 유발 요인을 연구할 기회이고, 무엇이 그걸 움직이게 만드는지 알아낼 기회잖아. 이거야말로 나를 움직이게 만드는 진짜 이유 아니겠어?'

뭐, 자신의 일을 즐기는 것이 부끄러운 일은 아니지 않는가. 그녀가 스타스에 들어온 건 바로 그런 기회를 잡을 수 있을지도 모른다는 희망 때문이었다. 그리고 운이 따라주기만 한다면 오늘 밤 소집 이후 바로 가방을 싸서 라쿤 시티를 벗어나게 될지도 모른다. 스타스의 생화학자라는 새로운 삶을 시작하면서 말이다.

레베카는 블록 끝에 있는 연노란색으로 칠해진 거대한 빅토리안

양식의 2층집 앞에 멈춰 섰다. 그리고 수상한 것이 없는지 사방을 둘러본 뒤에야 자전거에서 내렸다. 배리의 집은 나무가 겹겹이 우거진 광활한 공원 바로 옆에 있었다. 몇 주 전이었다면 은은한 여름밤을 즐기고 밤하늘을 올려다보면서 조용한 공원을 가로질러 왔을지도 모른다. 하지만 이제 그 공원은 적대적인 누군가가 어둠 속에 몸을 숨길 수 있는 최적의 장소에 불과했다. 그녀는 따뜻하고 습한 공기에도 불구하고 오싹함을 느끼며 서둘러 현관으로 다가갔다.

자전거를 현관으로 끌면서 레베카는 목덜미에 맺힌 땀을 닦으며 손목시계를 확인했다. 상당히 빨리 왔다는 걸 알 수 있었다. 배리의 전화를 받고 겨우 20분밖에 지나지 않았으니까. 레베카는 난간에 자전거를 기대 세운 뒤, 그가 좋은 소식을 가져왔기를 기도했다.

현관문을 두들기기도 전에 티셔츠와 청바지 차림의 배리가 벌컥 문을 열었다. 우람한 그의 상체가 현관을 가득 채웠다. 배리는 항상 근육 운동을 했다. 그것도 아주 열심히.

배리가 씩 미소 짓더니 그녀가 들어오도록 한 걸음 뒤로 물러섰다. 그러고는 조용한 거리를 휙 둘러본 뒤 그녀를 따라 안으로 들어왔다. 그가 아끼는 권총 콜트 파이선이 엉덩이에 찬 총집에 꽂혀 있었다. 그 모습은 마치 덩치 큰 카우보이 같았다.

"따라온 사람은?"

배리가 가볍게 묻자 레베카가 고개를 저었다.

"없어요, 저도 뒷길로 왔어요."

배리가 고개를 끄덕였다. 여전히 가볍게 미소를 짓고 있긴 했지만 레베카는 그의 눈에 담긴 불안을 읽을 수 있었다. 죽음의 위기에서 가까스로 벗어난 이후 그의 얼굴에 내내 서려 있던 바로 그 표정이다. 아무도 그를 탓하지 않는다고 말해주고 싶었지만 그런다고 달라질 게 없음을 알고 있었다. 배리는 그날 밤 저택에서 일어난 일 중 상당 부분에 대해 자신의 책임이 있다고 느꼈다. 그러고 보니 살이 빠진 듯 수척해진 것 같기도 했다. 아마도 아내와 아이들이 보고 싶기 때문일 것이다. 그는 그 사건이 있은 뒤 곧바로 가족들을 먼 곳으로 보내버렸다. 그대로 두기에는 너무나 위험했으니까.

'엄브렐러가 우리 삶에 낸 또 하나의 상처겠지.'

배리는 계단을 지나고 널찍한 복도를 따라 그녀를 안내했다. 벽에는 아이들이 크레용으로 그린 그림들이 액자에 끼워져 걸려 있었다. 배리 버튼의 집은 넓었고, 여기저기 생활의 흔적들이 보이는 낡은 가구들로 채워진 단란한 가족의 삶을 보여주는 공간이었다.

"크리스와 질도 곧 올 거야. 커피 좀 줄까?"

짧고 붉은 턱수염을 신경질적으로 문지르는 모습이 조금 긴장한 듯 보였다.

"아니, 괜찮아요. 물이나 조금 주시면……."

"알았어. 그럼 가서 인사나 해. 난 곧 돌아올 테니까."

레베카가 뭔가 묻기도 전에 그는 서둘러 주방으로 사라졌다.

'인사를 하라고? 누구한테?'

그녀는 아치 모양의 통로를 지나 어수선하게 가구가 놓였지만 편안해 보이는 거실로 들어섰다. 그리고 우뚝 멈춰 섰다. 처음 보는 남자가 리클라이너 소파에 앉아 있었다. 레베카가 거실로 들어서자 그가 웃으며 일어섰다. 하지만 레베카는 자신을 평가하듯 훑어보는 그의 짙은 눈동자가 조금 찌푸려지는 것을 볼 수 있었다.

몇 주 전만 하더라도 누군가 그렇게 자신을 샅샅이 뜯어본다면 몸 둘 바를 몰라 했을 것이다. 그녀는 실전에 투입되도록 선발된 스타스 대원 중 역대 최연소였고, 스스로도 매우 어려 보인다는 걸 알고 있었다. 하지만 엄브렐러 사건을 통해 얻은 것이 있다면, 타인의 시선이나 생각에 그다지 개의치 않게 되었다는 점이다. 거대한 저택을 가득 채운 괴물들을 상대하다 보면 사고가 그런 식으로 바뀌는 모양이다. 심지어 뚫어져라 쳐다보는 시선 따위는 그 사건 이후로 꽤 익숙해진 일이 되었다.

레베카도 무덤덤하게 마주보며 그를 살펴보았다. 청바지, 깔끔한 셔츠, 운동화, 9밀리미터 베레타가 꽂힌 엉덩이의 총집. 스타스에서 지급하는 휴대용 총기였다. 그리고 키가 컸다. 160센티미터 정도 되는 그녀보다 30센티미터는 더 커 보였다. 하지만 몸매는 호리호리했고 수영선수 같은 체격을 지녔다. 게다가 영화배우처럼 잘생겼다. 높게 도드라진 눈썹과 깎아놓은 듯한 얼굴, 짙은 색의 짧은 머리, 사람을 꿰뚫어보는 듯한 강렬한 시선에는 지적인 느낌까지 더해져 있었다.

"레베카 체임버스군요, 생화학을 연구하는. 맞습니까?"

그는 영국식 억양을 사용했고, 딱 부러지는 목소리는 어딘가 세련되게 느껴졌다.

레베카가 고개를 끄덕였다.

"연구하려고 애쓰는 중이죠. 그러는 그쪽은?"

그가 소리 내어 웃으며 고개를 절레절레 흔들었다.

"이런, 제가 무례했군요. 죄송합니다. 그쪽이 생각한 것보다, 그러니까……."

그가 낮은 커피 테이블을 지나 살짝 얼굴을 붉히며 한 손을 내밀었다.

"데이비드 트랩이라고 합니다. 메인 주 엑서터 지부에서 근무하고 있죠."

레베카는 안도감이 스쳐 지나가는 것을 느꼈다. 스타스에서 전화 대신 사람을 직접 보낸 것이다. 아무래도 좋았다. 그녀는 터져 나오려는 웃음을 겨우 참으며 그와 악수를 나누었다. 자신의 외모 때문에 그가 놀랐다는 것을 알고 있었다. 열여덟 살짜리 과학자를 예상하는 사람은 아무도 없으니까. 그리고 그런 놀란 표정에 이미 익숙했지만 사람들을 당황시킬 때면 아직도 짓궂은 즐거움을 느끼곤 했다.

"그럼 당신은 선발대 같은 건가요?"

"네?"

데이비드가 눈살을 찌푸리며 되물었다.

"수사를 시작해야 하잖아요. 다른 팀도 이미 와 있는 건가요, 아니면 먼저 상황을 알아보러 나오신 거예요? 엄브렐러의 구린 구석을 알아보러……."

그가 천천히, 슬퍼 보이는 얼굴로 고개를 젓자 레베카는 자기도 모르게 입을 다물었다. 그의 짙은 눈동자는 그녀가 알 수 없는 감정으로 가득했다.

그 감정은 그의 목소리에서도 그대로 묻어 나왔다. 좌절감과 분노. 그의 말이 머릿속에 입력되기 시작하자 레베카는 갑작스러운 불안감과 두려움으로 다리에 힘이 빠지는 것을 느꼈다.

"이런 말을 하게 되어 유감입니다, 레베카 체임버스 양. 나는 뇌물이든 협박이든, 엄브렐러가 스타스의 요인들에게 이미 손을 뻗었다고 짐작하고 있습니다. 그러니까 이곳에는…… 아무도 오지 않습니다."

///

혼란과 두려움이 레베카의 옅은 갈색 눈동자에 떠올랐다가 재빨리 사라졌다. 그녀가 깊이 숨을 들이쉬고는 다시 내뱉었다.

"확실한가요? 그러니까, 엄브렐러가 당신한테도 마수를 뻗은 건가요? 그게 아니라면…… 정말 확신할 수 있어요?"

데이비드가 고개를 저었다.

"확실한 건 아닙니다. 하지만 문제가 전혀 없었다면 여기까지 오지도 않았겠죠."

그의 대답은 현 사태의 심각성을 축소시켜 말한 게 분명했다. 데이비드는 아직도 그녀가 생각보다 훨씬 더 어린 것을 보고 충격에서 벗어나지 못한 상태였고, 그녀에게 보호 본능을 느끼며 지나치게 겁을 주지 말아야겠다고 판단했다. 배리가 이미 레베카에 대해 신동이라고 언질을 주긴 했지만 정말로 '아이'가 올 줄은 예상치 못했다. 레베카는 목이 긴 운동화를 신었고, 무릎까지 걷어 올린 짧은 청반바지에 헐렁한 검정색 티셔츠를 입고 있었다.

'상관없어. 이 아이가 우리에게 남겨진 유일한 과학자인지도 모르잖아.'

그런 생각이 들자 지난 며칠 동안 데이비드의 가슴 속에서 타오르던 분노에 다시 불이 지펴졌다. 배리의 전화를 받은 이후 벌어진 일들은 배신과 거짓으로 얼룩져 추악하기 이를 데 없었다. 그리고 스타스가, 그가 그리도 아끼고 사랑하는 스타스가 이 일에 연루되어 있다는 사실만 생각하면…….

그때 배리가 물 잔을 들고 거실로 돌아왔다. 레베카는 기다렸다는 듯 단숨에 잔을 비웠다.

배리가 데이비드를 힐끗 보고는 레베카에게 시선을 돌렸다.

"벌써 이야기를 들었군, 그렇지?"

레베카가 고개를 끄덕였다.

"다른 선배들도 알고 있나요?"

"아직. 그래서 전화한 거야. 그런데 같은 이야기를 두 번 할 필요는 없잖아? 자세한 이야기는 질과 크리스가 도착할 때까지 기다리는 게 낫지 않을까?"

"맞는 말이군."

데이비드가 대답했다. 그는 상대의 첫인상을 통해 가장 많은 걸 알아낼 수 있다고 믿었다. 힘을 합쳐 함께 싸울 거라면 조금이나마 레베카의 성격을 파악하고 싶었다.

세 사람이 자리에 앉자 배리는 레베카에게 데이비드와는 젊은 시절 스타스 훈련 중에 만난 사이라고 말해주었다. 질과 크리스가 올 때까지 시간을 보내기 위한 한담이었지만 배리의 이야기는 흥미로웠다. 배리가 조금은 따분하고 벽창호 같은 훈련 조교와 서너 마리의 고무 뱀이 등장하는, 훈련 수료식 날 밤의 이야기를 들려주는 동안 데이비드는 건성으로 들으며 레베카를 관찰했다. 그녀는 조금씩 긴장을 풀고 있었다. 심지어 그 유치한 장난질을 진심으로 재미있어 하는 것 같았다.

'벌써 17년 전이군. 레베카는 겨우 만 한 살이었겠지.'

레베카는 배리의 요청대로 궁금한 질문을 애써 참고 있었다. 데이비드가 꺼낸 이야기 때문에 궁금증이 치솟아 견딜 수 없을 지경일 텐데 말이다. 관심사를 빠르게 전환할 수 있는 능력은 꽤 훌륭한 재주다. 데이비드조차 아직 그런 능력을 터득하지 못했다.

데이비드는 스타스 부국장에게 직접 전화를 걸었던 그날 이후 다른 생각은 거의 하지 못했다. 스타스를 향한 데이비드의 사랑과 헌신이 워낙 깊었기에 배신이라는 행위가 더욱 고통스러웠고 머릿속의 상념들을 떨쳐내지 못했다. 무슨 짓을 해도 사라지지 않는 입안의 찝찝한 맛처럼. 스타스는 20년 가까운 지난 세월 동안 데이비드의 인생 자체나 다름없었다. 그리고 그가 자라면서 결핍되었던 모든 것들을 채워주었다. 자존감, 목적의식, 그리고 진실 같은 것들을.

'대원들의 소중한 목숨이, 나의 삶과 인생을 바친 이 일이 헌신짝처럼 그렇게 쉽게 버려졌단 말이야? 그 대가가 뭐였을까? 엄브렐러는 스타스의 명예를 사들이기 위해 대체 얼마나 많은 돈을 쓴 걸까?'

데이비드는 분노를 떨쳐내고 다시 레베카에게 정신을 집중했다. 그가 알게 된 것들이 모두 사실이라면 시간이 부족했다. 그리고 그들이 쓸 수 있는 자원 역시도. 데이비드 자신의 의욕과 동기가 얼마나 충만하든, 지금 당장 중요한 것은 레베카의 의욕과 동기였다.

그녀의 자세나 태도로 보아 수줍음이 많거나 순종적인 사람은 아니라는 걸 알 수 있었다. 무엇보다도 천재적인 두뇌의 소유자가 분명했다. 반짝이는 두 눈이 총기로 가득했으니까. 배리한테 들은 바에 의하면 그녀는 스펜서 저택에서 임무가 진행되는 동안 프로답게 행동했다고 한다. 또한 그녀의 인사 서류에는 바이러스를 다루기에 충분한 자격을 갖춘 것으로 나와 있었다. 그녀의 실력이 보고서와 동일하다면 말이다.

'그리고 스스로를 더 큰 위험에 몰아넣을 용의가 있어야 하는데.'

그 점이 어려울 것이다. 그녀는 스타스에 들어온 지 얼마 되지 않았고, 스타스에서 그리 쉽게 자기 식구들을 팔아넘긴다는 걸 알게 됐으니 앞으로의 일에 확신이 넘칠 리도 없었다. 오히려 바로 손을 떼고 나가는 것이 답일지도 모른다. 그들 모두 이쯤에서 그만두는 것이 현명할지도.

그때 현관에서 노크 소리가 들려왔다. 질과 크리스인 것 같았다. 배리가 문을 열기 위해 일어서자마자 데이비드의 손이 차고 있던 권총으로 향했다. 배리가 스타스 대원 둘을 데리고 돌아오자 데이비드는 긴장을 풀고 자리에서 일어섰다.

"여기는 질 밸런타인과 크리스 레드필드. 이쪽은 데이비드 트랩 대위. 메인 주 엑서터 지부의 군사 전략가지."

데이비드의 기억이 정확하다면 크리스는 손꼽히는 명사수이고, 질은 침투 분야의 전문가였다. 헬기 조종사 브래드 비커스는 사건

이 일어나고 얼마 지나지 않아 이곳을 떠났다고 하는데, 들은 대로라면 그리 아쉬울 것은 없었다. 믿을 만한 사람이 아니다.

데이비드와 두 사람이 악수를 나눈 후 모두 자리에 앉았다. 배리가 데이비드를 향해 고갯짓을 했다.

"데이비드는 내 오랜 동지야. 훈련소를 나온 직후부터 2년 정도 같은 팀에서 일했지. 1시간 전에 새로운 소식을 가지고 여기에 왔고, 우리 모두가 최대한 빨리 이 이야기를 들어야 한다고 생각했어. 그럼, 데이비드?"

데이비드가 집중하려 애쓰며 목을 가다듬었다. 그는 잠깐 숨을 고른 뒤 처음부터 이야기를 시작했다.

"여러분 모두 알겠지만 배리가 6일 전, 스타스 지부 여러 곳에 전화를 걸었습니다. 이곳에서 벌어진 사건과 관련해 본부에서 나온 소식이 있는지 알아보기 위해서였죠. 저는 그 연락을 통해서 이 일에 대해 처음 알게 되었습니다. 그 이후 알아보았더니 여러분이 발견한 사실에 대해 뉴욕 사무소는 어느 곳에도 연락을 취하지 않았더군요. 경고도, 발표도 없었습니다. 엄브렐러 사에 관한 한 스타스 지부에 전달된 사항은 아무것도 없습니다."

크리스와 질이 근심 어린 눈빛을 주고받았다.

"아직 조사가 끝나지 않았나 보죠."

크리스의 조심스러운 말에 데이비드가 고개를 저었다.

"배리가 연락한 다음날 부국장에게 직접 전화를 걸었습니다. 배리의 연락에 대해서는 언급하지 않고 다만 라쿤 시티에서 문제가 생겼다는 소문을 들었다고, 근거가 있는 소문인지 궁금하다고만 말했죠."

데이비드가 모여 앉은 사람들을 둘러보며 속으로 한숨을 쉬었다. 이미 이 이야기를 수천 번은 한 것 같은 기분이었다.

'아니, 내 머릿속에서만 수없이 이야기했지. 다른 정당한 이유를 찾으려고. 하지만 그런 건 없었어.'

"부국장은 그 무엇도 정확히 말해주지 않더군요. 공식적인 발표나 전달이 있을 때까지 입단속이나 하라고 했습니다. 내게 해준 말이라고는 라쿤 시티에서 헬기 추락 사고가 있었다는 것뿐이었습니다. 그리고 살아남은 스타스 대원들이 지원금과 관련해 불만이 생겨 엄브렐러에 비난의 화살을 돌리려 한다는 뉘앙스로 말을 하더군요."

"말도 안 돼요! 우리는 살인 사건을 조사하던 중이었어요. 그곳에서 뭘 찾았냐 하면……."

질이 끼어들었지만 데이비드가 말을 이었다.

"네, 배리한테 들었습니다. 살인 사건이 실험실에서 벌어진 사고의 결과라는 걸 알아냈더군요. 엄브렐러에서 실험 중이던 T-바이러스가 유출되어 그곳의 연구원들을 살인귀로 바꿔놓았다고요."

"그게 정확한 사실입니다. 미친 소리로 들리겠지만 우리가 거기 있었어요. 직접 봤단 말입니다."

크리스가 덧붙이자 데이비드가 고개를 끄덕였다.

"저는 여러분을 믿습니다. 솔직히 말하자면 처음 배리와 이야기를 나눴을 때는 저도 믿지 못했습니다. 말씀하신 것처럼 미친 소리 같았거든요. 하지만 뉴욕 본부에 연락을 취한 후 벌어진 모든 일들이 내 생각을 바꿔놓았습니다. 전 오랜 시간 배리를 알고 지냈습니다. 실제로 엄브렐러에 문제가 있는 게 아니라면, 배리가 그런 불온한 마음으로 그 회사 탓을 할 리 없다는 걸 잘 알죠. 게다가 배리는 자신이 협박을 당해 그 사건을 은폐하려는 일에 가담했었다는 사실까지 털어놓았습니다."

"그런데 톰 커츠 부국장이 그런 음모 따위는 없다고 말했다면⋯⋯."

크리스의 말에 데이비드가 한숨을 쉬었다.

"그렇죠. 우리 조직 전체가 속고 있거나 아니면 웨스커 대위처럼 스타스의 일원 중 몇몇이 엄브렐러와 한통속이라고 봐야겠죠."

그들이 이 소식을 받아들이는 동안 잠시 침묵이 흘렀다. 데이비드는 그들의 얼굴에 분노와 혼란이 교차하는 것을 볼 수 있었다. 그들이 어떤 기분일지 그도 잘 알고 있었다. 자신의 말은 곧 스타스의 책임자들이 엄브렐러의 계략에 넘어갔거나 부패했다는 뜻이니까. 둘 중 어떤 것이 맞든, 라쿤 지부의 생존자들은 아무런 도움도 받지 못하는 처지가 되고 말았다. 엄브렐러가 무슨 짓을 하든지 그대로 노출된 채⋯⋯.

'이 모든 게 오해라면 얼마나 좋을까.'

"사흘 전, 출근하는 길에 미행이 붙은 걸 알았습니다. 누군지는 알 수 없었지만 엄브렐러 측 사람인 것 같았습니다. 뉴욕 본부에 전화를 걸었던 게 화근이 된 거죠."

"팔미에리 총사령관한테 연락해봤나요?"

질의 물음에 데이비드가 고개를 끄덕였다. 스타스의 총사령관은 뇌물 따위에 넘어갈 사람이 아님을 알고 있었다. 마르코 팔미에리 총사령관은 처음부터 스타스와 함께했다.

"연락을 해봤더니 중동에서 기밀 작전을 지휘 중이라 몇 달 동안 연락을 받을 수 없다고 비서가 알려줬습니다. 게다가 들리는 말로는 팔미에리 총사령관이 자리를 비운 틈을 타서 그를 은퇴시키려는 움직임이 있다더군요."

"그것도 엄브렐러가 조종하는 거라고 생각하세요?"

크리스가 걱정스러운 듯 묻자 데이비드는 어깨를 으쓱였다.

"엄브렐러는 지난 몇 년에 걸쳐 스타스에 상당한 금액을 기부해왔습니다. 이미 인맥을 충분히 만들었다는 뜻이죠. 스타스의 수사를 막을 생각이라면 팔미에리 사령관을 제거하는 편이 유리하겠죠."

데이비드는 주변을 둘러보며 그들이 남은 이야기를 들을 준비가 되었는지 살폈다. 배리는 양 주먹을 꽉 쥔 채 동료들을 처음 보는 사람인 양 노려보고 있었다. 질과 레베카는 자기만의 생각에 빠진 것 같았지만 일단은 그의 이야기를 사실로 받아들이는 것 같았다. 그렇다면 적어도 시간은 절약될 것이다.

그때 크리스가 벌떡 일어나더니 주변을 서성이기 시작했다. 젊은 그의 얼굴이 분노로 붉게 물들어 있었다.

"그러니까 이제 이 지역 사람들은 아무도 우릴 믿지 않고, 지원군도 오지 않고, 스타스마저 우리를 거짓말쟁이로 낙인찍었다는 거군요. 엄브렐러 수사는 물 건너갔고 우린 망했고요. 이 정도면 요약이 된 겁니까?"

데이비드는 크리스의 분노가 자신을 향한 것이 아님을 알 수 있었다. 자신이 느끼는 분노가 크리스를 향한 것이 아닌 것처럼. 엄브렐러가 저지른 일과 스타스가 연루된 상황을 떠올리는 것만으로도 분노가 치솟고 속이 울렁거렸다. 거기다 어린 시절 이후로는 느낀 적 없는 무력감까지 더해졌다.

'이런 생각에 빠져 있을 때가 아니야. 남은 이야기를 말해주라고.'

데이비드가 일어나 크리스를 바라보았지만 그의 입에서 나오는 말은 모두를 향한 것이었고, 아직 배리에게도 하지 못한 이야기였다.

"사실, 이게 끝이 아닙니다. 메인 주 해안에 또 다른 엄브렐러 연구시설이 있는 것 같아요. 거기서도 자체적으로 바이러스를 연구하고 있었는데, 스펜서 저택과 마찬가지로 그들도 통제력을 상실했습니다."

그 말과 함께 데이비드는 레베카를 향해 고개를 돌렸다. 그가 말을 마침과 동시에 그녀의 눈이 커다래지며 공포에 질리는 것이 보였다.

"그래서 저는 우리 팀원들과 함께 그곳에 들어가려 합니다. 스타스의 승인 없이 말이죠. 그리고 레베카 당신이 우리와 함께했으면 합니다."

제2장

모두가 데이비드를 멍하니 바라보았다. 크리스는 복부를 세게 한 방 얻어맞은 기분이었다. 스타스에 대한 이야기만으로도, 지원군 같은 건 오지 않는다는 사실만으로도 여전히 충격적이었다. 그런데 연구소가 하나 더 있다고?

'거기다가 레베카를 데려가려 하잖아.'

데이비드가 말을 이었다. 그의 짙은 눈동자는 여전히 레베카에게 고정되어 있었다.

"믿을 만한 우리 팀원들과 이야기를 나누었는데 세 명은 이미 합류하기로 했습니다. 거짓말은 하지 않겠습니다. 위험할 겁니다. 그리고 스타스의 지원이 없으니 연구소를 폐쇄할 수 있을지 보장도 못합니다. 무작정 들어가서 이 T-바이러스에 대한 확실한 증거를 수집한 뒤, 우리가 왔었다는 사실조차 모르게 빠져나올 겁니다."

그때 크리스가 느닷없이 끼어들었다.

"저도 갑니다."

"우리 모두 간다."

배리도 단호하게 말했다. 질도 한 팔을 레베카의 어깨에 두르며 고개를 끄덕였다. 레베카는 당황했는지 얼굴이 발갛게 달아올랐다. 그런 레베카의 모습을 보니 크리스는 또다시 여동생 클레어가 떠올랐다. 외모의 문제가 아니었다. 레베카도 크리스의 여동생처럼 재치와 용기, 사려 깊은 성격을 갖춘 아이였다. 스펜서 저택에서의 사건 이후 크리스는 동생에게 갖는 보호 본능을 레베카에게서도 느끼고 있었다. 이미 너무 많은 동료들이 목숨을 잃었다. 조셉, 리처드, 케네스, 포레스트, 그리고 엔리코. 빌리 래빗슨은 말할 필요도 없었다. 그의 시신은 발견되지 않았지만 크리스는 엄브렐러가 발설을 막기 위해 그를 죽였다고 굳게 믿고 있었다. 어쨌거나 이런 보호본능은 레베카가 스스로를 지키지 못해서가 아니었다.

'레베카는 우리 팀의 일원이라고. 우리를 두고 혼자 가는 건 안 될 말이지.'

하지만 데이비드가 고개를 저었다.

"이건 대규모 작전이 아닙니다. 다섯 명도 이미 많아요. 레베카는 우리가 바이러스에 관한 데이터를 찾는 데 필요한 지식을 갖췄고, 증상이 어떤지 이미 알고 있잖습니까."

"데려갈 팀이 바로 여기 있잖아요. 우리를 데려가고, 당신 팀원들은 엄브렐러의 은폐에 대해 수사하게 하세요."

데이비드가 다시 자리에 앉아 크리스를 바라보며 무표정하게 말했다.

"비밀 연구를 숨기려는 엄브렐러의 음모에 누가 가담했는지 말해봐요."

데이비드의 말에 크리스는 다른 이들을 쳐다보다가 다시 데이비드를 바라보았다. 현재 느끼고 있는 혼란스러움이 겉으로 드러나지 않게 표정을 관리하면서.

"이미 몇 사람을 의심하고 있습니다. 엄브렐러의 사무실 직원들은 물론이고 경찰국장과 아이언스 서장, 그의 부하 두 명……."

데이비드가 고개를 끄덕였다.

"그리고 이제는 스타스도 이 일에 연루되어 있다는 걸 알게 되었으니 앞으로는 어떻게 하는 게 좋겠습니까?"

'무슨 의도로 이런 질문을 하는 거지?'

크리스가 한숨을 쉬었다.

"모르겠어요. 일단은 연방수사국에 연락을 해야겠죠. 내사과에서도 스타스를 조사해야 할 거고요. 물론 라쿤 경찰도."

그때 배리가 끼어들었다.

"그리고 다른 스타스 지부들도 연락을 해봐야지. 어딘가에는 엄브렐러가 스타스를 집어삼키는 것에 저항할 사람들이 남아 있을 거야."

데이비드가 다시 고개를 끄덕였다.

"그렇다면 아무리 위험해도 엄브렐러를 막아야 한다는 데는 모두 동의하는 건가요?"

"당연하죠. 두 손 놓고 가만히 있을 수는 없어요. T-바이러스가 다시 유출되면 무슨 일이 벌어질지 아무도 모른단 말입니다!"

크리스가 인상을 쓰며 소리쳤다.

"그렇다면 크리스는 바이러스 유형에 따른 분류에 대해 아는 것이 있습니까?"

데이비드의 나직한 물음에 크리스는 대답하려다 말고 입을 다물었다. 그리고 생각에 잠긴 채 데이비드를 쳐다보았다.

'나도 모르게 그건 레베카에게 물어보셔야죠, 라고 대꾸할 뻔했어. 그도 그걸 알고 있고.'

데이비드가 일어서서 그들을 둘러보며 입을 열었다. 그의 목소리는 단호하고 냉정했다.

"맞습니다. 엄브렐러는 무슨 수를 써서든 막아야 해요. 그래도 잘 생각해야 합니다. 우리는 지금 스타스의 규정을 어기고 수십억 달러 규모의 조직에 맞서려 하는 겁니다. 어디도 안전하지 못할 겁니다. 따라서 성공할 수 있는 확률을 높이려면 우리 각자가 잘할 수 있는 일을 해야 합니다."

그가 냉철한 시선으로 크리스를 주시했다. 설득해야 할 사람이 바로 크리스임을 깨달은 것처럼.

"당신과 질, 배리는 이곳에서 무슨 일을 해야 하는지 잘 알고 있고 레베카보다 스타스에서 오래 근무하지 않았나요? 여러분은 사람들 눈에 띄지 않는 이곳에 있어야 합니다. 이 지역 경찰과 엄브렐러 사이에 모종의 관계가 있는지 알아보고 우리에게 도움을 줄 수 있는 다른 스타스 대원들을 찾아보세요."

데이비드가 다시 레베카에게 시선을 돌렸다.

"그리고 레베카가 동의한다면 우린 당장 오늘 밤에 메인 주로 떠나야 합니다. 입수한 정보에 따르면 그곳 상황이 급박해졌어요. 우리 팀원들이 대기하고 있으니 내일 해질녘에 바로 진입할 수 있습니다."

거실 안은 잠시 조용해졌다. 들리는 소리라고는 천장에서 돌아가는 실링팬의 소음뿐이었다. 크리스는 여전히 못마땅했지만 데이비드의 논리에서 구멍을 찾을 수 없었다. 각자가 해야 할 일에 대해서는 그의 말이 옳았고, 크리스가 좋든 싫든 선택은 레베카의 몫이었다.

"입수한 정보가 뭔가요? 그 연구소에 대해서는 어떻게 알아냈죠?"

질이 생각에 잠긴 채 질문을 던지자 데이비드는 의자 옆에 세워져 있던 낡은 서류가방으로 손을 뻗어 파일 하나를 꺼냈다.

"조금은 이상하고 흥미로운 사연이라고 해두죠. 안 그래도 여러분 중 누군가가 이걸 해독할 수 있으면 좋겠다고 생각했는데……."

데이비드는 커피 테이블 위에 종이 세 장을 펼쳤다. 하나는 신문 기사를 잘라 복사한 것 같았고 두 번째 것은 단순한 도표였다.

"본부와 통화를 한 후, 얼마 지나지 않아 낯선 사람이 찾아왔습니다. 스타스의 친구라고 하더군요. 자기 이름이 트렌트라고 하면서 이걸 주고 갔습니다."

"트렌트!"

질이 소리쳤다. 그녀가 놀란 눈으로 크리스를 돌아보았고, 크리스는 심장이 멈추는 것 같았다. 그동안 이 미스터리한 인물에 대해 거의 잊고 있었다.

'질에게 배신자를 조심하라고 귀띔해주고 브래드에게 우리의 위치를 알려준 사람……'

데이비드가 어리둥절한 표정으로 질을 쳐다보았다.

"아는 사람입니까?"

"브라보 팀을 구출하러 가기 직전에 트렌트라는 사람이 내게 스펜서 저택에 관한 정보를 줬어요. 그리고 웨스커를 조심하라고 경고했죠. 정말 희한한 사람이었어요. 어찌나 비밀스럽던지, 어떤 사실을 있는 그대로 알려준 건 하나도 없었어요. 그런데 엄브렐러의 일에 대해 알고 있었고, 그가 내게 말해준 것들이 알고 보니 모두 사실이었죠."

배리가 고개를 끄덕였다.

"그리고 브래드 비커스 말로는 웨스커가 자폭 시스템을 가동시킨 직후에 무전으로 저택의 좌표를 알려준 사람이 트렌트였다더군. 그가 무전을 치지 않았다면 우리도 저택과 함께 산산조각 났을 거야."

크리스는 모두가 테이블 주변에 모여 종이를 내려다보는 동안 두통이 몰려오는 것을 느꼈다. 스타스가 엄브렐러의 손아귀에 들어갔고, 메인 주에 또 다른 T-바이러스 연구소가 존재한다. 그리고 트렌트가 다시 등장하다니. 미스터리 동화에 등장하는 요정 할머니처럼 여기저기 나타나는 그의 숨겨진 동기를 짐작조차 할 수 없었다. 이건 마치 게임 같았다. 엄브렐러의 음모를 파헤치기 위해 안간힘을 쓰고 있는 그들이 모든 걸 걸어 전부 따거나 모조리 잃어야만 끝나는 게임.

'선택권은 없어. 무조건 이 게임에 참여해야만 해. 그런데 이 게

임은 누가 시작한 것일까? 만약 진다면 뭘 잃게 되는 거지?'

크리스는 레베카를 향해 걱정스런 시선을 던졌다. 그리고 다시 한 번 여동생을 떠올리며 엄브렐러 같은 건 애초에 들어본 적도 없었으면 얼마나 좋았을까, 하고 생각했다.

///

데이비드는 모인 사람들이 트렌트가 준 정보를 살피는 것을 지켜보았다. 그 수수께끼의 남자가 이전에도 스타스와 접촉한 적이 있다는 사실이 어찌된 일인지 그리 놀랍지 않았다. 그 남자는 프로였다. 정확히 어떤 분야의 프로인지는 상상조차 할 수 없었지만.

'그는 왜 우리가 엄브렐러에 맞서는 걸 도우려 하는 걸까? 무슨 이득이 있기에?'

데이비드는 5일 전 트렌트와의 짧은 만남을 떠올렸다. 그때는 놓친, 무언가 단서가 될 만한 것을 찾기 위해 열심히 기억을 더듬었다. 그날 밤, 늦게까지 일을 한 후 집에 돌아왔었고 비가 내렸다.

'아니, 퍼붓고 있었지. 천둥도 치고 빗줄기가 창문을 하도 세게 두들겨서 그의 노크 소리가 들리지 않을 정도였어.'

스타스 엑서터 지부는 한가로운 여름을 보내고 있었다. 실제로 현장에 출동하는 시간보다 책상에 앉아 서류 작업을 하는 시간이 더 많았다. 브라보 팀은 뉴햄프셔에서 열리는 범죄 프로파일링 세미나에 참석하기 위해 자리를 비웠고, 데이비드는 짐을 꾸려 마지막 며칠이라도 세미나에 참석할까, 하는 생각을 하고 있었다. 그러던 중 배리의 전화를 받았고, 본부에서도 무언가가 잘못 되어가고 있다는 사실을 눈치챘다.

그 다음날, 그는 다른 지부에 근무하는 지인들에게 전화를 걸어 엄브렐러에 대해 조심스레 질문하고, 자료를 뒤지느라 거의 자정이 되어서야 집에 돌아올 수 있었다. 쏟아지는 비를 피해 서둘러 춥고 어두운 집으로 들어섰다. 집 안 분위기는 그의 기분과 완벽히 맞아떨어졌다. 그는 스카치 한 잔을 따른 후 쓰러지듯 소파에 앉았다. 오랜 친구 배리와 스타스 부국장, 두 사람 중 한 명이 거짓말을 하고 있다는 사실에 머리가 지끈거렸다.

그때 들려온 노크 소리는 너무 작아서 처음에는 듣지 못했다. 지붕에 규칙적으로 떨어지는 빗소리에 묻혀버린 것이다. 그러자 문을 두들기는 소리가 점점 커졌다.

데이비드는 얼굴을 찌푸리며 손목시계를 내려다본 후 천천히 문으로 걸어갔다. 도대체 누가 한밤중에 집으로 찾아오는 것인지 의아했다. 그는 혼자 살았고, 가족도 없었다. 일과 관련된 것이 분명했다. 아니면 지나가던 차가 고장 나 멈추기라도 한 걸까.

데이비드는 문을 살짝 열고 밖을 내다보았다. 그러자 검은색 트렌치코트를 입은 한 남자가 현관에 서 있는 것이 보였다. 주름진 그의 얼굴을 따라 빗물이 줄줄 흘러내리고 있었다.

그 낯선 남자가 미소를 지었다. 친근한 표정이었고, 그의 눈에는 웃음기가 가득했다.

"데이비드 트랩 씨?"

데이비드는 상대를 한눈에 살폈다. 키가 크고 말랐으며 데이비드보다 몇 살 더 많아 보였으니 마흔 두셋쯤 된 듯했다. 비에 흠뻑 젖어 짙은 색 머리칼이 납작하게 달라붙어 있었고, 장갑 낀 한 손에 커다란 마닐라 봉투를 들고 있었다.

"무슨 일이시죠?"

남자의 미소가 더 커졌다.

"저는 트렌트라고 합니다. 이걸 전해드리려고."

그가 축축이 젖은 봉투를 내밀자 데이비드는 의심스러운 눈으로 봉투를 힐끗 쳐다보았다. 받아야 할지 말아야 할지 알 수 없었다. 트렌트라는 사내가 위험해 보이진 않았다. 아니, 적어도 위협적이진 않았다. 하지만 낯선 사람임에는 분명했고, 데이비드는 낯선 사람으로부터 무언가 건네받는 걸 좋아하지 않았다.

"제가 아는 분인가요?"

데이비드의 물음에 트렌트가 고개를 저었다. 그의 미소는 흔들리지 않았다.

"아니요. 하지만 전 당신을 압니다, 트랩 씨. 그리고 어디에 맞설 생각이신지도 알고요. 받을 수 있는 도움이라면 모두 받는 게 좋을 겁니다. 제 말을 믿으세요."

"무슨 말씀을 하시는지 모르겠군요. 절 다른 사람과 착각하신 게 아닌지……."

봉투를 내미는 트렌트의 미소가 사라지면서 그의 짙은 눈이 조금 가늘어졌다.

"트랩 씨, 비가 아주 많이 옵니다. 그리고 전 이걸 전해드려야 하고요."

혼란스럽고 성가시긴 했지만 데이비드는 일단 문을 조금 더 열어 봉투를 받았다. 그가 봉투를 손에 쥐자마자 트렌트가 서둘러 발길을 돌렸다.

"잠깐만 기다려요!"

하지만 트렌트는 그를 무시하고 흠뻑 젖은 채 집 모퉁이를 돌아 그림자 속으로 사라졌다.

데이비드는 축축한 봉투를 든 채 어찌할 바를 모르며 문간에 서서 비가 쏟아지는 어둠 속을 멍하니 쳐다보다가 안으로 들어왔다. 봉투 속 내용물을 확인한 뒤에는 아까 트렌트를 쫓아갔어야 했는데, 라고 생각했지만 이미 늦고 말았다.

'처음 그가 말했을 때 알아들었어야 했는데. 엄브렐러와 스타스에 대해 알고 있었어. 대체 누구의 지시를 받고 온 거지? 그리고 왜 날 찾아왔을까?'

질과 레베카는 지도를 살피고 있었고 배리와 크리스는 복사된 신문 기사를 읽고 있었다. 기사는 총 네 개가 있었는데 모두 최근 것이었고, 메인 주에 있는 작은 해안 도시 캘리밴 코브라는 곳에서 벌어진 사건에 관한 기사였다. 그중 세 개는 그 지역에서 실종된 어부들에 관한 기사였는데, 모두가 실종 후 사망한 것으로 추정되고 있었다. 그리고 네 번째 기사는 그곳에 출몰한다는 '유령'에 대해 다룬 다소 웃음기 있는 기사였다. 서너 명의 사람들이 밤늦게 물가에서 들리는 이상한 소리를 듣고 그것을 '저주받은 자들의 울음소리'라고 했다는 내용이다. 그 기사를 쓴 기자는 울음소리를 들은 사람들이 잠자리에 들기 전 괜스레 구강청결제를 삼켜 취하는 일이 없도록 주의하는 게 좋을 거라고 농담조로 써놓았다.

'재미있군. 우리가 엄브렐러에 대해 몰랐다면 말이야.'

지도에는 그 작은 마을 남쪽에 있는 해안 일부가 담겨 있었는데, 코브 즉, 작은 만(灣)을 위에서 내려다본 모양을 하고 있었다. 데이비드는 엑서터 도서관을 찾아가 그 지역에 관해 몇 가지 사실을 알아냈다. 배리의 전화를 받은 이후로 스타스의 컴퓨터를 사용하는 것이 꺼림칙하게 느껴졌기 때문이다. 알아낸 바에 의하면, 조금 외진 이 긴 해안 지역은 몇 년 전 익명의 그룹이 구입하여 이후 사유지로 사용되고 있었다. 작은 만의 북쪽 가장자리에는 지금은 사용하지 않는 등대가 하나 있는데, 바다 동굴이 벌집처럼 뚫려 있는 절벽 위에 자리하고 있었다.

트렌트가 준 지도를 보면 그 등대 뒤와 아래에 서너 채의 구조물이 있었고, 열린 초승달 모양의 만 남쪽 끝이 작은 부두로 이어져 있었다. 내륙 쪽으로는 만을 따라 톱니 모양의 경계선이 있는 것으로 보아 울타리 같았다. 지도 위에는 '캘리밴 코브'라고 굵은 글씨가 적혀 있었고, 그 바로 아래에는 그보다 작은 글자로 '엄브렐러. 연구 및 실험'이라고 되어 있었다.

데이비드가 이해할 수 없는 것은 트렌트가 그에게 준 서류의 세 번째 장이었다. 종이 상단에는 총 일곱 개의 이름이 적혀 있었다.

라일 아몬, 앨런 키니슨, 톰 에이든스, 루이스 서먼, 니콜라스 그리피스, 윌리엄 버킨, 티파니 친

그 바로 아래에는 둥글게 휘어지는 글씨체로 중앙에 시구 같은 것이 쓰여 있었다.

질은 그것을 집어 들어 세심히 읽더니 반쯤 웃으며 데이비드를 올려다보았다.

"내가 만났던 트렌트가 분명하네요. 그 사람 수수께끼를 좋아했거든요."

"그게 무슨 뜻인지 알겠어요?"

데이비드의 물음에 질이 크게 한숨을 내쉬었다.

"글쎄요. 여기 적힌 이름 중 트렌트가 내게 주었던 자료에도 등장하는 인물이 있어요. 윌리엄 버킨이요. 그중 일부는 스펜서 저택 연구소에서 근무하던 연구원임을 알아냈으니, 아마 이 사람들도 엄브렐러에서 일하는 사람들일 거라고 생각해요. 저택이 폭발했을 때 버킨은 그곳에 없었을지도 모르고요. 다른 사람들은 누군지 모르겠어요."

데이비드가 고개를 끄덕였다.

"스타스 데이터베이스에서 모두를 찾아보았는데 아무것도 나오지 않았어요. 그리고 그 밑에 있는 건…… 일종의 수수께끼 같은 건가요?"

질이 다시 종이를 살펴보았다. 그녀도 문구들을 읽으며 눈살을 찌푸렸다.

아몬의 메시지 받았음 / 블루 시리즈 / 열쇠를 받으려면 정답을 입력 / 글자와 숫자 반대로 / 시간 무지개 / 세지 말 것 / 접근하려

면 블루

질이 다시 생각에 잠긴 채 데이비드를 바라보자 레베카가 그 서류를 넘겨받았다.

"트렌트가 내게 준 물건 중에는 말도 안 되는 것처럼 보이는 게 많았지만 그중 일부는 스펜서 저택의 비밀과 관련되어 있었어요. 그 집 전체가 퍼즐로 된 자물쇠와 함정으로 가득했거든요. 어쩌면 이것도 같은 건지 몰라요. 캘리밴 코브에 가서 발견하게 될 것들과 관련이 있을지도…….."

"말도 안 돼!"

모두가 종이를 노려보고 있는 레베카에게 고개를 돌렸다. 그녀의 얼굴에는 핏기가 하나도 없었다. 그녀가 절망적인 표정으로 데이비드를 바라보았다.

"명단에 니콜라스 그리피스가 있어요."

데이비드가 고개를 끄덕였다.

"맞아요. 그 사람이 누구인지 압니까?"

레베카가 모두를 둘러보았다. 앳된 얼굴에는 그녀가 받은 충격이 고스란히 드러나 있었다.

"네. 그가 죽은 줄 알았다는 것만 빼고요. 니콜라스 그리피스는 생물학 분야에서 가장 똑똑한 학자 중 한 사람이에요."

레베카가 데이비드에게 시선을 돌렸다. 그녀의 눈빛에는 두려움이 가득했다.

"그가 엄브렐러와 손을 잡았다면 T-바이러스가 유출되는 것 그 이상의 큰 문제가 있어요. 그는 분자바이러스학의 천재인데, 전해지는 이야기가 사실이라면 완전히 미친 사람이에요."

///

레베카가 명단을 다시 바라보았다. 뱃속에 돌덩이라도 들어찬 기분이었다.

'그리피스 박사가 아직 살아 있다니…… 게다가 엄브렐러와 관련되어 있고. 사태가 이보다 더 심각할 수 있을까?'

"그에 대해 또 뭘 알고 있죠?"

데이비드가 물었지만 레베카는 입이 바짝 말라 아무 말도 할 수 없었다. 그녀는 절반 정도 남은 물 잔에 손을 뻗어 들이켠 뒤 다시 데이비드를 쳐다보았다.

"바이러스학이라는 분야에 대해 얼마나 아세요?"

"아무것도 모릅니다. 그래서 여기 온 거죠."

레베카는 어디서부터 시작하는 게 좋을지 생각하며 고개를 끄덕였다.

"알겠어요. 바이러스는 각자의 복제 전략에 따라, 그리고 비리온 내 핵산 유형에 따라 분류돼요. 비리온이란 바이러스 속에 있는 특수한 요소인데 그것의 게놈을 살아 있는 세포에 전달하는 역할을 하죠. 게놈이란 한 세트의 염색체를 말하고요. 볼티모어 분류법에 따르면 세상에는 일곱 가지 종류의 바이러스가 있는데, 각 그룹의 바이러스가 특정한 방식으로 특정한 종류의 유기체를 감염시키죠. 그런데 60년대 초, 캘리포니아의 한 사립대에서 젊은 과학자가 이 이론에 도전장을 던졌어요. dsDNA와 ssDNA 바이러스를 바탕으로 한 여덟 번째 그룹이 있는데, 이것은 종(種)을 막론하고 접촉하는 모든 것을 감염시킬 수 있다고 주장했죠. 그게 바로 그리피스 박사였어요. 이에 관해 서너 건의 논문을 발표했는데, 결국은 그의 주장이 틀렸다고 증명되었지만 논리만큼은 정말 훌륭했어요. 제가 직접 읽어봤거든요. 과학계에서는 그의 가설을 비웃었지만 선형 게놈이 없는 세포질 속 바이러스 특정 봉입체에 관한 그의 연구는……."

레베카는 사람들의 얼굴에 나타난 얼떨떨한 표정을 알아채고 말을 멈췄다.

"죄송해요. 어쨌거나, 그리피스는 결국 자신의 가설을 입증하는 걸 포기했지만 많은 사람들이 그가 다음에는 어떤 가설을 내놓을지 기대했죠."

그때 질이 얼굴을 찡그리며 끼어들었다.

"이런 건 다 어디서 배운 거야?"

"학교에서요. 교수님 중 한 분이 과학사를 죄다 꿰고 계셨거든요. 그중에서도 오류가 입증된 이론과 과학계에 떠도는 추문들에 정통하셨죠."

"그래서 어떻게 됐는데요?"

데이비드가 물었다.

"이후에 사람들이 들은 소식은 그가 대학교에서 쫓겨났다는 것이었어요. 우리 교수님이 알려주신 공식적인 이유는 마약인 메탐페

타민에 중독되었기 때문이라고 했지만 소문은 달랐어요. 그가 제자 두 명에게 약을 사용해서 자기 마음대로 정신을 조종하는 실험을 했다고 했어요. 제자 둘 다 끝까지 입을 열지 않았지만 그중 한 명은 정신병원에 입원하는 신세가 됐고 나머지 한 명은 결국 자살하고 말았어요. 그것이 그리피스 박사의 책임이라는 증거는 어디에도 없었지만, 그 후 어느 대학 어느 연구소에서도 그를 고용하지 않았어요. 표면상으로는 그것이 니콜라스 그리피스 박사의 마지막 소식이었죠."

"그럼 숨겨진 다른 이야기가 더 있다는 겁니까?"

데이비드의 물음에 레베카가 천천히 고개를 끄덕였다.

"80년대 중반, 워싱턴의 한 개인 연구소에 경찰이 출동해서 세 구의 남자 시체를 발견했어요. 모두 필로바이러스 계열의 마르부르그라는, 세상에서 가장 치명적인 바이러스에 감염되어 사망한 것이었죠. 이미 몇 주 전에 죽은 상태로, 이웃에서 냄새가 난다고 신고를 했어요. 실험실에서 발견된 서류에 따르면 세 명의 남자는 니콜라스 듄이라는 박사의 연구 조교였고, 연구를 목적으로 무해한 감기 바이러스를 자신들에게 주입하는 데 동의한 것으로 되어 있었어요. 듄 박사는 그 바이러스의 치료법을 찾으려 했고요."

레베카가 잠시 말을 멈추고 자리에서 일어나 팔짱을 끼었다. 그 남자들이 견뎌야 했던 고통은 죽음보다 가혹했을 것이다. 그녀는 마르부르그 출혈열 환자의 사진을 본 적이 있었다.

'처음엔 가벼운 두통으로 시작해서 며칠 만에 두통이 극심해지지. 발열, 혈액 응고, 쇼크, 뇌 손상, 인체의 모든 구멍에서 대량 출

혈…… 세 사람 모두 자기가 흘린 피 웅덩이에 쓰러져 죽었을 거야.'

"그런데 레베카는 이 '듄'이라는 박사가 그리피스라고 생각하는 거야?"

질이 조용히 물었다.

레베카는 죽은 이들의 모습을 머리에서 지우고 교수님이 들려주었던 것과 똑같은 방식으로 이야기를 마무리 지었다.

"그리피스 박사 어머니의 처녀 때 성이 듄이거든요."

배리는 낮게 휘파람을 불었고, 질과 크리스는 불편한 시선을 교환했다. 데이비드는 레베카를 유심히 살폈다. 데이비드의 시선은 냉정하고 속을 알 수 없었지만 레베카는 그의 머릿속에서 무슨 생각이 흐르고 있는지 읽을 수 있었다.

'이 이야기로 인해 앞으로의 상황이 달라질지 생각하고 있겠지. 이제는 캘리밴 코브의 그 연구시설이 그리피스 같은 사람들에 의해 운영되고 있다는 사실을 내가 알게 되었으니까. 그런데도 가려고 할지 걱정하는 게 분명해.'

레베카는 데이비드의 강렬한 시선을 피했다. 그러자 다른 사람들도 자신을 지켜보고 있다는 것을 깨달았다. 그들의 얼굴에는 걱정이 가득했다. 스펜서 저택에서의 그 끔찍한 밤 이후로 그들은 그녀에게 가족과 같았다. 떠나고 싶지 않았다. 그들을 다시는 못 보게 되는 일 따위는 원치 않았다.

'하지만 데이비드의 말이 옳아. 스타스가 우리를 버린다면 세상 그 어느 곳도 안전하지 않겠지. 그리고 이건 내가 기여할 수 있는 분야잖아. 내가 잘할 수 있는 일이야.'

레베카는 이 이유가 자신이 합류하고자 하는 유일한 이유라고 믿고 싶었다. 정의를 위해 싸우고 싶은 것이라고. 하지만 T-바이러스를 직접 연구할 수 있게 된다는 생각에 등줄기를 따라 흐르는 일말의 흥분을 무시할 수 없었다. 그 돌연변이 유발 인자를 누구보다도 먼저 연구할 수 있다. 그 바이러스가 미치는 영향을 알아내고, 비리온을 낱낱이 조각내 가장 작은 단위인 캡시드까지 들여다볼 수 있는 황금 같은 기회였다.

레베카는 크게 숨을 들이쉰 후 내쉬었다. 마음의 결정은 내려졌다.

"하겠어요. 언제 떠나죠?"

제3장

　레베카의 말을 들은 질은 심장박동이 빨라지는 것을 느꼈다. 모든 게 너무 빨리 진행되고 있는데 아무 준비도 되어 있지 않은 기분이었다. 레베카의 결정이 지나치게 갑작스럽게 느껴졌다. 그녀가 자원할 것을 믿어 의심치 않았지만 말이다. 레베카는 보기보다 훨씬 강한 사람이니까.

　질은 넓은 거실을 둘러보며 눈에 띄지 않게 다른 팀원들의 반응을 살폈다. 캘리밴 코브의 지도를 뚫어져라 바라보는 크리스의 얼굴과 입매는 잔뜩 굳어 있었고, 배리는 거실 창문으로 다가가더니 커튼 밖을 내다보며 허공을 향해 인상을 쓰고 있었다.

　'레베카를 걱정하고 있는 거야. 당연한 반응이잖아. 그리피스라는 작자는 심각한 사이코 같으니까. 하지만 그렇다고 해서 우리 팀도 함께 가자는 제안을 받았다면 망설였을까?'

합류하겠다는 레베카 역시 그들만큼이나 이 일에 전념하고 있다는 증거였고, 이 또한 놀랄 일이 아니었다. 저택이 폭발한 이후 괴로운 나날을 보내는 중에도 유일한 즐거움이 있었다면 이 똑똑한 어린 친구를 알게 된 것이다. 레베카는 정직을 당한 이후에도 엄브렐러를 무너뜨릴 기회가 있다는 것을 확신했고, 그들 모두의 기운을 북돋워주기 위해 열심히 노력했다. 똑똑하기도 했지만 절대 그것을 과시하지 않았고, T-바이러스에 관한 부분을 논의할 때도 문외한인 그들에게 잘난 척하지 않았다.

거실의 세 남자를 둘러보는 레베카 역시 심란해 보였다. 심지어 데이비드마저 그녀의 결정에 조금 불편한 기색이었다. 아마도 레베카의 어린 나이 때문이리라.

'남자들이란. 어리고 예쁘다 이거지. 하지만 우리 모두를 합친 것보다도 똑똑한 아이란 말이야. 그런데도 어리고 예쁘다는 것 때문에 똑똑하다는 사실을 간과하고 있다니.'

질은 레베카와 눈을 맞추며 힘을 내라는 듯 웃어 보였다. 질은 레베카의 나이 때 이미 전문 도둑으로 활동했었다. 그것도 상당히 실력 좋은 도둑으로. 그녀 역시 레베카가 걱정되었지만 그건 단지 레베카를 아끼기 때문이었다. 그녀가 어린 여자아이라는 사실은 그녀의 재능을 과소평가할 만한 근거가 되지 못한다.

레베카도 미소를 지으며 질 옆으로 다가와 앉았다. 데이비드가 자신의 팀원이 되겠다고 밝힌 레베카를 향해 머뭇거리며 고개를 끄덕였다.

"좋습니다. 23시에 뱅거로 떠나는 비행기가 있고, 거기에서 엑서터 외곽 비행장으로 이어지는 항공편을 탈 수 있어요. 여기에서 전략을 몇 가지 세운 다음, 비행장으로 가는 길에 레베카 집에 들러 필요한 걸 챙기기로 하죠."

레베카도 고개를 끄덕였다. 배리는 창문을 조금 연 다음, 다시 돌아와 소파 팔걸이에 기대섰다. 그는 널찍한 가슴 앞으로 팔짱을 끼고는 데이비드를 향해 고개를 끄덕였다.

"전략가는 자네니까 먼저 시작해보라고."

두 사람이 서로를 존중하는 것이 분명했기에 질은 데이비드가 더욱 맘에 들었다. 사실 질은 사람을 쉽게 믿는 편이 아니었다. 하지만 스펜서 저택에서의 일에도 불구하고 배리를 신뢰하게 되었고, 그런 배리가 인정하는 사람이라면 안심이 되었다.

"지휘권을 가로채려는 건 아니지만 이 상황에서 어떻게 접근하면 좋을지 몇 가지 생각해둔 게 있긴 합니다. 잠시 시간을 내서 앞으로의 계획에 대해 논의해보죠. 저 역시 며칠 전에 알게 되었지만, 스타스의 배신은 여러분에게도 큰 충격이었을 겁니다."

질은 데이비드가 말한 '배신'이라는 단어에서 아까와 같은 씁쓸한 기운을 느꼈다. 스타스가 엄브렐러와 한통속이라는 사실이 데이비드에게는 무척이나 못마땅한 것이 분명했다.

'크리스나 배리도 마찬가지겠지. 두 사람 다 나와 레베카보다 스타스와 함께 한 시간이 길었으니까.'

질은 스타스가 매수되었다는 사실에 실망하고 화가 났지만 그렇다고 해서 그것이 엄브렐러를 무너뜨리겠다는 기존의 결정에 특별한 영향을 미치지는 않았다. 그녀가 가야 할 길은 맥기 자매가 처참히 살해당한 그날 이미 정해져 있었다. 그 어린 두 소녀는 스펜서 저택에서 벌어진 T-바이러스 유출의 첫 번째 희생자였고, 그녀의 친구였다.

질은 맥기 자매의 생각을 떨치고 지금의 문제에 정신을 집중했다. 스타스의 도움이 없다면 일은 훨씬 더 힘들어질 것이다. 완전히 불가능하진 않더라도 성공 가능성이 희박하다는 걸 인정할 수밖에 없었다. 약자의 신세로 전락하는 걸 개의치 않는 성격이라 그나마 다행이라고 해야 할까.

'어쨌든 상관없어. 엄브렐러는 어떤 식으로든 저지른 일에 대해 첫값을 치르게 될 테니.'

배리의 걸걸한 목소리가 침묵을 깼다. 그의 눈빛은 많은 생각으로 가득했다.

"언론에 터뜨려야 할지도 몰라. 지역 언론 말고 더 크게, 미국 전역에 방송으로……."

그 말을 들은 데이비드가 고개를 흔들며 한숨을 쉬었다.

"나도 그 생각을 안 한 건 아니야. 좋은 생각이긴 하지만 지금 당장은 그걸 입증할 만한 증거가 없단 말이지."

"그건 그래. 하지만 언론에 알리면 모두의 관심이 집중될 테니 엄브렐러가 당장 우리에게 무슨 짓을 하진 못할 거 아냐?"

"꼭 그러리라 장담할 수는 없어요. 스타스를 매수했다면 다른 그 누구도 매수할 수 있으니까요. 그리고 증거가 없으니…… 인정할 건 인정해야죠. 우리 이야기가 너무 황당해서 타블로이드 신문에 실린다 해도 돈 주고 사고 싶지 않을 정도잖아요."

못마땅한 침묵이 잠시 흘렀다. 질의 말을 들으니 이 모든 일이 얼마나 말도 안 되는 상황인지 다시금 상기되었다. 그들이 겪은 일을 직접 보지 못한 사람에게는 그 이야기가 얼마나 어처구니없이 들리겠는가.

'사람을 좀비로 만드는 바이러스를 이용해 상상도 못할 끔찍한 괴물을 만들어내고…… 사람을 속여서까지 바이러스를 주입하는 미친 과학자를 고용한 대기업이 괴물을 창조하고 또 은폐하려 한다니…… 여기에 나치 전범들과 원자폭탄만 더하면 바로 베스트셀러가 탄생하겠어.'

"그럼 하던 이야기로 돌아가서, 다른 스타스 대원들을 모으는 것 말인데요. 몇 명 염두에 둔 사람이 있습니다. 함께 훈련받은 친구들이요. 그리고 배리 선배는 인맥이 아주 넓어요."

크리스의 말에 데이비드가 고개를 끄덕였다.

"맞아요. 인원 확보가 다른 어떤 일보다 급선무라고 생각합니다. 단 내가 우려하는 바는 그들에게 어떻게 연락을 취하느냐 하는 겁니다. 지부 사무실들은 이미 도청장치가 되어 있을지도 모르죠. 엄브렐러가 우리의 계획을 최대한 모르게 하는 게 목표입니다. 그리고 스타스가 가진 자산을 이용할 수 있는 시간도 얼마 안 남았습니다."

"중간에서 중개 역할을 해줄 사람들을 찾는 게 방법일지도 몰라요. 스타스와 관련이 없는 사람들 중에서 말이에요."

질의 말이 끝나자마자 크리스의 얼굴에 돌연 화색이 돌았다.

"공군에 있을 때 알던 친구가 하나 있는데, 지금 FBI 부서장인 잭

해밀턴 밑에 있어요. 해밀턴이라는 사람에 대해서는 잘 모르지만 내 친구 피트는 믿을 만한 사람이거든요. 나한테 빚진 것도 있고."

"좋습니다. 그 친구한테 라쿤 경찰을 조사하는 데 필요한 도움을 요청할 수 있겠군요. 메인 주 연구시설에서 증거를 입수한 뒤, 당신 친구를 찾아가 연방 차원의 수사를 진행할 수 있게 만들어봅시다."

괜찮은 계획 같았다. 하지만 질은 가만히 앉아 이야기만 늘어놓는 것이 점점 더 불만스러워지기 시작했다. 지금 당장 움직이고 싶었다. 스타스 본부에서 연락이 오기만을 기다리는 것도 무척 힘들었는데, 레베카가 목숨을 걸고 임무를 수행하는 동안 자기들은 아무것도 하지 않는다는 건 정말 괴로운 일이 될테니까.

"그것 말고도 할 수 있는 다른 일이 있다고 하셨잖아요?"

질의 물음에 데이비드가 살짝 미소를 띠며 말했다.

"맞습니다. 연방 수사국을 개입시키더라도 확실한 결과가 나오지 않을 수도 있습니다. 그래서 엄브렐러 본사에 잠입할 계획을 세우고 있어요. 위험한 일이죠. 우선은 소규모로 일을 진행하는 게 나을 것 같습니다. 세 사람은 최대한 빨리 자취를 감추는 게 좋겠습니다. 그리고 트렌트라는 사람에 대해 알아보는 것도 필요하고요. 물론 알아낼 수 있는 게 거의 없을 듯싶지만."

트렌트를 이미 만나본 질은 데이비드의 그런 생각을 이해할 수 있었다. 이 수수께끼의 남자는 굉장히 신중해서 자신을 추적할 수 있는 실마리 같은 건 절대 남기지 않을 것이다.

"그가 일부러 흘린 정보 정도만 알아낼 수 있을 것 같군요. 하지만 어쨌거나 조사해볼 가치는 있겠죠. 그리고 작전을 마친 다음에 다시 만날 장소도 미리 정해야 할……."

데이비드가 갑자기 말을 멈추고는 귀를 기울이듯 한쪽으로 고개를 숙였다. 질 역시 어떤 소리를 들었다. 배리가 열어둔 창문 사이로 들려오는 나뭇잎들의 바스락거리는 소리였다. 순간 심장이 멎는 듯한 기분이 들었다.

'엄브렐러!'

"엎드려!"

질이 소리치며 레베카를 끌어당겼다. 그리고 소파 밑으로 몸을 숨기는 것과 동시에 폭발하듯 발사되는 자동소총의 총격에 창문이 산산조각 나고 커튼이 거칠게 나부꼈다.

///

데이비드가 무기를 향해 손을 뻗으며 바닥으로 몸을 던지자마자 그가 앉아 있던 의자는 벌집이 되었고, 구멍 난 소파에서 떨어져 나온 솜뭉치들이 눈앞에서 둥실둥실 떠다녔다. 벽에 뚫린 수많은 구멍에서는 연기가 피어오르고 깨진 회반죽 조각과 나뭇조각들이 사방으로 튀었다.

'이런 제길!'

무차별적으로 퍼부어지던 공격이 잠시 멈췄다. 집 뒤편의 유리창이 깨지면서 누군가 침입하는 소리를 간신히 들을 수 있는 아주 짧은 순간이었다.

"배리, 조명!"

데이비드가 소리치기도 전에 배리는 이미 총을 빼들었다. 그의 콜트 리볼버가 내뿜는 시끄러운 총성이 기관총 소리를 덮었다.

탕! 탕!

배리가 쏜 총알이 거실 조명등에 명중함과 동시에 천장에서 유리 파편이 우수수 떨어지며 거실이 어둠에 잠겼다. 하지만 복도에서 여전히 빛이 들어오고 있었고, 또 한 번 총알 세례가 쏟아졌다.

크리스가 낮은 포복으로 복도를 향해 기어나갔다. 그러고는 매끄러운 동작으로 몸을 굴려 복도의 조명을 명중시켰다. 이제 거실은 완벽한 어둠에 묻혔고, 곧이어 기관총 소리도 멈췄다.

귓속에서 윙윙거리는 소음이 이어졌지만 데이비드는 주방 쪽에서 들려오는 유리 조각 밟는 소리를 들을 수 있었다. 묵직한 발소리가 멈췄다. 창문 쪽에서 사격을 가했던 동료들이 들어오길 기다리는 것이 분명했다.

'출구 쪽에도 두 명 이상이 기다리고 있겠지. 주방문, 현관, 창가에 있는 놈들까지……'

또 다른 발소리가 주방으로 들어섰다. 다급한 이 발걸음 역시 멈췄다. 둘은 기다리고 있었다. 자기 팀원들이 들어오길, 아니면 한데 모인 스타스 대원들이 움직이길 기다리는 것일지도. 데이비드의 머리는 빠르게 움직이며, 몇 가지 가설과 선택 사항을 고려하고 걸러내기를 반복했다.

'위로 올라가 한 번에 한 놈씩 제거한다. 하지만 집에 불을 지를 작정이라면 이야기가 달라지지. 최대한 빠르게 놈들을 그대로 지나쳐 뒷문으로 나간다. 문제는 놈들의 무기가 훨씬 우세하다는 거야. 적외선 탐지기 같은 것이라도 있으면 우리는 독 안에 갇힌 쥐 신세 지. 상대가 안 돼.'

한 가지 분명한 것은 이대로 머물러선 안 된다는 사실이다. 놈들이 기다림에 지쳐 본격적으로 움직이기 시작하면 끝장이다. 몸을 숨길 수 있는 엄폐물이라고는 전혀 없었으니까.

배리의 우람한 그림자가 그를 향해 기울자 오른편에서 조심스러운 움직임이 느껴졌다. 데이비드의 눈이 어둠에 익숙해지자 질과 레베카가 커피 테이블 반대편에 있는 것이 보였다. 둘 다 쪼그려 앉은 채 권총을 꺼내 들고 있었다. 크리스는 보이지 않았지만 아직 복도에 있을 것이다.

배리의 집은 블록의 마지막 집이었고 나무가 우거진 공원이 바로 옆에 있었다. 몰래 빠져나가 나무 사이로 숨을 수만 있다면…….

그걸로 결론이 내려졌다. 형편없는 계획이라도 아예 없는 것보다는 나았고, 다른 대안을 떠올릴 시간이 부족했다.

"지하실 문은?"

데이비드가 낮게 속삭였다.

"있지."

배리의 걸걸한 목소리는 긴장되어 있었다.

하지만 지하실 문이 있다 해도 소용없었다. 이미 놈들이 지키고 있을 테니까. 2층을 통해서 나가야만 했다.

"공원으로 갑시다. 질은 크리스와 함께 내 신호에 따라 엄호할 준비를 해요. 배리와 레베카는 최대한 빨리 계단을 따라 동쪽 창문으로 가고. 뛰어내리기 쉬울 겁니다. 우리가 바로 따라가죠. 준비됐으면 움직입시다."

질은 재빨리 소파를 돌아 두터운 그림자 속으로 조용히 사라졌고, 배리와 레베카가 곧바로 따라붙었다. 데이비드는 트렌트가 준 서류를 재빨리 챙겨 셔츠 안에 구겨 넣었다. 바스락거리는 종이가 땀에 젖은 피부에 닿아 시원하게 느껴졌다. 서류 가방에 담긴 나머지 물건은 놈들 손에 넘어가도 아쉬울 게 없었다.

데이비드는 크게 입 벌린 복도의 어둠 속을 천천히 기어 질과 크리스가 쭈그려 앉아 있는 곳으로 다가갔다. 복도 입구는 계단의 옆면을 바라보고 있었다. 왼쪽으로는 정문과 계단이 있었고, 오른쪽으로는 긴 복도 끝에 조용한 주방이 있었다. 그곳에서는 엄브렐러의 수하 두 놈이 기다리고 있을 것이다.

'질과 크리스는 오른쪽을, 나는 왼쪽을 맡는다. 총격이 시작되면 나머지 놈들은 정문으로 몰려오겠지.'

그러기를 바랐다. 타이밍이 완벽하지 않으면 죽는다. 창문을 통해 들어오는 희미한 빛 외에는 너무 어두워서 수신호를 확인하기가 힘들었다. 그는 질과 크리스 사이로 몸을 기울이고는 최대한 목소리를 낮춰 입을 열었다.

"둘 다 오른쪽을 맡는다. 질은 몸을 낮춰 바깥쪽에 서고."

데이비드가 속삭였다.

놈들이 바닥을 겨냥하진 않을 테니 크리스는 복도 벽을 방패로 삼으면 된다.

"나는 정문을 맡는다. 정확히 6초간 사격한다. 1초도 지체하면 안 돼. 6초가 경과하면 복도를 벗어나 무조건 계단으로 올라가야 한다. 신호하겠다. 지금!"

세 명이 신속히 몸을 일으켜 자리를 잡았다. 크리스와 질은 주방을 향해 방아쇠를 당기고, 데이비드는 왼쪽을 향해 몸을 돌렸다. 그리고 자세를 낮춘 채 정문을 향해 달렸다. 시간이 흐르고 있었다.

'5, 4……'

그의 뒤에서 배리와 레베카가 쏟아지는 총알을 뚫고 계단을 향해 달려왔다. 데이비드는 정면의 어둠을 향해 베레타를 겨냥했다. 문까지 거의 다다랐을 때 누군가가 문을 발로 차 열었다.

육중한 나무 문이 데이비드의 어깨에 부딪히자 그가 있는 힘껏 몸을 던져 문을 다시 닫았다. 동시에 바닥으로 몸을 날리며 문 아랫부분을 향해 발을 내뻗었다.

'2……'

그가 문의 위쪽을 향해 총을 쏘았다. 최대한 빠르게 방아쇠를 다섯 차례 당겼다. 목이 졸린 듯한 비명 소리가 들리더니 무언가 무거운 것이 현관 바닥에 부딪히는 소리가 들렸다. 그는 세 발을 더 발사한 후 몸을 굴려 계단 밑에 있는 우묵한 곳에 몸을 숨겨 공격을 피했다. 6초 경과.

데이비드가 돌아서자 질과 크리스가 이미 계단을 올라가고 있는 것이 보였다. 그리고 그의 발이 첫 번째 계단에 닿는 순간, 바로 뒤에서 거대한 폭발음이 들렸다. 엄브렐러 놈들이 상황을 마무리 지으려는지, 문을 부수기 시작한 것이다. 대구경 총알들이 쏟아지면서 나무 파편이 사방으로 튀었다. 질과 크리스가 주방에 있던 놈들을 사살하지 않았다면 이미 모두가 죽은 목숨이었을 것이다.

계단을 반쯤 올랐을 때 데이비드는 돌아서서 부서지고 있는 현관문을 향해 두 발을 더 발사했다. 모두가 탈출하기에 충분한 시간이었기만을 바랄 뿐이었다.

'10초, 혹은 20초 후면 놈들이 우리가 사라진 걸 깨닫겠군.'

시간이 촉박했다.

///

레베카는 어두운 층계참에 섰다. 질과 크리스의 뒤를 따라 가까워지는 총성만큼이나 심장이 큰 소리로 뛰고 있었다.

'서둘러, 겁먹지 말라고.'

배리는 그녀의 오른편 층계참 끝에 서 있었다. 열린 창문을 통해 들어오는 달빛으로 간신히 그 모습이 보였다. 가장 먼저 올라온 건 질이었다. 레베카가 그녀를 가볍게 밀어 배리 쪽으로 보내자 곧 크리스도 올라왔다.

탕! 탕!

계단의 어둠 속에서 데이비드의 9밀리미터 베레타 총구가 번쩍번쩍 두 번 빛났다. 그러고는 땀에 젖은 채 유령처럼 어둠 속에서 홀연히 나타나더니 레베카 앞에 섰다.

"이쪽이에요."

레베카가 몸을 돌려 창문을 향해 달리자 데이비드가 옆에 붙었다. 질은 이미 보이지 않았고, 크리스는 이제 막 창밖으로 나가고 있었으며, 배리가 균형을 잃지 않기 위해 안간힘을 쓰면서 크리스의 한 손을 붙잡고 있었다.

'바닥에 매트리스 아니, 나뭇잎 더미 같은 거라도 있게 해주세요!'

현관문이 부서져 열리는 소리와 함께 묵직한 발소리와 남자들의 낮은 목소리가 이어졌다. 화가 난 듯 무언가 지시를 내리고 있었다. 크리스가 이내 창문 밖으로 모습을 감추었고 배리가 레베카를 향해 손을 뻗었다. 그의 입술은 굳게 닫혀 있었다. 레베카는 권총을 총집에 넣고 창가로 다가갔다.

그녀는 등허리에 닿은 배리의 따뜻한 손을 느끼며 창틀로 기어나가 아래를 내려다보았다. 건물의 옆면으로 나무 울타리가 보였다. 울창하게 우거져 있었지만 말도 안 되게 멀어 보였다. 잔디밭 위에 서서 현관을 향해 총을 겨누고 있는 질의 모습도 눈에 들어왔다. 크리스는 잔뜩 굳은 얼굴로 위를 올려다보고 있었다.

'아무 생각도 하지 마. 그냥 뛰어.'

레베카가 창문 밖으로 나가자 배리의 강한 손이 그녀의 손을 잡았다. 팔의 힘만으로 매달리자 어깨가 빠질 것 같았다. 배리가 그녀의 착지 거리를 조금이라도 줄여주기 위해 밖으로 몸을 기울이자 그녀의 몸이 공중에 대롱대롱 매달렸다.

배리가 손을 놓았다. 다행히 공포심이 느껴지기도 전에 나무 울타리 위로 떨어졌다. 약간의 통증이 느껴졌다. 맨다리가 잔가지에 긁힌 것이다. 다음 순간 크리스가 얽혀든 나뭇가지 사이로 그녀를 가뿐히 들어 올려 일으켰다.

"뒤를 맡아."

크리스가 속삭였다. 그는 이미 창문 쪽으로 돌아가 있었다.

레베카는 재빨리 리볼버를 총집에서 꺼낸 뒤 잔디밭으로 들어가 뒷마당의 어둠 속을 바라보았다. 왼쪽으로 약 20미터 거리에 괴괴한 모습으로 나무들이 늘어서 있는 것이 눈에 들어왔다.

'어서 서둘러요.'

집 안에서 요란한 총성이 이어지더니 그녀의 오른편으로 무언가가 쿵 하고 떨어졌지만 그녀는 자신이 맡은 임무에 집중한 채 고개를 돌리지 않았다.

그때 집 모퉁이 옆에서 어떤 움직임이 포착되었다. 레베카는 망설이지 않고 짙은 어둠 속으로 두 발을 발포했다. 배리가 준 권총이 두 손 안에서 거칠게 흔들렸다. 움직이던 형체는 그대로 무너지더니 그녀 쪽으로 쓰러졌다. 소총을 든 남자가 레베카의 총에 맞았고, 아마도 다시 일어서는 일은 없을 것이다.

'지금껏 사람을 쏜 적은 한 번도 없었는데.'

"가자!"

크리스가 소리치자 레베카는 휙 고개를 돌렸다. 배리가 관목 더미를 헤치고 그들을 향해 비틀거리며 다가오는 것이 보였다. 창문을 통해 고함 소리가 들려오더니 자동소총에서 한차례 총알이 쏟아졌다. 레베카는 총알이 자신의 발 근처 바닥을 거칠게 때리는 것과 웃자란 잔디 몇 움큼이 공중으로 흩어지는 것을 느꼈다. 그녀의 다리에 흙이 튀었다.

'제길!'

크리스가 앞서 달렸고 그 뒤로 데이비드와 질이 나무를 향해 달리며 몸을 돌려 총을 발포했다. 2층 창문에서 총을 쏘던 놈은 몸을 피했거나 총에 맞았는지, 시끄럽던 소총 소리가 조용해졌다. 곧 공원의 나무들이 가까워졌고 레베카는 사이렌 소리를 들었다. 곧이어 현관을 가로질러 달리는 사람들의 발소리와 고함 소리가 이어졌다. 몇 초 뒤 끼이익, 하고 타이어 미끄러지는 소리도 들렸다.

레베카는 울퉁불퉁 비틀린 가느다란 나무들을 이리저리 피하며 우거진 잡목림을 통과했다. 다른 이들을 시야에서 놓치지 않기 위해 최선을 다해야만 했다. 땀으로 온통 축축해진 손은 금방이라도 무거운 리볼버를 놓칠 것만 같았다. 몸 전체가 박동하듯 뛰고 있었으며, 다리는 후들후들 떨리고, 호흡은 가쁘면서도 얕았다. 모든 일이 너무 빠르게 벌어지고 있었다. 자신들이 위험에 처했다는 것과 엄브렐러가 그들을 제거하려는 건 알고 있었지만 무언가를 아는 것과 그것을 진심으로 받아들이는 건 별개의 문제였다. 낯선 사람들이 배리의 집을 부수고 들어와 자신들의 목숨을 빼앗으려 한다는 사실을 현실로 받아들여야 한다니…….

'그 와중에 나도 누군가의 목숨을 빼앗았는지 몰라.'

누군가를 죽였을지도 모른다는 생각을 하니 괴로웠다. 그녀는 그 생각이 머릿속을 온통 차지하기 전에 재빨리 떨쳐내고 눈앞에 보이는 크리스의 티셔츠에 정신을 집중했다. 양심의 가책을 느끼는 건 차분히 생각할 시간이 생길 때까지 미뤄둬야 했다.

울창한 숲이 공터로 이어졌고 흐릿한 조명을 받은 놀이터의 놀이기구들이 희미하게 빛났다. 크리스가 달리는 속도를 조금 늦추더니 늘어선 나무가 끝나는 지점에 멈춰 서서 대원들을 찾아 주변을 둘러보았다.

레베카가 그를 따라잡았고, 배리와 질은 바로 뒤에 있었다. 모두가 거칠게 숨을 몰아쉬었으며, 레베카만큼이나 당혹스럽고 심각한 표정들이었다.

"데이비드! 데이비드는 어디 있지?"

크리스가 소리치자 모두가 고개를 돌려 길게 늘어진 나뭇가지 사이로 어두운 공원을 살펴보았다. 그때 레베카의 눈에 왼쪽의 그림자들 중 하나가 움직이는 것이 보였다. 그것은 날렵하게 미끄러지듯 움직이고 있었다.

"조심해요!"

그녀가 외치며 바닥으로 몸을 던졌다. 공포가 순식간에 엄습해 왔다.

동시에 그 그림자가 그들을 향해 총을 발포했다. 두 번. 배리의 집에서 들렸던 폭발성 총성과 비교했을 때 그 소리는 아주 작았다. 세 번째 총성은 좀 더 컸고 가까이에서 들렸다. 그러자 그림자가 비틀거리더니 나무에 부딪힌 후 흙바닥으로 쓰러졌다. 사이렌 소리만 점점 더 커질 뿐 공원은 다시 고요해졌다.

레베카가 천천히 머리를 들고 주변을 둘러보았다. 데이비드가 쓰러진 형체를 향해서 베레타를 겨냥한 채 서 있는 것이 보였다. 질과 크리스는 레베카 옆에 앉아 있었고, 둘 다 총을 꺼내든 채 놀란 눈으로 주변을 두리번거렸다.

그리고 그녀의 맞은편 흙바닥에는 배리가 널브러져 있었다. 얼굴
이 마른 솔잎과 바싹 마른 나뭇잎 더미에 처박힌 상태였다.
　그는 움직이지 않았다.

제4장

가늠할 수 없는 시간 동안 어둠이 사방을 뒤덮었고, 완벽한 고요
가 흘렀다. 그러다 여러 목소리가 들려오며 그를 검고 깊은 어둠 밖
으로 서서히 끌어냈다. 몽롱한 정신으로는 그것이 누구의 목소리인
지 알 수 없었다. 어딘가에서 사이렌 소리도 들려왔다.

총을 맞았어.

오, 하느님.

상태를 확인해야 해.

잠깐만요, 상처를 찾을 수 없어요. 도와줘요. 배리? 배리? 들려요?

"배리, 내 말 들려요?"

레베카였다. 배리는 눈을 떴다가 곧 다시 감았다. 두개골을 둘러
싸고 욱신거리는 통증에 절로 눈이 찌푸려졌다. 왼쪽 팔에도 통증
이 느껴졌다. 날카롭고 지속적인 고통이었지만 머리의 통증만큼 심

하지는 않았다. 두 가지 통증 모두 예전에 느껴본 적이 있다.

'총을 맞고 나무에 부딪혔군. 아니면 야구방망이를 든 빌어먹을 놈과 마주쳤거나.'

배리는 상처를 찾기 위해 그의 가슴 주변을 훑는 작은 두 손을 느끼며 다시 눈을 떠보려 애썼다. 하지만 자신의 얼굴 위로 걱정스러운 표정을 한 얼굴들이 떠다니는 것을 알아보기까지 조금 더 시간이 걸렸다. 질과 크리스, 겁에 질린 표정의 레베카였다. 그녀의 손가락이 셔츠로 덮인 그의 상체 이곳저곳을 누르고 있었다. 고맙게도 사이렌 소리가 조용해졌지만 길가에 경찰차 여러 대가 멈춰서는 소리가 들렸다. 나무가 우거진 공원을 통해 강력한 엔진 소리가 메아리쳤다.

"왼쪽 이두박근."

배리가 중얼거리며 몸을 일으키려 했다. 그러자 어두운 숲이 불안정하게 흔들렸고, 레베카가 조심스럽게 그를 다시 눕혔다.

"움직이지 마세요. 잠시만 그대로 누워 있으세요, 알겠죠? 크리스 선배, 티셔츠 좀 벗어주세요."

그녀의 단호한 말에 배리가 힘겹게 중얼거렸다.

"하지만 엄브렐러가……."

"지금은 안전해. 가만히 있으라고."

데이비드가 다른 이들 옆에 무릎을 꿇으며 말했다.

레베카가 그의 팔을 조심스레 들어 올려 앞뒤를 모두 살폈다. 배리가 가볍게 팔을 움직여보더니 몰려오는 통증에 얼굴을 찌푸렸다. 하지만 심한 상처는 아니라는 걸 알 수 있었다. 적어도 뼈는 무사했다.

"삼각근을 관통했어요. 한동안 역기는 못 드시겠네요."

레베카가 말했다.

그녀의 어조는 가벼웠으나 배리의 얼굴을 들여다보는 시선에는 근심이 가득 담겨 있었다. 레베카는 크리스가 벗어준 티셔츠를 배리의 팔에 단단히 묶고는 그를 뚫어져라 쳐다보았다.

"관자놀이에 혹이 크게 났어요. 좀 어때요?"

머리가 여전히 심하게 지끈거렸지만 통증은 흔한 두통 정도로 약해졌다. 약간 어지럽고 속이 울렁거리긴 해도 여전히 자신의 이름과 오늘 날짜를 정확히 기억하는 걸 보니 괜찮은 듯했다. 뇌진탕이라 해도 대단한 정도는 아니었다.

'이보다 심한 숙취도 많이 겪어봤는데, 뭐.'

"기분이 개떡 같지만 괜찮아. 쓰러지면서 나무에 부딪혔나봐."

임시 붕대를 마저 감고 나자 배리가 다시 상체를 세웠다. 아까보다 조금 더 나아진 듯했다. 경찰이 숲을 수색하기로 마음먹기 전에 움직여야 했다. 하지만 어디로 간단 말인가? 엄브렐러가 하룻밤 사이에 두 번이나 공격을 해올 가능성은 적었지만 그렇다고 운을 시험하고 싶진 않았다. 그들의 집은 모두 안전하지 않았다. 그나마 배리의 아내와 딸들이 플로리다의 외가로 떠난 것이 다행이었다. 그들이 집에 있었다는 상상만으로도 아찔했다. 총격이 시작되었을 때 딸아이들이 방에서 놀고 있었다면……

배리가 비틀거리며 자리에서 일어섰다. 스펜서 저택에서의 사건 이후 머릿속을 떠나지 않았던 분노를 통해 다시 힘을 찾았다. 웨스커는 배리의 협조를 얻기 위해 아내 캐시와 딸아이들의 목숨을 가지고 그를 협박하고는, 그를 이용해 지하 실험실까지 힘들이지 않고 진입했었다. 그날 이후로 배리의 죄책감은 강한 분노로 이어졌고, 이것은 그가 살면서 지금까지 느껴본 그 어떤 분노보다도 강렬했다.

"나쁜 자식들, 망할 엄브렐러 새끼들."

배리가 성난 짐승처럼 으르렁거렸다.

다른 이들도 그와 함께 일어섰다. 크리스의 벗은 상체가 희미한 불빛에 반사되어 창백하게 보였다. 모두들 배리가 심하게 다치지 않은 것을 보고 안심한 듯했지만 데이비드만은 배리가 본 적 없는 매우 불편한 표정이었다. 무언지 알 수 없는 부담감으로 그의 어깨는 축 처져 있고, 입을 연 뒤에는 배리와 시선을 맞추지 못했다.

"자널 쏜 사람 말이야, 내가 처리했는데…… 배리, 그자는 제이 섀넌이었어."

데이비드가 소음기 달린 9밀리미터 권총을 들어 올려 보였다. 총열을 따라 피가 튀어 있었다.

배리가 그를 멍하니 마주보았다. 그의 말을 알아듣긴 했지만 받아들일 수 없었다. 그건 불가능했다.

"아닐 거야. 제대로 못 봤겠지. 너무 어두워서."

데이비드는 돌아서서 나무 사이를 통과해 그들을 쓰러진 남자에게로 이끌었다. 배리도 비틀거리며 그의 뒤를 따랐다. 나무 기둥을 들이받았을 때보다 더 심한 두통이 몰려오기 시작했다.

'제이일 리 없어. 그럴 리가 없다고. 데이비드가 갑작스런 총격으로 정신적 충격을 받은 거야. 분명해. 잘못 본 거야.'

문제는 데이비드가 맹렬한 공격을 받았다고 해서 흔들리는 사람이 결코 아니라는 사실이다. 이제까지 그런 적이 없었고, 어지간해서는 실수도 하지 않았다. 배리는 찌르는 듯한 통증에 이를 갈면서 뒤를 따랐다. 그래도 다시 한 번 데이비드가 틀렸기를 빌었다.

남자는 똑바로 쓰러졌는지 아니면 데이비드가 뒤집었는지, 하늘을 보고 누운 채 생기가 빠져나간 눈으로 그들을 올려다보고 있었다. 솔잎 하나가 그의 흐릿한 눈동자에 박혀 있었다. 데이비드의 베레타에서 발사된 반장갑 탄환이 그의 심장 바로 위에 구멍 하나를 뚫어놓았다. 운이 좋았다. 시신의 창백한 얼굴을 내려다본 배리는 심장이 돌로 변하는 듯한 기분을 느꼈다.

'세상에, 제이. 어째서? 대체 왜?'

"누구예요?"

질이 조용히 물었다.

배리가 죽은 남자를 멍하니 내려다보았다. 대답할 수가 없었다. 그때 들려오는 데이비드의 대답은 공허하고 생기 없이 들렸다.

"스타스 오클라호마 시티 지부의 제이 섀넌 대위입니다. 배리와 나와 함께 훈련받았던."

"지난주 데이비드한테 전화했을 때 이 친구한테도 연락을 했어. 그랬더니 우리가 걱정된다며 주변에서 엄브렐러에 관한 이야기가 들리는지 귀를 열어두겠다고 했었지."

배리가 목소리를 되찾아 겨우 입을 열었다. 눈은 아직도 제이의 차갑게 굳은 얼굴에 그대로 머물러 있었다.

'그러고는 몇 분 동안 실없는 이야기를 늘어놓고, 어떻게 사는지 서로 묻고, 옛날이야기를 주고받았지. 아이들 사진을 보내주겠다고 했고. 이야기를 더 나누고 싶지만 회의가 있다며 전화를 끊어야 한다고 했잖아.'

엄브렐러가 이미 제이에게까지 마수를 뻗은 것이 분명했다. 그 깨달음은 무섭도록 잔인하고, 끔찍하리만치 확실했다. 엄브렐러가 공격을 사주했지만 그것을 수행한 건 스타스 대원들이었다. 배리의 집은 그가 아는 사람들에 의해 산산조각 났고, 그는 친구라고 생각했던 사람에게 총을 맞았다.

어두운 나무들 사이로 희미하게 들려오는 개 짖는 소리에 무거운 침묵이 깨졌다. 숫자와 위치로 보아 라쿤 경찰의 경찰견들이 이제 막 집에 도착한 것 같았다. 배리는 시신으로부터 눈을 뗐다. 그의 생각도 현재의 상황으로 돌아왔다. 움직여야 했다.

"갈 수 있는 곳이 있나? 엄브렐러가 예상하지 못할 곳이 있을까? 오두막이나 빈 건물 같은…… 걸어서 갈 수 있는 곳 중에?"

'브래드!'

"겁쟁이 브래드가 살던 곳의 임대 기간이 아직 두 달쯤 남았을 거야. 그 집이 비었어. 여기서 1킬로미터 정도밖에 안 떨어졌고."

배리가 말했다.

"그쪽으로 가자."

데이비드가 재빨리 고개를 끄덕이며 말했다.

배리는 공원 안 놀이터 쪽으로 다른 이들을 이끌고 달빛이 비치는 공터를 가로질렀다. 곧이어 두 블록 너머로 이어지는 오솔길이 나타났다. 사건 현장과는 제법 거리가 있기 때문에 운만 따라준다면 경찰이 거기까지는 찾으러 오지 않을 것이다. 배리는 백만 번쯤 이 공원을 산책했었다. 옆에는 아내가 팔짱을 낀 채 함께 걸었고, 발치에서는 아이들이 춤을 추며 따라왔었는데.

'우리 집. 여기가 우리 집이라고. 하지만 다시는 예전으로 돌아갈 수 없겠지.'

따뜻하고 고요한 밤공기를 뚫고 달리는 동안 배리는 팔에 난 총상에서 다시 피가 흐르는 것을 느꼈다. 그는 속도를 늦추지 않은 채 끈적이는 붕대 위에 오른손을 대고 꾹 눌렀다. 배리는 느껴지는 고통을 통해 결의를 더욱 강하게 다지면서 덤불이 우거진 나무 사이를 달려 브래드의 집으로 향했다.

'더 이상은 안 돼, 더 이상은. 이렇게 끔찍한 일이 아무렇지 않게 벌어지는 세상에서 우리 딸들을 자라게 둘 수 없어. 어떻게든 막고야 말겠어.'

이미 너무 많은 일이 벌어졌지만, 이것은 싸움의 시작에 불과했다. 스타스에는 여전히 믿을 수 있는 사람들이 있었고, 더 이상은 아무것도 모른 채 이대로 당하지만은 않을 생각이었다. 또다시 엄브렐러에서 찾아오면 오늘처럼 도망치지 않을 것이다. 그리고 레베카와 데이비드가 메인 주에서의 작전을 성공시킨다면 엄브렐러를 완벽하게 무너뜨리는 데 필요한 것을 얻게 될 것이다.

엄브렐러는 상대를 잘못 골랐다. 배리는 놈들이 그 사실을 깨닫게 되었을 때, 바로 그 자리에 있겠다고 다짐했다.

질은 구부러진 핀 한 개와 레베카의 귀걸이 한 짝으로 브래드의 집 문을 손쉽게 열었다. 문이 열리자 레베카는 즉시 약이 보관된 찬장으로 배리를 데려갔고, 크리스는 걸칠 만한 티셔츠를 찾으러 갔다. 데이비드와 질은 브래드의 집을 샅샅이 뒤졌다. 데이비드는 이집에 오길 잘했다는 생각이 들었다.

이보다 나은 은신처는 없을 것 같았다. 배리와 다른 두 대원들이 아지트로 삼을 수 있는 안전한 곳이 있다고 생각하자 마음이 놓였다. 이 방 두 개짜리 작은 집은 옆집과 뒷마당을 공유하고 있었는데, 그 집에서는 안전을 중요하게 생각하는지 데이비드가 뒷문을 열 때마다 밝은 등이 켜지면서 작은 잔디밭을 환하게 밝혔다. 또 집안 어딘가에서 꽤 큰 개를 키우는 것 같았다. 양쪽 근방으로 다른 집들도 많았고, 전면에 난 창문으로는 길 건너에 개방된 학교 운동장이 내다보였다. 누군가 몰래 접근해오려 해도 몸을 숨길 곳이 없을 터였다.

집 안은 가구가 별로 없었고 조금은 어수선했다. 브래드가 무척급하게 짐을 꾸려 달아난 것이 분명했다. 개인 물건과 책들이 곳곳에 어지럽게 널려 있었다. 라쿤 시티를 벗어나기에 급급해 무엇을 가져가면 좋을지 마음을 정하지 못했던 것처럼 말이다.

'오늘 밤 그런 일을 겪고 나니 도망갔다고 비난할 수만은 없겠군.'

브래드는 그저 직업을 잘못 택한 것뿐이었고, 그렇게 생각하면 그를 딱히 겁쟁이라 욕할 수 없었다. 매일같이 죽음의 위협을 감수하는 건 아무나 감당할 수 있는 일이 아니다. 게다가 최근의 일들을 생각해보면 브래드 같은 사람들은 자진해서 물러나는 것이 현명한 선택이기도 했다. 물론 그들 입장에서는 브래드의 지원을 받는다면 좋았겠지만 배리한테 들은 바에 의하면 그는 함께 일하기에 적합한 사람이 아니었다. 무사히 살아남긴 했지만 그 과정에서 동료들의 신임을 잃지 않았는가. 위기 상황이 닥쳤을 때 이보다 더 나쁜 일은 없다.

질이 주방을 살피는 동안 데이비드는 어둡고 비좁은 거실의 흉측한 녹색 소파에 앉아 지친 머릿속을 정리하고 있었다. 데이비드는 빈 노트와 펜을 찾아 자신의 동료와 여타 아는 사람들의 이름과 연락처를 적고, 브래드의 전화번호도 적었다. 그리고 멍하니 어둠에 잠긴 방을 둘러보며 전투 이후 아드레날린 급감으로 인해 따라오는 피로감을 떨쳐내고자 애썼다. 중요한 사항들을 정리하고 하나도 잊어버려선 안 된다. 레베카와 함께 떠나기 전에 다른 이들과 논의해야 할 그 어떤 사소한 것도 놓치고 싶지 않았다. 비행기 이륙시각에 맞춰 떠나려면 이번 일은 배리와 질, 크리스 셋이서 마무리지어야 했다.

'스타스, 트렌트의 수수께끼, 목표, 연락처……'

충격적인 일을 겪고 난 뒤라 정신을 집중하기 힘들었고, 애초부터 피곤한 상태이기도 했다. 며칠 동안 잠을 자지 못한 데다가 앞으로 그들 앞에 놓인 모든 일들에 대해 생각해야 했기 때문이다. 그리피스 박사에 대해 레베카가 알려준 사실은 아무리 이성적으로 생각해도 당황스럽기 짝이 없었다. 그렇다고 해서 캘리밴 코브 작전을 수행하겠다는 결의가 사그라진 건 아니었다. 반드시 해내야 할 일과 기억할 일들에 또 하나가 더해진 것뿐이었다.

그때 크리스가 소매를 잘라낸 빛바랜 푸른색 스웨터를 입고 거실로 들어와 데이비드 맞은편에 털썩 앉았다. 그의 얼굴은 그림자에 가려져 있었다. 잠시 후 크리스가 앞으로 몸을 숙이자, 그제야 닫힌 블라인드에서 새어 들어온 빛을 통해 그의 표정을 볼 수 있었다. 그의 얼굴은 피곤해 보였고, 생각에 잠겨 있었으며, 무엇보다 미안한 빛을 띠고 있었다.

"저기, 데이비드…… 지난 2주는 우리 모두에게 힘들었어요, 아시죠? 엄브렐러가 무슨 짓을 할지 몰라 초조해 하고, 정직당하고, 동료들이 헛되이 죽은 것 같은 기분에 괴로워하면서……."

크리스가 잠시 말을 멈췄다가 다시 입을 열었다.

"아까는 조금 껄끄럽게 대한 것 같아 죄송하다고 말씀드리고 싶었습니다. 당신이 우리 편이라서 마음이 정말 든든해요. 그렇게 함부로 말하는 게 아니었는데."

데이비드는 크리스의 말 뒤에 숨겨진 진심에 놀라는 동시에 깊은 인상을 받았다. 이십대의 자신이었다면 남에게 자기감정을 솔직하게 드러내느니 차라리 손톱이 뽑혀 나가는 편을 택했을 것이다. 물론 분노는 제외하고. 분노라면 마음껏 발산하는 데 전혀 거리낌이 없었으니까.

'아버지한테 물려받은 또 하나의 유산이지.'

"미안할 것 없습니다. 우려하는 게 당연해요. 나 역시 스트레스를 많이 받았습니다. 혹시라도 내 멋대로 하려던 것처럼 보였다면 미안합니다. 스타스는 사실 내게 의미가 큽니다. 우리가, 그러니까 스타스가 다시 예전처럼 온전해지기를 바랄 뿐입니다."

그때 질이 주방에서 나오며 데이비드가 어색한 말을 이어가는 것을 막아주었다. 다행히도 크리스는 이해하는 것 같았다. 그는 데이비드와 시선을 마주하며 둘 사이의 오해가 말끔히 풀렸다는 듯 고개를 끄덕였다. 데이비드는 속으로 한숨을 쉬었다. 언제쯤이면 자신의 감정을 표현하는 데 익숙해질 것인가.

배리가 처음 연락을 해온 이후로 많은 생각을 했었다. 자신에 대해서, 그리고 스타스의 배신에 대한 자신의 집착에 가까운 분노에 대해서. 그러다가 조금은 놀라운 결론을 내렸다. 자신이 현재 삶의 방향에 대해 불만을 느끼고 있다는 사실이었다. 그는 문제가 많았던 어린 시절을 잊고 싶은 마음에 전적으로 일에 매달렸다. 스스로가 내린 결정이자 선택이었다. 하지만 엄브렐러에 대해, 가족이라 믿고 있던 조직의 배신에 대해 알고 나자 자신의 선택이 어떤 결과를 가져왔는지 깊이 생각하게 되었다. 결과적으로 그는 매우 훌륭한 군인이 되었지만 가까운 친구도, 애착을 갖는 상대도 없었다. 아이러니하게도 '가족'이라고 여겨왔던 집단에 균열이 생기면서 그간 사람과의 접촉으로부터 무조건 도망치며 살아왔다는 사실을 철저히 깨닫고 말았다.

'이제야 그걸 알게 되다니 참으로 현명하군. 엄브렐러에 그 점은 고마워해야 하나. 최소한 성찰의 시간은 갖도록 만들어줬으니.'

질이 물병과 짝이 맞지 않는 컵을 여러 개 꺼내 나눠주는 동안 배리와 레베카도 자리에 함께했다. 배리는 팔에 깨끗한 붕대를 감고 있었고, 흐릿한 조명 아래로 창백한 안색이 보였다. 제이의 일로 충격을 받은 것이 분명했다. 데이비드는 자기 손으로 제이 섀넌을 사살한 것이 괴롭긴 했지만 전투라는 생생한 현실을 이미 오래전에 받아들였다. 전쟁터에서는 사람이 죽을 수밖에 없다. 그것은 제이가 선택한 길이었고 그 선택은 잘못된 것이었다.

그들은 침묵 속에서 물을 마셨다. 네 명의 라쿤 지부 스타스 대원들('전前 대원이지'라고 데이비드가 생각했다)은 깊은 생각에 잠긴 채 침통한 마음을 억누르고 있었다. 어쩌면 빠르게 흘러가는 시간을 느끼고 있는지도 모른다. 데이비드와 레베카는 몇 분 후면 떠나야 했다. 한 블록 떨어진 곳에 있는 편의점으로 가서 공중전화로 택시를 부를 생각이었다. 데이비드는 그들의 용기를 북돋을 말을 생각해내려 애썼지만 진실은 엄연한 진실이었다. 그들은 위험한 임무를 수행할 것이고, 살아남아 다시 만나게 되리라는 보장도 없었다.

"라쿤 경찰에는 뭐라고 말할지 생각해봤나?"

마침내 데이비드가 입을 열자 배리가 어깨를 으쓱이며 대답했다.

"뭐 거짓말할 것도 없잖아. 셋이 함께 우리 집에 있었는데 웬 놈들이 침입해서 우리를 살해하려 했고, 우린 도망쳤지."

"아이언스 서장은 아마 어설픈 강도들의 소행으로 얼버무리려 할 겁니다. 그자가 내 생각만큼 이 일에 깊이 연루되어 있다면, 엄브렐러가 하는 일에 사람들의 주의를 집중시키고 싶지 않을 거예요."

"시체를 봤다는 말은 하지 마. 벌써 사건 현장을 치웠을지도 모르지. 놈들한테 쫓겨 공원으로 도망쳤다고만 말해. 그러면 사건 현

장을 떠난 이유도 설명이 되고 제이 섀넌에 대해서도 걱정할 필요
가……."

"우리가 알아서 할게. 그리고 내일 아침 일찍 여기저기 연락을 취
해서 우리 편을 확보할 거야. 자네는 자네 할 일이나 걱정하라고,
알겠지?"

배리가 피곤한 듯 미소 지으며 말했다.

데이비드가 고개를 끄덕이며 자리에서 일어서자 크리스도 따라
일어났다. 데이비드가 모두와 악수를 나눈 후 레베카를 향해 시선
을 돌렸다. 자신이 그녀를 팀 동료이자 믿을 수 있는 친구들과 헤어
지게 만들었다는 사실을 알고 있었다. 레베카 역시 생각에 잠긴 얼
굴로 동료들을 쳐다보더니 갑자기 피식 미소를 지었다. 꾸밈없고
짓궂어 보이는 미소였다.

"저 없이도 이틀쯤 잘 버틸 수 있겠어요? 제가 자리를 비운 사이
에 허둥지둥할 걸 생각하니 마음이 너무 아파요."

"무척 힘들겠지만 어떻게든 잘 지내보도록 노력할게. 쉽진 않겠
지. 똑똑하고 재간둥이인 우리 레베카가 없으니까."

크리스가 싱글거리며 대꾸하자 레베카가 그의 어깨를 주먹으로
툭 때렸다.

"어떻게 하면 좋을지 상세히 적어서 엽서 보낼게요."

레베카는 배리를 향해 고갯짓했다.

"팔 관리 잘하세요. 상처는 깨끗하고 건조하게 유지하고, 갑자기
고열이 나거나 어지러우면 최대한 빨리 병원으로 달려가세요."

"넵, 알겠습니다."

배리가 웃으며 대답했다.

질은 레베카를 가볍게 껴안았다.

"본때를 보여주고 와, 레베카."

"질 선배도요. 아이언스 서장 일, 행운을 빌어요."

인사를 마친 레베카가 여전히 웃으며 데이비드를 향해 말했다.

"그럼 갈까요?"

두 사람은 함께 현관으로 나왔다. 데이비드는 그녀의 태도에 다소 놀랐다. 레베카는 조금 전 위험천만한 상황을, 모르긴 해도 그녀를 훈련시킨 사람들이 자행했을 게 분명한 공격을 겨우 이겨냈다. 그리고 생면부지의 사람과 함께 목숨이 위태로운 임무를 위해 어딘가로 떠나고 있었다. 그녀는 연기를 하고 있거나 아니면 놀라울 정도로 낙천적인 것이 틀림없었다. 만약 아무렇지 않은 듯 허세를 부리는 행동이 연기라면, 영락없이 아카데미 여우주연상 감이다.

둘이 함께 작고 지저분한 브래드의 집 앞마당으로 걸어 나오면서 데이비드는 그녀를 조심스레 살폈다. 미소가 사라지고 그 자리에 어렴풋한 슬픔이 어렸다. 그리고 그 너머에는 그리피스 박사와 그의 끔찍한 연구에 대해 이야기할 때 보였던 강렬함이 담겨 있었다. 그녀가 무엇을 생각하고 있든, 그 표정에서 어떠한 위험 앞에서도 절대 겁먹지 않겠다는 결의를 읽을 수 있었다.

'용기의 완벽한 본보기로군.'

데이비드는 레베카 체임버스를 자신의 작전에 참여시키기로 한 결정에 새삼 만족감을 느꼈다. 그녀는 똑똑하고, 프로 정신이 투철했으며, 헌신적이면서도, 동시에 다른 팀원들이 그렇듯 그녀 역시 자신의 분야에서 매우 뛰어난 인재였다.

데이비드는 그들의 능력을 더해 무사히 캘리밴 코브에 다녀올 수 있기를, 엄브렐러의 불법적이고 비윤리적인 실험의 증거를 가져올 수 있기를 간절히 바랄 뿐이었다. 그렇게 하면 스타스를 타락시킨 기업을 무너뜨릴 수 있을 뿐 아니라 데이비드 또한 다시 마음 편히 잘 수 있게 될지도 몰랐다.

데이비드가 고개를 끄덕인 후 두 사람은 택시를 부르기 위해 편의점으로 나섰다.

///

레베카는 캘리밴 코브에 대한 정보를 한 번 더 읽은 뒤 서류를 잘 접어 데이비드의 좌석 밑에 놓인 작은 여행가방 안에 넣었다. 공항에서 가방 세 개를 구입했다. 하나는 나중에 무기를 담을 가방으로 현재 화물칸에 들어가 있었고, 나머지 두 개는 빈손으로 비행기에 올랐다가 남의 이목을 끄는 것을 방지할 용도로 산 것이었다. 레베카는 간식이라도 좀 사둘걸, 하고 후회했다. 점심 이후로 먹은 것이 없어서, 이륙 후에 허겁지겁 입에 털어 넣은 땅콩 한 봉지로는 허기를 달래는 데 턱도 없이 부족했다.

그녀는 손을 뻗어 독서등을 끄고는 자리에 편안히 기대 747 비행기의 둔한 엔진 소리를 자장가 삼아 잠을 청했다. 반쯤 찬 비행기 안의 다른 승객들은 대부분 잠들어 있었다. 어두침침한 야간용 실내조명과 규칙적인 엔진 소음 때문인지 데이비드 역시 푹 잠든 상태였다. 그렇게 힘든 저녁을 보냈는데도 레베카는 1, 2분 뒤척이다가 잠들려는 노력을 아예 포기해버렸다. 생각할 것이 너무 많았는데 최소한 그중 일부라도 정리해야 잠이 올 것 같았다.

'안 그래도 이미 꿈을 꾸고 있는 것 같은데 뭘. 이건 그저 이야기가 예상치 못한 방향으로 흐른 것뿐이야. 생각지도 않은 곳에서 툭 튀어나온 또 다른 하위 줄거리 같은…….'

그녀는 대학교를 졸업하고, 3개월이라는 짧은 시간 동안 스타스의 브라보 팀 훈련을 마친 뒤, 새로운 도시의 아파트로 이사하는 등 바쁜 시간을 보냈다. 하지만 지금은 생물학무기와 대기업의 음모로 인한 대형 참사의 생존자 신세가 되어버렸다. 그리고 지난 3시간 동안 그녀의 삶은 또 다른 예상치 못한 방향으로 접어들었다. 데이비드를 만나기 전까지만 해도 무슨 생각을 했던가. 라쿤 시티를 벗어나 T-바이러스를 연구할 수 있는 기회를 꿈꾸지 않았던가. 어떻게 보면 바라던 대로 되었다고 할 수도 있겠지만 결코 마음에 드는 상황은 아니다.

레베카는 고개를 옆으로 돌려 창가 좌석에서 세상모르고 잠든 데이비드를 바라보았다. 감긴 눈 아래로 다크서클이 짙게 드리워져 있었다. 그는 그녀에게 캘리밴 코브의 상황과 다음날 일정에 대해 간략히 알려준 다음 조금이라도 눈을 붙이라며 (그것도 아주 영국적인 발음과 표현으로) 곧장 자신의 조언대로 잠들어버렸다. 아니, 그건 잠이 든 게 아니라 즉각적인 코마에 빠졌다고 보는 것이 더 정확할 것이다.

'잠마저 아주 효율적으로 자네. 뒤척거림도 전혀 없이…… 주어진 시간 내에 최대한의 휴식을 취할 수 있도록 스스로를 조종하는 것 같아.'

그녀가 보기에 데이비드는 극도로 유능하고 똑똑한 사람 같았지만 동시에 외톨이처럼 보였다. 위급한 상황에서는 절대 냉정함을 잃지 않으면서도 사적인 대화는 어려워하는 걸 보니 대체 어떤 삶을 사는 사람인지 궁금해졌다. 배리의 집에서 빠져나올 때 매우 신속하게 작전을 세우는 것을 보고 꽤 깊은 인상을 받았고, 그런 그가 캘리밴 코브 작전을 주도한다는 것이 다행스러웠다. 하지만 그를 대장으로 생각하는 건 쉽지 않았다. 그는 권위를 내보이지도 않았고, 그렇게 하고 싶어 하지도 않는 것 같았다. 자신을 데이비드라 부르라고 고집을 피우지 않았던가. 공격을 받는 상황에서 자연스레 리더의 역할을 수행하긴 했어도 명령을 받기보다는 가르침을 받는 것처럼 느껴졌다.

'영국 억양 때문인지도 몰라. 말하는 모든 게 매너 있게 느껴진다니까.'

좋지 않은 꿈을 꾸는지 그가 눈을 감은 채 움찔거리며 인상을 찌푸렸다. 그리고 잠시 후, 마치 어린아이처럼 괴로워하며 작게 신음을 흘렸다. 레베카는 그를 깨워야 하나 고민했지만 그를 괴롭히던 무엇인가가 벌써 물러가버린 듯, 금세 찌푸렸던 눈썹이 풀렸다. 레베카는 그의 사적인 부분을 침해한 것만 같아 서둘러 고개를 돌렸다.

'공격당하는 꿈을 꿨는지도 몰라. 아는 사람을 사살했기 때문일까.'

그러자 그녀도 자신이 쏜 총에 누군가 목숨을 잃게 된다면 괴로

위하게 될까 궁금해졌다. 배리의 집 옆에 쓰러졌던 그 어두운 형체. 그녀는 죄책감이 자신을 공격해오길 초조하게 기다리고 있었다.

하지만 이내 자신이 그 일에 대한 변명거리조차 찾지 않는다는 사실이 조금 놀랍게 느껴졌다. 누군가를 총으로 쏘았고, 그 사람은 죽었을지도 모른다. 그런데도 그녀가 느끼는 유일한 감정은 다른 대원 누군가가 죽기 전에 막을 수 있어서 다행이라는 안도감뿐이었다.

레베카는 눈을 감고 비행기 내부를 순환하는 시원한 공기를 깊이 들이마셨다. 자신에게서 말라붙은 땀 냄새가 나는 것을 느끼고 호텔에 들어가면 샤워부터 하기로 마음먹었다. 데이비드는 배리의 집을 공격해온 놈들 중 누군가가 자신을 알아보았을지 모르는 일말의 가능성 때문에 집으로는 돌아갈 수 없다고 했다. 그래서 그들은 비행기를 갈아탄 다음 공항 근처에서 호텔방을 얻을 생각이었다. 작전 브리핑은 합류하게 될 다른 세 명의 대원들 중 한 명의 집에서, 정오에 하기로 했다. 캐런 드라이버라는 이름의 알파 팀 법의학 전문가의 집이었다. 데이비드는 캐런이 그녀에게 깨끗한 옷을 빌려줄 것이라 말하면서 놀랍게도 얼굴을 조금 붉혔다. 정말이지 종잡을 수 없는 사람이었다.

'그리고 브리핑이 끝나면 장비를 갖추고 출발하겠지. 진짜 시작인 거야.'

그 생각을 하자 뱃속에 묵직한 돌덩이가 얹힌 듯했고 척추를 따라 전율이 흘렀다. 그것이 잠들지 못한 진짜 이유라는 걸 그제야 알았다. 스펜서 저택에서 악몽 같은 일을 겪은 지 단 2주 만에 똑같은 악몽에 직면해 있었다. 적어도 이번에는 무엇을 맞닥뜨리게 될지 알고 있었고, 일단 계획은 T-바이러스가 만든 괴물들과 마주치지 않고 그곳을 빠져나오는 것이다. 하지만 엄브렐러가 만든 타이런트라는 괴물의 모습이 아직도 생생했다. 여러 개의 조각들을 기워 붙여 만든 듯한 거대한 몸뚱이, 손에 닿는 모든 것들의 숨통을 끊어버릴 것 같은 거대한 팔과 날카로운 발톱. 게다가 니콜라스 그리피스 같은 미치광이가 T-바이러스를 이용해 뭔가를 만들어냈다고 생각하니 눈앞이 아찔했다.

레베카는 생각은 이쯤에서 멈추고 잠을 자야겠다고 결심했다. 그녀는 최선을 다해 머리를 비우고 숨 쉬는 데 정신을 집중했다. 호흡을 점점 느리게 하고, 머릿속으로 100부터 거꾸로 셌다. 이 명상 기법은 단 한 번도 그녀를 실망시킨 적이 없었지만 이번만큼은 효과가 없을 것 같았다.

'……99, 98, 그리피스 박사, 데이비드, 스타스, 캘리밴…….'

다행히도 90이 채 되기 전 그녀는 깊은 잠에 빠졌다. 그리고 빛도 없는 곳에서 존재하는, 꿈틀거리며 움직이는 그림자 꿈을 꾸었다.

제5장

실험을 시작한 이래로 거의 매일 아침 그랬듯, 니콜라스 그리피스는 등대 꼭대기의 탁 트인 공간에 앉아 바다 위로 떠오르는 태양을 바라보았다. 숨 막힐 듯 아름다운 광경이다. 가장 먼저 하늘이 밝아지면서 검은 물결이 회색으로 옅어진다. 곧이어 좁은 만의 가장자리를 따라 늘어선 울퉁불퉁한 바위들이 물 위로 휘감아 도는 안개 섞인 바람 속에서 그 모습을 드러낸다. 찬란히 빛나는 태양이 바다 위로 서서히 얼굴을 내밀면 새로운 부활을 약속하듯 태양빛이 바다를 짙은 하늘색으로 물들이고, 어머니의 부드러운 손길처럼 찬란한 햇살이 세상만물을 어루만졌다.

아니, 물론 그것은 거짓말이다. 몇 시간만 지나면 강렬한 빛을 내리쬐는 이 태양은 해변을, 그리고 지구의 절반을 향해 무자비한 열기를 내뿜을 것이다. 이른 새벽의 부드러움은 곧 뒤따라올 강렬한 방사선과 뜨거운 열기를 감춘 속임수였다.

'하지만 거짓을 말한다고 해서 장관의 화려함이 덜해지는 건 아니지. 자기 인식이 부족하다고 해서 태양을 탓할 수는 없잖아. 그게 태양 그 자체니까.'

그리피스 박사는 하루를 시작하기 전 언제나 태양이 수평선 위로 완전히 떠오르는 걸 지켜보았다. 빛나는 새벽의 아름다움을 감상하면서도 정작 그가 매력을 느낀 건 우주의 규칙이었다. 매일 아침의 해돋이는 하나의 단순한 사실, 즉 필연적인 시간의 흐름을 의미했다. 그리고 바쁜 일상을 보내며 자기밖에 모르는 사람들이 무슨 꿈을 꾸든 그것에 상관없이 우주의 속도에 따라 지구가 돌아가고 있음을 상기시키는 것이기도 했다.

'하지만 나는 다르지. 내겐 아주 중요한 차이점이 있어. 난 내 꿈이 얼마나 큰 가치를 지녔는지 정확히 알고 있단 말이야.'

둥근 태양이 바다 위로 완전히 떠오르자 그리피스는 자리에서 일어나 등대 꼭대기 난간에 기대어 섰다. 그의 생각이 곧 시작될 하루 일과로 돌아갔다. 마침내 레비아탄 시리즈의 혈액검사가 끝났기 때문에 박사들을 조금 더 구체적으로 살펴볼 시간이 생겼다. 세 사람 모두 변화에 비교적 긍정적인 반응을 보였고, 효소 주사를 놓기 시작한 이래로 세포 수준의 악화 속도도 현저히 떨어졌다. 이제는 실험의 마지막 단계인 상황 대처 능력에 집중할 차례였다. 그러면 이번 주 안으로 이 연구시설을 벗어나 활동 범위를 더욱 확장할 수 있게 된다.

'확장. 그래, 정화가 시작되는 거지.'

소금기 어린 상쾌한 바람이 그의 회색 머리를 헝클어놓았다. 해변의 갈매기들이 배고픈 듯 큰 소리로 울어대자 그가 마침내 움직이기 시작했다.

동물 사체를 뜯어먹는 새들이 내륙으로 이동하기 전에 트라이스쿼드를 안으로 들여놓아야 했다. 이미 서너 녀석들이 크게 상처를 입었다. 연구가 끝나기 전에 더 이상 피해를 보는 건 막아야 했다. 눈을 잃고 나면 순찰 임무도 할 수 없게 된다.

'그래도 시간이 꽤 흐르긴 했지? 이젠 아무도 오지 않는 게 분명해. 아몬 박사가 성공했다면 지금쯤 누군가를 보냈어야지. 정말 안타까운 일이야. 그는 아직도 기다리고 있을 텐데…….'

그 생각을 하니 갑자기 불편해졌다. 어둠이 내린 바다의 파도를 따라 떠다니는 핏빛 시신들과 열기 같은 흐릿한 이미지들…….

그는 재빨리 그 이미지를 머릿속 깊숙한 곳에 묻고 그것은 과거의 일임을 스스로에게 상기시켰다. 게다가 그는 필요한 일을 했을 뿐이었다.

그리피스는 바람에 휘날린 머리를 매만지며 등대 안으로 들어가 나선형 계단을 내려갔다. 그의 신발이 금속 계단에 부딪혀 덜그럭거리는 소리를 냈고, 높은 공간 속에 듣기 좋은 메아리를 만들어냈다. 연구시설을 오롯이 혼자 쓰게 되니 모든 일이 즐겁게 느껴졌다.

그중에서도 작은 것들, 예를 들어 먹고 싶을 때 원하는 것을 먹고, 마음 내키는 대로 일하고, 등대 위에서 아침 시간을 보내는 것 등을 즐기게 되었다.

전에는 많은 사람들의 간섭 속에서, 마치 창의성을 떨어뜨리기 위해 고안된 듯한 획일적인 일정에 억지로 맞춰야 했다. 식사 시간, 연구 시간, 취침 시간…… 사람이 어떻게 그런 조건 속에서 숨 쉬고, 생각하고, 잘 지낼 수 있단 말인가? 그는 너무 오랜 시간 고통받았다.

버킨이 만든 T-바이러스에 대해 입에 침이 마르도록 칭찬하는 것을 들으며 소위 '동료'라는 사람들과 끝없는 회의 시간을 견뎌야 했다. 그들은 엄브렐러를 위해 노예처럼 일하며 트라이스퀘드라는 것을 만들어냈고 그 결과물에 대해서도 크게 만족해했다. Ma7들이 얼마나 큰 실패작이었는지는 이미 오래전에 잊어버린 것이 분명했다. 그들은 자만심이 너무 커서 더 큰 그림을 보지 못했다.

'트라이스퀘드라는 것도 몸에 총을 달아놓은 것뿐이잖아. 경비로는 쓸만하지만 대단하다고 볼 수는 없지. 중요하지도 않고.'

지나친 자만심을 품지 않기 위해 노력했지만, 계단 맨 아래에 도착한 후 출구를 향하면서 잠시 자부심을 갖는 것 정도는 눈감아주기로 했다.

그리피스는 T-바이러스의 진가를 알아보았다. 조악하긴 하지만 훨씬 더 훌륭한 무언가를 만들 수 있는 효과적인 기반으로서의 가능성이 보였다.

그는 바이러스의 단백질을 분리해내고, 감염 능력의 변수를 허용할 수 있도록 뉴클레오캡시드를 개조하여 해답을 찾아냈다. 인류라는 병충해를 말살할 수 있는 바로 그 해답을. 폭력이나 고통 없이 문제를 해결할 수 있는 바로 그 대책 말이다.

그리피스 박사는 미소를 지으며 문을 통과해 등대의 시원한 그늘 속으로 들어섰다. 기숙사 건물을 향해 걸어가는 그의 등 뒤에서 파도가 부서졌다. 이미 공기로 운반되는 바이러스를 합성해놓았고, 북미 인구 대부분을 감염시키기에 충분한 양을 마련해두었다. 바이러스가 퍼지면 진화 과정이 본래의 정당한 자리를 되찾아 약한 자들은 강자의 발아래에 쓰러질 것이다. 그리고 모든 것이 끝나면 태양은 완전히 새로운 세상 즉, 강자의 기질과 승자의 의지를 지닌 사람들의 평화로운 세상 위로 떠오르게 될 것이다.

'선택할 능력을 빼앗아 가면 사람은 자유로워지지. 텅 빈, 깨끗한 원판만 남는단 말이야. 거기에 훈련을 시키면 애완동물이 되고, 훈련을 시키지 않으면 그냥 동물이 되는 거지. 생쥐 한 마리처럼 아무 해도 끼치지 못하는, 단순하기 짝이 없는 미개한 동물이. 세상을 그런 동물들로 가득 채우면 그중에서도 강한 놈들만 살아남겠지.'

그리피스는 기숙사의 휴게실로 들어가 여전히 싱글거리며 조명을 켰다. 박사들은 그가 남겨뒀던 바로 그 자리에 그대로, 눈을 감은 채 회의 탁자에 앉아 있었다. 좀 더 완벽을 기하려면 훈련받지 않은 개체들로 실험하는 게 좋겠지만 지금으로서는 이 세 명의 사람들로 만족해야 했다. 그들은 그가 방출하려는 바이러스에 감염되었고, 며칠 후면 세상을 가득 채울 존재들과 가장 비슷하다고 볼 수 있다.

'내 애완동물들, 내 아이들.'

이곳의 시설은 연구실을 제외하고 트라이스쿼드나 Ma7 같은 생물학무기들을 훈련시키기 위해 설계되어 있었지만, 휴머노이드 개체들의 논리 수준을 측정하는 것도 가능했다. 연구시설에는 가장 단순한 말뚝 테스트부터 조금 더 높은 수준의 개체들을 위한 복잡한 퍼즐에 이르기까지 다양한 실험 도구들이 갖춰져 있었다. 박사들은 레드 시리즈도 감당하지 못할 것 같았지만 그들의 반응을 보는 것만으로도 귀중한 통찰을 얻을 수 있을 것이다. 특히 스트레스 인자가 포함된 실험이라면 말이다.

'생각은 하지만 의사결정은 내릴 수 없지. 기능은 하지만 데이터 입력이 없으면 안 되고. 그들을 인도하는 나의 도움이 없다면 어떤 결과가 나올까?'

그리피스가 탁자로 다가가자 에이든스 박사가 눈을 떴다. 아마도 위험한 대상이 다가오는지 살피기 위해서일 것이다. 셋 중에서도 톰 에이든스가 가장 강하고 혼자서도 살아남을 가능성이 제일 높았다.

에이든스 박사는 이곳에서 연구하던 행동 전문가들 중 한 사람이었다. 사실 트라이스쿼드의 경우 세 명이 한 팀을 이뤄야 한다는 아이디어는 그가 낸 것이었다. 소규모 그룹일 때 더 효율적으로 움직일 수 있다면서 말이다. 그의 생각이 옳았다.

서먼 박사와 키니슨 박사는 여전히 움직이지 않았다. 그때 그리피스는 지독한 냄새에 미간을 찌푸렸다. 그가 인상을 쓰며 내려다보자 서먼 박사의 바지가 젖어 있는 것이 보였다.

'바지에 대변을 봤군, 또.'

그리피스는 서먼 박사를 향한 연민을 느꼈지만 그 감정은 곧바로 짜증과 혐오감으로 바뀌었다. 서먼은 전에도 얼간이었다. 생물학자로는 그럭저럭 괜찮았지만 나머지 사람들과 마찬가지로 황당

할 정도로 편협한 사고를 지닌 학자였다. Ma7 대부분을 그가 만들어냈는데 그 녀석들이 통제할 수 없는 수준에 이르자 자신을 제외한 다른 모든 이들에게 비난의 화살을 돌렸다. 그러니 자기가 싼 오물에 뒹굴어 마땅한 사람이 있다면 그건 바로 루이스 서먼 박사였다. 그가 자신이 얼마나 한심한 존재로 변했는지 알지 못한다는 게 안타까울 따름이었다.

'내가 없으면 하루도 못 버티겠지.'

그리피스가 한숨을 쉬며 탁자에서 한 걸음 뒤로 물러섰다.

"좋은 아침이군."

그리피스의 인사에 세 남자가 일제히 고개를 돌려 그를 바라보았다. 그들의 눈은 얼굴만큼이나 공허했다. 겉모습은 제각각이었으나 힘없이 늘어진 자세와 느리고 멍청한 시선 때문에 셋은 마치 한 형제처럼 보였다.

"서먼 박사가 또 실례를 한 것 같군. 배설물에 범벅이 된 채로 앉아 있다니. 참 재미있어."

세 명의 박사가 환하게 미소를 지었다. 키니슨 박사는 쿡쿡거리는 소리를 내며 웃기까지 했다. 마지막으로 바이러스에 감염되어 뇌조직 기능 저하가 가장 저조하게 이루어졌기 때문이었다. 적당한 지시 사항만 주어지면 앨런 키니슨 박사는 여전히 멀쩡한 사람처럼 보였다.

그리피스는 주머니에서 호루라기를 꺼내 에이든스 앞 탁자 위에 올려놓았다.

"에이든스 박사, 트라이스쿼드가 임무를 마치고 복귀하게 해. 신

체적으로 필요한 것들이 있는지 돌봐주고 냉장실로 보내도록. 일을
다 마치면 구내식당으로 가서 기다리고."

에이든스가 호루라기를 집어 들고는 방 밖으로 나가 기숙사의
다른 출입구를 향해 걸어갔다. 호루라기는 트라이스쿼드의 활동을
정지시키고 안으로 불러들이는 역할을 했다.

트라이스쿼드는 총 네 팀, 그러니까 전부 열두 명이었다. 그들은
시설의 북동쪽, 등대, 기숙사를 피해 울타리를 따라 숲을 돌아다니
거나 벙커 주변을 은밀히 살피도록 훈련받았다. 주변을 정찰하고
지키는 목적으로는 꽤 효과적임을 그리피스도 인정했다. 엄브렐러
는 상대를 무자비하게 죽일 수 있고, 자기 몸이 산산조각 날 때까지
싸울 수 있는 병사를 원했다. T-바이러스는 그런 점에서 매우 효과
적이었다.

그리고 바이러스가 증식하는 데 걸리는 시간을 단축시킨 이후
며칠이 아니라 단 몇 시간 만에 개체를 변화시킬 수 있게 되었다.
무기 훈련을 받고 나자 트라이스쿼드는 완벽한 살상용 기계가 되었
다. 물론 최근의 지독한 더위 이후 놈들이 앞으로 얼마나 오래 버틸
지는 알 수 없게 되었지만.

그리피스는 아직도 똥 기저귀 찬 아기 냄새를 풍기며 바보처럼
웃고 있는 서먼 박사에게 시선을 돌렸다. 땅딸막하고 머리가 벗겨
진 데다가 아이처럼 천진난만한 미소를 짓고 있는 모습이, 정말로
아기처럼 보이기도 했다.

"서먼 박사, 방으로 돌아가 옷을 벗어. 샤워하고 깨끗한 옷으로
갈아입은 다음 동굴로 가서 Ma7들에게 먹이를 준다. 다 마치고 나

면 구내식당으로 가서 기다려."

서먼이 일어서자 그가 앉아 있던 의자 쿠션이 배설물에 젖어 얼룩져 있는 게 보였다.

'정말 못 봐주겠군.'

"의자도 가져가도록. 네 방에 두고 와."

그리피스가 한숨을 쉬며 덧붙였다.

그가 떠난 뒤 그리피스는 키니슨 박사 맞은편에 앉았다. 갑자기 피로가 밀려오는 것 같았다. 조금 전까지 느꼈던 기대에 찬 자부심은 온데간데없이 사라지고 그 자리에 차가운 공허만 남았다.

'내 아이들, 내 창조물……'

바이러스는 정말 아름다웠다. 너무나 완벽해서 처음 그것을 본 순간 눈물을 흘리며 울고 말았다. 몇 달 동안이나 홀로 연구하면서 T-바이러스를 잘게 쪼개고 분리하여 마침내 첫 번째 현미경 사진을 얻어내지 않았던가. 다른 이들이 무기랍시고 만들어낸 장난감에 흡족해하는 동안 그는 새로운 시작으로 가는 진정한 길을 찾아낸 것이다.

'그런데 내가 해낸 일을 인정해줬던가? 그들 중 누구라도 이것이 얼마나 중요한지 아는 자가 있었나? 역겨운 아이처럼, 원숭이처럼 똥이나 싸대면서 나의 연구를, 내 인생을 더럽히지 않았나.'

그리피스는 앨런 키니슨을 바라보며 그의 잘생긴 얼굴을, 감정이라고는 전혀 없는 눈을 자세히 들여다보았다. 키니슨 박사도 지시를 기다리며 그를 마주보았다. 그도 신경학자였다. 그의 방에 가면 아내와 아이 사진이 여러 장 있다. 밝고 아름답게 미소 짓는 남자아이의 사진이.

그리피스는 돌연 정신을 차리며 몸을 떨었다. 현실의 깨진 틈 사이로 수천 개의 목소리가 알아들을 수 없는 비명을 질러대는 통에 사방이 빙빙 돌 듯 어지러워졌다. 찰나의 순간이었지만 미쳐버릴 것만 같았다.

'얼마나 많은 사람들이 자신의 배설물 웅덩이에 앉은 채 죽음을 기다리다가 굶어죽어야 성이 차겠어? 수백만? 아니 수십억?'

"내가 틀렸으면 어쩌지, 키니슨? 내가 틀린 게 아니라고 말해줘. 내가 이러는 건 정당한 이유가 있기 때문이라고 말해줘."

그리피스가 속삭였다.

"박사님은 틀리지 않았습니다. 정당한 이유가 있기 때문입니다."

키니슨 박사가 차분하게 대답했다.

"네 아내는 창녀라고 말해봐."

그리피스가 그를 노려보며 다시 말했다.

"제 아내는 창녀입니다."

키니슨이 대답했다. 잠깐의 멈춤도, 의심도 없었다.

그리피스가 이내 미소를 지었다. 두려움이 눈 녹듯 사라졌다.

'내가 뭘 만들어냈는지 봐. 이건 선물이야. 나의 창조물은 내가 세상에 선사하는 선물이라고. 인간이 다시 강해질 수 있는 기회, 세상에 존재하는 모든 루이스 서먼을 위한 평화로운 죽음. 이건 과분한 대접이라고.'

그동안 너무 열심히 일하느라 과로한 탓이 분명했다. 사실 따지고 보면 자신 역시 한낱 인간에 불과하지 않은가. 하지만 다시는 육체의 피로가 정신까지 영향을 미치게 두어선 안 된다. 이제 실험은 없다. 오늘 하루는 마지막 준비를 위해, 완벽한 정화를 위해 마음을 다잡을 것이다.

내일 아침 해가 뜨면 세상을 향한 자신의 선물을 바람에 날릴 예정이었다.

제6장

캐런 드라이버는 키가 크고 마른 삼십 대 초반의 여자로, 머리는 짧은 금발에 매우 진지하고 사무적인 태도를 지닌 사람이었다. 그녀의 작은 집은 티끌 하나 없이, 멸균 상태에 가까울 정도로 깨끗했다. 레베카에게 가져다준 진한 녹색 티셔츠와 그에 어울리는 빳빳한 바지, 검정색 면양말과 속옷 역시 주름 하나 없이 잘 개어져 있었다. 화장실도 그녀의 성격을 반영하듯, 흰색 벽에 몇 개의 선반이 고정되어 있었는데 각각의 목적에 맞게 깔끔히 정리되어 있었다.

'법의학자를 한 꺼풀 벗겨보면 강박증이 나오게 되어 있…….'

레베카는 자신의 그런 생각에 바로 죄책감을 느꼈다. 캐런은 그녀를 환영해주었다. 태도는 조금 딱딱할지 몰라도 비교적 친절한 사람이었다. 그저 집 안이 어수선하게 어질러져 있는 것을 견디지 못하는 성격인지도 모른다.

레베카는 변기 가장자리에 앉아 발목에 길게 내려오는 바지를 접어 올렸다. 더러운 옷을 마침내 벗은 것이 너무 기뻤고, 밤새 쪽잠을 잤으면서도 놀라울 정도로 머리가 맑았다. 공항에 도착했을 때, 데이비드가 차를 한 대 렌트했고, 둘은 이른 아침 가깝고 저렴한 모텔을 찾은 뒤, 각자의 방으로 비틀거리며 들어갔다. 레베카는 몹시 피곤한 나머지 신발만 겨우 벗어놓고 바로 침대로 기어들어갔다. 그리고 10시가 되기 전에 일어나 샤워를 하고 초조하게 기다리고 있을 때 데이비드가 방문을 두들겼고 곧장 캐런의 집으로 오게 되었다.

아직 화장실에 있던 레베카의 귀에 현관문이 열리고 닫히는 소리가 들려왔다. 새로운 목소리들이 거실을 통해 들려오고 있었다. 그녀는 신발을 다시 신고 재빨리 끈을 묶었다. 불안감이 한층 더 짙어졌다. 마침내 팀이 다 모인 것이다. 그만큼 작전 개시도 가까워졌다. 잠에서 깬 이후 작전에 대한 생각 외에 다른 생각은 거의 하지 못했지만 그 와중에도 배리의 집에서 엄브렐러의 공격을 받은 일이 자꾸 떠올랐다. 마치 전생의 일처럼 느껴졌다. 고작 몇 시간 전 일인데 말이다.

'그리고 앞으로 몇 시간 후면 이 일도 모두 끝나겠지. 걱정되는 건 그 몇 시간 사이에 일어날 일들이야. 데이비드와 팀원들은 몰라. 그 돌연변이 개들, 뱀 떼, 터널 안에 있던 그 무시무시한 존재들을 보지 못했잖아. 아, 타이런트도……'

레베카는 자리에서 일어서며 그 이미지들을 재빨리 떨쳐냈다. 그녀는 더러운 옷가지를 집어 들어 비행기에 탈 때 들고 있었던 빈 가

방에 쑤셔 넣었다. 캘리밴 코브도 스펜서 저택과 똑같으리라 지레 짐작할 필요는 없었고, 걱정한다고 해서 달라질 것도 없었다. 그녀는 거울 앞에 멈춰 서서 거기에 비친 어린 여자의 긴장된 표정을 잠시 살핀 뒤 문을 열었다.

화장실을 나온 레베카는 반짝반짝 윤이 나는 주방을 지나 복도의 모퉁이를 돌아서 거실로 향했다. 데이비드의 경쾌한 목소리가 들렸다. 지난밤의 일들을 요약해 설명하는 것이 분명했다.

"오늘 아침 바로 다른 사람들에게 연락을 취하겠다고 했다. 그 팀 중 한 명이 FBI에 아는 사람이 있다고 하니 우리가 증거를 확보하면 수사를 시작할 수 있을 거다. 오늘 작전을 마칠 때쯤 우리의 연락을 기다리기로 했다."

레베카가 거실로 들어서자 그가 말을 멈췄고, 모두의 시선이 그녀에게 향했다. 캐런이 유리 상판을 댄 낮은 커피 테이블 옆에 의자 몇 개를 더 가져다 놓고 그중 하나에 앉아 있었다. 그리고 데이비드가 서 있는 곳 맞은편에는 남자 두 명이 소파에 앉아 있었다.

데이비드가 레베카를 향해 미소 짓자 두 남자가 일어서더니 그녀에게 다가왔다.

"레베카, 이쪽은 스티브 로페즈. 스티브는 우리 팀의 컴퓨터 전문가이자 최고의 명사수예요."

스티브가 그녀의 손을 잡고 흔들며 씩 웃었다. 어려 보이는 얼굴에 어울리는 수줍은 미소였다. 자연스럽게 햇볕에 그을린 까무잡잡한 피부 때문에 치아가 하얗게 빛났다. 기민해 보이는 짙은 눈동자에 검은 머리칼, 키는 그녀보다 조금 더 컸다.

'나이도 나보다 그리 많지 않은 것 같은데……'

스티브의 시선은 친근하고 솔직했다. 이런 상황에서도 레베카는 화장실에서 나오기 전에 머리를 한 번 빗었으면 좋았을 텐데, 라고 생각했다. 한마디로 그는 멋졌다.

"그리고 이쪽은 존 앤드루스. 우리 팀의 통신 전문가이자 정찰대원."

존의 피부는 짙은 적갈색이었고 턱수염도 없었지만 어딘지 모르게 배리를 연상시켰다. 덩치가 매우 크고 180센티미터의 큰 키에 단단한 근육이 도드라져 보였기 때문이다. 존이 그녀를 향해 씩 웃어 보이자 하얀 치아가 빛났다.

"여긴 레베카 체임버스, 라쿤 시티 스타스의 생화학자이자 응급 처치 전문가이지."

존이 악수한 손을 놓으며 물었다.

"생화학자? 세상에, 나이가 몇인데?"

그가 여전히 싱글거리며 물었다.

"열여덟 살이요. 석 달만 지나면 열아홉이에요."

레베카도 그의 눈에 담긴 웃음기에 답하며 미소 지었다.

존이 자리에 앉으며 껄껄 웃었다. 남자다운 저음의 웃음소리였다. 그가 스티브를 힐끔 보더니 다시 레베카를 쳐다보았다.

"그럼 여기 있는 스티브를 조심하는 게 좋을 거야. 이제 막 스물두 살이 됐고, 아직 솔로거든."

존은 중요한 기밀이라도 말하듯 한껏 목소리를 낮췄다.

"그만해요."

스티브가 얼굴을 붉힌 채 투덜거리면서 고개를 절레절레 흔들며 레베카를 쳐다보았다.

"존의 헛소리는 내가 대신 사과할게요. 자기가 정말 재미있는 사람인 줄 안다니까요. 아무도 못 말려요."

"왜, 네 어머니는 나더러 정말 재미있다고 하시던데."

존이 쏘아붙이자 스티브가 뭔가 대꾸하려 했지만 데이비드가 한 손을 들어올렸다.

"주목. 작전을 오늘 수행하려면 준비할 시간이 몇 시간밖에 안 남았어. 자, 그럼 시작해볼까?"

스티브와 존의 가벼운 농담 덕에 레베카는 긴장이 조금 풀렸다. 그리고 어느새 팀의 일원이 된 것 같은 기분이 들었다. 데이비드가 트렌트가 넘긴 정보를 테이블 위에 펼치자 그들의 얼굴에 떠오른 진지한 표정과 몰입하는 태도 역시 반가웠다. 그들이 프로라는 뜻이었으니까.

'하지만 라쿤 시티의 스타스 대원들도 프로였잖아. 그리고 엄브렐러가 무슨 연구를 하고 있는지 안다고 해서 뭐가 달라질까? 바이러스가 아직도 전염성이 있으면 어쩌지? 거기에 타이런트가 아니, 그보다 끔찍한 다른 무언가가 득실거리면 어떻게 하지?'

머릿속에서 집요하게 떠도는 이 작은 목소리에게 무언가 답을 해줘야 했다. 대답 대신 그녀는 데이비드의 말에 정신을 집중하면서 불안감 때문에 이 작전을 망치지는 않을 거라고, 두 번째 임무가 마지막 임무가 되진 않을 거라고 스스로에게 다짐했다.

레베카를 위해 데이비드는 새로운 팀을 만났을 때와 똑같이 브리핑을 시작했다. 똑똑하기도 하고 엄브렐러 시설을 이미 경험한 레베카가 혹여 주제넘어 보일까봐 말하기를 주저해선 안 되니까.

"우리의 목표는 그곳에 잠입해 엄브렐러와 그들의 연구에 관한 증거를 수집한 뒤, 아무 문제도 일으키지 않고 조용히 빠져나오는 것이다. 각 단계에 대해서는 다시 상세히 설명할 테니 질문이 있거나 진행 방법에 대한 아이디어가 있다면 사소한 것이라도 즉각 이야기해주기 바란다. 알겠나?"

모두가 고개를 끄덕였다. 데이비드는 자신의 뜻이 확실히 전달되어 흡족한 듯 다시 말을 이었다.

"그곳이 어떤 상황인지에 관해서는 몇 가지 가능성을 이미 논의한 바 있고, 모두가 신문 기사를 읽어보았을 것이다. 우리가 어떤 사고를 처리하게 될 수도 있다는 점은 인정한다. 엄브렐러는 라쿤 시티에서 일어난 문제를 은폐하기 위해 상당한 노력을 기울였다. 그들이 자기 구역에 들어온 어부들을 납치하거나 죽였을 가능성도 배제할 수는 없지만, 세간의 이목을 끌 만한 행동을 했을 가능성은 낮다고 본다."

"그럼 엄브렐러에서는 왜 그 시설을 깨끗이 처리하기 위해 누군가를 보내지 않았을까요?"

존이 질문하자 데이비드가 고개를 저었다.

"그렇게 했는지 안 했는지 누가 알겠나? 이미 그곳이 말끔히 정리되어 있을 수도 있다. 그런 경우라면 라쿤 지부 사람들과 힘을 합쳐 처음부터 다시 시작한다."

모두가 고개를 끄덕였다. 바이러스가 여전히 전염성이 있을 수 있다는 말은 굳이 하지 않았다. 그들 모두가 그 가능성에 대해서 이미 알고 있었으니까. 하지만 데이비드는 브리핑이 끝나기 전에 레베카를 시켜 그 일에 대해 다시 한 번 설명하게 할 계획이었다.

데이비드는 지도를 내려다보며 다음 이야기로 넘어가기 전에 속으로 한숨을 쉬었다.

"진입 지점. 이것이 전면 공격이었다면 헬기를 타고 들어가거나 울타리를 넘었을 것이다. 하지만 그곳에 아직 사람들이 있다면 경보가 울릴 테고, 그렇다면 우리 임무는 시작도 하기 전에 실패한 것이나 다름없다. 발각되지 않아야 하기 때문에 최선의 선택은 배를 타고 들어가는 것이다. 작년 대형 선박 작전 때 사용했던 고무보트를 이용한다."

그때 캐런이 살짝 얼굴을 찌푸리며 끼어들었다.

"부두에도 경보 장치를 해두지 않았을까요?"

그러자 데이비드는 지도상 연구시설의 남쪽, 톱니 모양의 울타리선 바로 아래를 손가락으로 짚었다.

"부두로 가면 안 된다고 생각한다. 부두를 지나, 이쪽으로 들어가면……."

그의 손가락이 만을 따라 위로 올라갔다.

"연구시설 전체의 배치를 살펴볼 수 있고, 고무보트를 등대 아래 동굴에 은폐할 수 있다. 찾아본 자료에 의하면 절벽 아래에서 등대까지 연결된 통로가 있다. 통로가 막혔다면 되돌아가 또 다른 경로를 찾아낸다."

"누군가 밖에서 지키고 있다면 고무보트가 눈에 띄지 않을까요?" 이번에는 레베카가 물었다.

그러자 데이비드가 고개를 저었다. 스타스 엑서터 지부에서 지난여름에 고무보트를 타고 대형 유조선에 접근한 적이 있었다. 테러리스트들이 선박을 점거하고는 요구 사항을 들어주지 않을 시 배에 가득 실린 기름을 유출시키겠다고 협박했었다. 작전은 밤에 이루어졌다.

"보트는 검은색이고 수중 모터가 달려 있으니 해가 진 직후에 진입하면 눈에 띄지 않을 것이다. 이런 접근법에 또 다른 장점이 있다면, 상황이 위험할 시 즉각 작전을 중단하고 추후에 다시 시도할 수 있다는 점이다."

데이비드는 대원들이 잠시 그 말에 대해 생각할 시간을 주었다. 그들 모두 훌륭한 대원들이고 그가 신뢰하는 팀원들이었지만, 어디까지나 이 일은 자발적으로 나서는 작전이었다. 그들 중 누구라도 의문이나 후회가 든다면 지금 이야기하는 편이 나았다. 다른 대안에 대해서도 언제나 받아들일 준비가 되어 있었다.

그의 시선이 레베카의 앳된 얼굴에 닿았다. 그녀의 차분하고 똘똘한 갈색 눈에는 그의 작전에 대한 깊은 생각과 배려심이 담겨 있었다. 데이비드는 그런 레베카가 마음에 들기 시작했다. 단지 이번 작전에 필요해서가 아니었다. 그녀는 감추는 것 없이 담백했고, 그 점이 무엇보다도 좋았다. 특히 최근에 겪은 감정을 다스리는 문제와 관련해 더더욱 그랬다. 데이비드 자신과 달리 레베카는 감정과 마음에 솔직하고 그것을 있는 그대로 인정하는 것 같았다.

데이비드는 잠시 그 생각을 멀리 치웠다. 자신이 최근 얼마나 많은 스트레스를 받았는지, 얼마나 오랜 시간 피로에 시달렸는지 깨달았다. 그것 때문에 이렇게 집중력이 흐트러지는 게 분명했다.

'정신 차려. 딴 생각할 때가 아니야.'

"그러면 구체적인 내용으로 넘어간다. 내부로 진입한 다음에는 시차를 두고, 눈에 띄지 않는 곳으로 움직인다. 존이 캐런과 함께 선두를 맡아 연구소를 찾고, 그곳에서 무슨 일이 벌어졌는지 알아본다. 스티브와 레베카가 이어서 들어가고, 내가 마지막에 들어간다. 연구소를 찾으면 함께 진입한다. 자료와 증거 면에서는 무엇을 찾으면 되는지 레베카가 잘 알 것이고, 컴퓨터 시스템이 작동하고 있다면 스티브가 파일을 찾아낸다. 나머지는 엄호한다. 정보를 입수한 다음에는 들어간 길로 다시 나온다."

그가 트렌트에게서 받은 시(詩)가 적힌 종이를 집어 들어 손으로 툭툭 쳤다.

"레베카의 팀원 중 한 명이 이미 이 트렌트라는 사람을 만난 적이 있다고 한다. 그녀는 이 시가 우리가 찾아야 할 자료들과 관련이 있다고 생각한다. 모두가 진입하기 전 이 글귀를 잘 봐두도록. 중요할지도 모른다."

"그를 믿을 수 있는 겁니까? 그 트렌트라는 사람 괜찮은 거예요?"

캐런의 물음에 데이비드가 미간을 찌푸렸다. 뭐라고 대답해야 좋을지 판단이 서지 않았다.

"이유는 찾을 수 없지만 일단 이번 일에서만큼은 우리 편이라고 할 수 있다. 그리고 레베카가 이 명단 중에서 과거에 바이러스를 연구한 경력이 있는 사람의 이름을 찾아냈다. 그러니 정보가 정확한 것으로 추정된다."

확실한 답변은 아니었지만 그 정도로 만족해야 했다.

"우리가 바이러스에 감염될 가능성은 어느 정도나 됩니까?"

스티브가 조용히 묻자 데이비드가 레베카를 향해 고개를 살짝 기울였다.

"우리가 무얼 보게 될지 조금이라도 알려줄 수 있다면, 그러니까 약간의 배경 설명이 가능할까?"

레베카가 고개를 끄덕이며 팀원들을 둘러보았다.

"우리가 정확히 무엇을 찾게 될지는 저도 몰라요. 우리 팀이 정직당했을 때 조직과 타액 샘플에 접근할 수 있는 권한을 뺏겨서 실험을 해보지 못했거든요. 하지만 영향력 면에서 봤을 때 T-바이러스는 돌연변이 유발 요인으로서 숙주의 염색체 구조를 세포 수준에서 바꿔놓는다는 건 분명해요. 서로 다른 종 사이에 감염이 가능하고, 식물, 포유류, 조류, 파충류, 그게 무엇이든 침투해서 증식할 수도 있어요. 어떤 숙주에 들어가면 어마어마하게 성장시키기도 하고, 또 어떤 숙주에서는 폭력적인 행동을 유발시키기도 해요. 스펜서 저택에서 우연히 발견한 보고서에 의하면 인간의 경우, 뇌 화학물질에 영향을 미치고 극도로 높은 D2 수용기를 통해 정신분열증 같은 증세를 일으켜요. 동시에 통증을 억제하는 역할을 해서, 우리가 만난 인간 피해자들은 총상에도 거의 반응을 보이지 않았어요. 신체적으로는 부패해가고 있었는데 그것조차 못 느끼는 것 같았고요."

레베카가 잠시 말을 멈췄다. 아마도 그때의 일을 떠올리는 듯했다. 그 순간에는 실제 나이보다 성숙해 보였다.

"스펜서 저택에서 유출된 바이러스는 공기를 통해 감염되는 것처럼 보였지만 애초에 그렇게 만들어지거나 그런 방식을 선호한 것 같진 않았어요. 그곳의 과학자들은 다른 유전 실험과 함께 바이러스를 주사하는 방식으로 이용하고 있었거든요. 그리고 우리 중 누구도 감염되지 않았으니 퍼지지도 않았고요. 그러니 흡입에 의한 감염은 걱정할 필요가 없다고 생각해요. 다만 우리가 걱정해야 하는 건, 그 바이러스를 지닌 숙주와의 접촉이에요. 접촉, 강조해 말하지만 어떤 접촉도 위험해요. 이 바이러스는 무서울 만큼 독성이 강하기 때문에 일단 혈류에 들어가면, 단 한 방울의 피 속에 수억 개의 바이러스 입자가 침투하게 됩니다. 이 바이러스의 복제 전략을 확실히 알아내려면 완벽한 장비가 갖춰진 전문 실험실과 숙련된 바이러스 학자가 필요하겠지만, 일단 직접적인 접촉은 무슨 일이 있어도 피해야만 해요. 운이 따라준다면 숙주들은 이미 죽었을 거예요. 아니면 움직일 수 없는 상태까지 운동 능력이 떨어졌거나. 적어도 인간의 경우는 말이에요."

모두가 그녀의 말을 되새기는 동안 잠시 침묵이 흘렀다. 데이비드는 그들이 충격을 받았다는 걸 알 수 있었다. 그 역시 조금 놀랐다. 바이러스가 유독하다는 사실을 아는 것과 구체적인 내용을 직접 듣는 것은 천지 차이였다.

'젠장, 그 사람들은 대체 무슨 생각으로 그런 짓을 저지른 거야?

어떻게 아무렇지 않게 그런 걸 의도적으로 감염시키는 거지?'

상념들이 꼬리에 꼬리를 물고 머릿속에 떠올랐다. 팀원들 중 누군가가 그 바이러스에 감염되기라도 한다면 그는 어떻게 그 사실을 견뎌낼 수 있을까? 과거에도 작전을 이끈 적이 있었고 부하 대원들이 부상을 입은 적도 있었다. 그리고 그가 대장이 되기 전, 두 차례 스타스 대원이 작전 중에 사망한 적이 있었다. 하지만 자신의 판단 하에 상부의 지시도 없이 끔찍한 바이러스가 기다리는 곳으로, 인간이라고 볼 수 없는 괴물의 발톱 아래로 팀원들을 이끌고 간다는 건 전혀 다른 문제였다.

'그건 모두 내 책임이 되겠지. 이건 승인된 작전도 아니야. 책임은 모두 내 몫이지. 내가 정말 이들에게 이런 작전을 부탁해도 되는 걸까.'

"들어보니 꽤 지저분한 일 같긴 하네. 그런데 제시간에 목적지까지 가려면 곧 나가는 게 좋겠는데요."

존이 마침내 입을 열더니 데이비드를 향해 씩 웃으며 말했다. 그답지 않게 조금 가라앉은 미소였지만.

"저 잘 아시잖아요. 제대로 된 싸움 좋아하는 거. 그리고 누군가는 이 정신 나간 놈들이 그런 걸 퍼뜨리지 못하도록 막아야 하잖아요. 다들 안 그래?"

스티브와 캐런도 고개를 끄덕였다. 그들의 얼굴 역시 존처럼 굳었지만 결의에 차 있었다. 레베카 또한 무엇을 맞닥뜨리게 될지 알면서도 라쿤 시티에서 이미 결정을 내리고 여기까지 왔다. 데이비드는 모두를 향해 알 수 없는 감정이 밀려오는 것을 느꼈다. 자부심과 두려움, 온기가 한데 뒤섞인 불편하고 낯선 감정이어서 어떻게 해야 좋을지 알 수 없었다.

몇 초간 침묵이 흐른 뒤 데이비드는 사무적으로 고개를 끄덕이며 손목시계를 슬쩍 내려다보았다. 목적지까지 가려면 몇 시간이 걸릴 것이다.

"좋다. 그럼 서둘러 필요한 짐을 싣는 게 좋겠군. 나머지 이야기는 이동하면서 한다."

모두가 일어서자 데이비드는, 이 작전이 누군가는 반드시 해야만 하는 일이며 그들 모두가 스스로 결정을 내렸다는 사실을 상기했다. 그들은 이 일에 수반되는 위험을 알고 있었다. 혹 무슨 일이 일어난다면 위험을 알았다 해도 아무런 위안이 되지 못하리라는 것도.

///

캐런은 밴 뒤에 앉아 총을 장전했다. 9밀리미터 총알을 탄창에 채우는 내내 그 미스터리의 메시지가 머릿속에서 무한히 반복되었다.

아몬의 메시지 받았음 / 블루 시리즈 / 열쇠를 받으려면 정답을 입력 / 글자와 숫자 반대로 / 시간 무지개 / 세지 말 것 / 접근하려면 블루

캐런은 또 다른 탄창을 채우면서 기름 묻은 손가락을 무심코 바

지 자락에 문지른 뒤, 또다시 탄창 하나를 집어 들었다. 후텁지근한 밴 안으로 상쾌한 바람이 들어왔다. 여름 햇볕에 따뜻해진 바다 냄새와 소금기 냄새가 났다. 캘리밴 코브 남쪽 도로에 차를 세우고 해변에서 400미터 정도 떨어진 공터를 찾아냈다. 해가 지면서 흙바닥 위로 긴 그림자를 드리웠다. 그리 멀지 않은 곳에서 들리는 은은한 파도 소리는 필요한 것들을 준비하는 다른 사람들의 목소리와 합쳐져 백색소음처럼 마음을 편안하게 해주었다. 스티브와 데이비드가 고무보트를 준비하는 동안 존은 모터를 확인했다. 레베카는 그들이 스타스 장비 창고에서 '빌려온' 물품들로 구급용품을 마련하는 중이었다.

'글자와 숫자라면 비밀번호 같은 건가? 이게 시간과 관련이 있을까? 숫자를 센다는 건 글귀의 수와 관련이 있나? 아니면 다른 어떤 것과?'

개가 뼈다귀를 갉아먹듯 캐런의 생각은 끊임없이 수수께끼를 파고들었다. 무슨 뜻일까? 그 글귀는 모두 합쳐져 하나의 개념으로 이어지는 걸까, 아니면 각 문장이 더 큰 퍼즐의 각 부분을 가리키는 걸까? 아몬이라는 사람이 메시지를 보낸 걸까? 그가 엄브렐러에서 일하고 있다면 무엇 때문에?

그녀는 마지막 탄창을 채우고 방수 가방으로 손을 뻗으며 다시 현재의 임무에 정신을 집중했다. 자신에게 주어진 임무를 마치자마자 그 이상한 구절들에 온통 생각이 쏠릴 게 분명했다. 그것이 그녀의 머리가 움직이는 방식이었다. 캐런은 모호한 의문이 주어졌을 때 단 한순간도 쉴 수 없었다. 언제나 해답은 있기 마련이고, 해답을 찾아내기 위해선 오직 집중과 올바른 순서로 정확한 판단을 내리는 게 무엇보다 중요했다.

깨끗이 닦이고 정비가 끝난 반자동 총기가 이미 확인을 마친 통신 장비 옆에 나란히 놓였다. 스타스에서 지급한 베레타 말고는 다른 어떤 무기도 가져가지 않을 계획이었다. 데이비드가 장비는 가벼워야 한다고 고집했기 때문이다. 그 점은 캐런도 동의했지만 야간용 조준기가 달린 소총을 가져가지 못하는 점은 좀 아쉬웠다. 여기까지 오는 길에 좀비와 비슷한 괴물에 대해 더 자세한 이야기를 듣고 나니 권총과 할로겐 손전등 하나만 달랑 들고 가는 것이 불안하게 느껴졌다.

'인정할 건 인정해. 이번 작전이 걱정된다고 말이야. 데이비드가 이 소식을 전한 이후 지금까지 쭉. 무엇 하나 제자리에 있는 게 없고 모든 게 뒤죽박죽이라고.'

캐런이 이 미스터리를 반드시 풀고야 말겠다고 다짐하게 만든 이유가 실은 그녀를 불편하게 만드는 이유와 같다는 점은 아이러니했다. 트렌트, 스타스와 엄브렐러의 결탁, 고향 메인 주에서 무서운 일이 벌어지고 있을지도 모른다는 가능성. 누가 매수되었나? 캘리밴 코브에서 무슨 일이 있었나? 그들은 무엇을 목격하게 될까? 그 글귀들은 대체 무슨 뜻일까?

'데이터가 턱없이 부족해, 아직은.'

캐런은 터무니없고 근거 없는 직관보다는 경험적 증거를 바탕으로 진실을 찾아내는 자신의 능력에 자부심을 가졌다. 그녀가 몸담고 있는 분야에서는 그것이 성공의 열쇠였다. 때로는 지나치게 냉담하고 차가운 사람처럼 비친다는 걸 알고 있었다. 하지만 그녀는 자신을 있는 그대로 받아들이고 모든 진실을 정확히 알아내는 데에서 평화를 찾았다. 핏자국이 뿌려진 패턴을 분석하는 일이든 총알의 진입 각도를 측정하는 일이든, 수수께끼를 푸는 일이든, 단순히 '왜'뿐 아니라 '어떻게'까지 알아내는 데에서 만족감을 찾곤 했다. 그 글귀들에 대한 답을 찾지 못하는 것은 곧 그녀의 섬세한 사고 과정을 모욕하는 것과 같았다. 또한 그녀의 사고방식에 어긋나는 것은 물론 그녀의 질서 잡힌 현실 감각에 큰 오점을 남길 것이다. 정답을 찾기 전까지 캐런은 결코 평화를 얻지 못하리라는 것을 알고 있었다.

무기 준비는 모두 마쳤다. 이제는 각종 장비가 달린 벨트를 확인하여 모든 것이 잘 고정되어 있는지 살펴야 했다. 그런 다음에는 데이비드에게 가서 또 할 일이 있는지 물어야…….

캐런이 머뭇거렸다. 등을 따라 땀방울이 흘러내렸다. 열린 뒷문으로는 아무도 보이지 않았고, 이미 벨트마다 달린 덮개와 주머니를 두 번씩 확인했다. 갑자기 부끄러움을 느끼며 캐런은 조끼 주머니에 손을 넣어 그녀의 비밀 물건을 꺼냈다. 손에서 느껴지는 낯익은 무게감이 안정감을 주었다.

'저 친구들이 알게 되는 날에는, 평생 귀가 따갑도록 놀려대겠지.'

그 물건은 아버지가 준 것이었다. 제2차 세계대전에 참전했던 아버지의 기념품이자 아버지를 기억하게 해주는 몇 안 되는 물건 중 하나. 표면의 격자무늬 때문에 파인애플이라고 불리는 아주 오래된

대인 수류탄이다. 그것을 가지고 다니는 것은 그녀에게서 찾아볼 수 없는, 비논리적인 특이점 중 하나였고 그것 때문에 종종 바보가 된 듯한 기분이 들었다. 캐런은 절대 감정에 휘둘리는 사람이 아니다. 철저히 논리적이고 지적인 이미지를 고수하고자 꽤 열심히 노력했고, 실제로 그렇기도 했다. 하지만 그 수류탄은 그녀에게 행운의 부적이었고, 작전에 참가할 때마다 단 한 번도 빠뜨리지 않았다. 게다가 언젠가는 그것이 유용하게 사용될 날이 오리라 믿고 있었다.

'그래, 계속 그렇게 믿어봐. 스타스에서는 타이머까지 달린 디지털 수류탄을 갖추고 있잖아. 컴퓨터 칩으로 섬광에서 폭음 시간까지 조절한다고. 이 골동품의 안전핀은 아마 펜치로 잡아 빼도 안 빠질걸.'

"캐런, 뭐 좀 도와줄까요?"

깜짝 놀란 캐런이 고개를 들자 레베카가 열린 뒷문으로 몸을 기울여 그녀를 보고 있었다. 레베카의 시선이 수류탄에 닿더니 눈동자가 호기심으로 가득 찼다.

"폭발물 없이 가는 줄 알았는데요. 아, 그거 파인애플 아닌가요? 실제로 본 적은 한 번도 없어요. 그거 작동되는 거예요?"

캐런이 재빨리 주위를 둘러보았다. 팀원들 중 누군가가 들었을까 봐 덜컥 겁이 났다. 그러고는 레베카를 향해 겸연쩍은 미소를 지었다. 별것 아닌 일로 부끄러워하는 것이 더 부끄러웠다.

'자위하다가 걸린 것도 아니잖아. 왜 그래? 어차피 날 잘 알지도 못하는 사람인데 내가 미신을 믿든, 안 믿든 그게 무슨 상관이겠어?'

"쉿! 들리겠어. 잠깐 이리 와봐."

캐런의 말에 레베카가 공모라도 하듯 음흉한 미소를 띤 채 재빨리 밴 안으로 들어왔다. 캐런은 돌연 레베카에게 들킨 것이 무척이나 즐거워졌다. 스타스에 몸담았던 지난 7년 동안 이 부적을 알아챈 사람은 아무도 없었다. 그리고 처음부터 레베카가 마음에 들기도 했고.

"파인애플 맞아. 폭발물을 가져가지 않는 것도 맞고. 그러니까 아무한테도 말하면 안 돼, 알겠지? 이건 내 행운의 부적이야."

그 말을 들은 레베카가 눈을 크게 떴다.

"행운을 위해서 폭탄을 들고 다닌다고요?"

캐런이 사뭇 진지한 표정으로 레베카를 쳐다보며 고개를 끄덕였다.

"그래. 그리고 존이나 스티브가 알게 되면 죽도록 놀릴 거야. 바보 같은 건 알지만, 이건 나만의 비밀이라고."

"전혀 바보 같지 않은데요. 내 동료인 질 선배도 행운의 모자를 가지고 있어요."

레베카가 머리에 동여맨 반다나를 매만졌다. 삐죽삐죽한 앞머리 아래에 붉은색 반다나가 묶여 있었다.

"저도 지난 2주 동안 거의 매일 이걸 매고 있었어요. 스펜서 저택에 들어갈 때도 매고 있었거든요."

레베카의 앳된 얼굴이 살짝 흐려지더니 이내 다시 미소를 지었다. 연한 갈색 눈동자는 진심이 담겨 있었다.

"비밀 지킬게요."

캐런은 그 순간 이 어린 친구가 진심으로 마음에 들었다. 그녀는 수류탄을 다시 조끼 주머니에 집어넣고 레베카를 향해 고갯짓했다.

"고마워. 그럼 밖에도 준비가 다 끝난 거야?"

레베카가 미간을 살짝 모으며 대답했다.

"네, 거의 다 끝났어요. 존이 헤드셋을 마지막으로 한 번 더 체크하고 싶어 하는데, 그것 말고는 모두 끝났어요."

캐런이 고개를 끄덕였다. 레베카의 걱정을 덜어주기 위해 무슨 말이든 하고 싶었지만 할 말이 없었다. 레베카는 엄브렐러를 상대한 경험이 있으니 캐런이 무슨 말을 하든 와 닿지 않을 것 같았고, 자칫하면 어리다고 얕보는 것처럼 들릴지도 모른다. 그녀 자신조차 불안감을 느끼고 있었다. 사실 두려움은 그녀가 자주 느끼는 감정이 아니었다. 대부분의 작전에서 캐런이 경험하는 우선적인 감정은 기대감, 진실을 향한 갈증 같은 것이었다.

"그럼 먼저 나가서 무기 좀 나눠줘. 내가 나머지 장비들은 들고 나갈게."

캐런이 마침내 입을 열었다. 할 일이 생기면 조금이나마 마음을 가라앉힐 수 있을 것이다.

레베카가 캐런을 도와 총기와 장비들을 차에서 내리는 동안 여름 하늘에서 태양이 서서히 지고 있었다. 바다에서 불어오는 바람이 점점 더 서늘해지고, 대서양 너머로 몇 개의 흐린 별들이 반짝이기 시작했다.

땅거미가 지자 그들은 긴장된 침묵 속에서 물을 향해 배를 내리고, 무기를 싣고, 가볍게 스트레칭을 했다. 그러면서 비밀을 감추듯 작은 소용돌이를 만드는 짙은 바닷물을 지켜보았다.

마지막 남은 햇빛이 수평선 너머로 사라지자 그들은 준비 태세를
갖췄다. 존과 데이비드가 시커먼 물속으로 고무보트를 밀었다. 캐런
은 테 없는 검정색 모자를 쓰고 조끼 속 묵직한 물체를 손으로 가볍
게 두드리며 그걸 사용할 일은 없을 거라고 스스로를 안심시켰다.

이제 그곳에서 무슨 일이 벌어지고 있는지 알아낼 시간이었다.

제7장

    스티브와 데이비드가 6인용 고무보트에 올라 보트 앞쪽으로 움직이자 캐런과 레베카가 뒤를 따르고, 존이 마지막으로 뛰어올랐다. 그리고 데이비드의 신호에 따라 버튼을 눌러 수중 모터를 가동했다. 데이비드가 말했듯 모터 소리는 매우 조용했다. 희미한 진동음 정도는 들렸으나 그것마저 물결 소리에 묻혀 거의 들리지 않았다.

    "자, 가자."

    데이비드가 조용히 말했다. 레베카는 깊이 숨을 들이쉬었다가 천천히 내뱉었다. 그들은 캘리밴 만을 향해 북쪽으로 나아가기 시작했다.

    모두가 침묵하는 가운데 기슭의 왼쪽으로 떠오르는 희미한 달빛에 비친 울퉁불퉁한 바위 형상이 나타났다. 오른쪽으로는 속삭이듯 작은 소리를 내는 거대한 암흑만이 있을 뿐이다.

'왼쪽, 오른쪽이 아니라 좌현과 우현이야. 앞과 뒤가 아니라 뱃머리와 선미고.'

레베카의 머릿속에서 이런저런 생각이 스치듯 지나갔다.

사유지를 표시하는 표지판 같은 것이 있을까 싶어 암흑 사이를 살폈지만 아무것도 보이지 않았다. 예상한 것보다 훨씬 어두웠고 추웠다. 그들 아래로 냉혈 생물들이 우글거리는 무한하고도 낯선 세상이 펼쳐져 있다는 사실까지 더해져 한층 더 몸이 떨렸다.

해변에 움직임이 있는지 살피기 위해 데이비드가 야간 투시 쌍안경을 들자 레베카는 은은한 빛이 번쩍이는 것을 보았다. 쌍안경의 위치를 조정하기 전 데이비드의 얼굴에 적외선 조명 빛이 번지며 그의 얼굴을 기이하게 만들었다.

본격적인 작전이 시작되어 이렇게 움직이고 있으니 그나마 기분이 나아졌다. 물론 긴장이 풀린 건 아니었다. 미지에 대한 두려움과 무언가와 맞닥뜨리게 될지 모른다는 공포심은 여전했다. 하지만 스펜서 저택에서의 사고 이후 레베카를 붙잡고 있던 무력감과 사고를 정지시키는 불안감은 조금씩 사라지고 희망이 생겨났다.

'드디어 무언가를 하게 됐어. 놈들이 찾아오길 기다리는 대신 먼저 행동에 나선 거라고.'

"울타리가 보인다."

데이비드가 조용히 말했다. 위아래로 흔들리는 어둠 속에서 그의 얼굴은 희미한 얼룩처럼 보였다.

'이제 부두를 지나겠지. 등대가 있는 곳까지 육지의 경사가 높아지면서 건물들도 보일 테고, 그러고 나면 동굴도……'

물결이 보트에 부딪혀 찰랑거렸다. 작은 고무보트가 흔들리고 출렁이면서 파도 소리도 조금씩 커졌다. 레베카는 심장박동이 빨라지는 것을 느꼈다. 바다를 보는 건 좋아하지만 바다에 몸을 담그는 건 그다지 좋아하지 않는다. 어릴 적에 영화 '죠스'를 너무 많이 보았기 때문인지도 모른다.

레베카는 정신을 해변에 집중하고 얼마나 가까이 접근했는지 가늠하려 애썼다. 고무보트가 철썩이는 물결을 뚫고 앞으로 미끄러지면서 땅이 눈앞에 나타나는 게 보였다. 해안에 가까워졌다는 것을 몸으로 느낄 수 있었다. 이제 곧 긴 그림자를 드리운 나무들이 사라지고 공터가 나타날 것이다. 잠시 후, 해안에 불거진 바위들에 물결이 부딪히는 소리가 들리고, 양쪽으로 평평하고 넓은 공간이 느껴졌다. 연구시설에 다다른 것이다.

"부두가 보인다. 존, 우현으로 튼다. 2시 방향."

데이비드가 말했다.

레베카는 정면에 인공적으로 만들어진 부두의 희미한 형태를 간신히 알아볼 수 있었다. 어두운 실루엣이 물 위로 흔들리고 있었다. 금속과 나무가 맞비벼지며 공허하고 쓸쓸한 소리가 들려왔다. 조그만 부두는 말뚝에 고정된 채 위로 쳐들려져 힘겹게 버티고 있었다. 눈에 보이는 배는 한 척도 없었다.

부두를 지나쳐 가면서 레베카는 눈을 찡그린 채 그 너머의 어둠을 들여다보려 애썼다. 물에 뜬 채로 묶여 있는 나무판 뒤로 어떤 구조물의 묵직한 윤곽이 희미하게 보였다. 연구소에서 사용하는 보트 창고나 정박소가 분명했다. 트렌트가 준 지도에 나와 있던 다른 건물들은 하나도 보이지 않았다. 지도에는 등대 말고도 여섯 채의 건물이 있었고, 그중 다섯 채는 만을 따라 해안과 평행을 이루며 세 채는 앞에, 두 채는 뒤에 균일한 간격으로 세워져 있었다. 그리고 여섯 번째 건물은 등대 바로 뒤에 자리했는데, 그들은 그 건물이 연구소이기를 바랐다. 그렇다면 주변의 다른 건물을 수색할 필요 없이 곧장 목적지로 향할 수 있을 테니 말이다.

"보트 창고는 나무로 되어 있고, 다른 건물들은 콘크리트로 보인다. 그리고, 잠깐."

데이비드의 속삭임이 돌연 다급해졌다.

"두세 명이 방금 건물 뒤편으로 지나갔다."

레베카는 이상한 안도감을 느꼈다. 거기에 실망감과 갑작스러운 혼란스러움까지. 사람이 있다는 건 T-바이러스가 아직 유출되지 않았음을 뜻한다. 하지만 그건 곧 건물에 사람들이 있다는 뜻이고, 순찰을 다니는 사람들 때문에 비밀 작전은 불가능하다는 뜻이기도 했다.

'그렇다면 왜 이리 어두운 거야? 왜 이렇게 죽은 듯 텅 빈 느낌이지?'

"그럼 작전 중단입니까?"

캐런이 속삭였다. 그런데 데이비드가 대꾸하기도 전에 스티브가 헉, 하고 놀란 숨을 몰아쉬었다. 날카롭게 공기를 들이켜는 그 소리에 레베카의 피가 모조리 얼어붙었다. 그녀의 이성적 사고가 원초적 두려움에 의해 산산이 흩어졌다.

"3시 방향! 크다, 이런 빌어먹을, 거대한……!"

보트가 무언가에 부딪히고 곧이어 솟구치는 검은 물기둥 위로 날아올라 뒤집혔다. 레베카의 시야에 순간적으로 하늘이 들어왔고 이내 차갑고 부패한 점액질 냄새가 느껴졌다. 다음 순간, 그녀는 사방으로 물을 튀기며 검은 바다 속으로 내동댕이쳐졌다.

///

물이 데이비드를 에워쌌다. 얼음처럼 차갑고 따가운 소금기 때문에 그의 눈과 코가 불에 덴 듯 화끈거렸다. 필사적으로 팔다리를 허우적거렸지만 어디로 움직여야 할지, 어떻게 숨을 쉬어야 할지 알 수 없었다.

'놈은 어디에 있는 거지?'

그는 분명 보았다. 충돌의 순간 거대하고 울퉁불퉁한 피부가 검은 바닷속에서 솟구쳐 오르는 것을. 데이비드는 자신을 한없이 끌어당기는 심연으로부터 멀어지기 위해 필사적으로 발버둥 쳤다. 그의 머리가 수면을 뚫고 나오자 불길한 침묵이 그를 맞았다.

'팀원들은 어디에……?'

데이비드는 사방을 돌아보았다. 왼편에서 힘겨운 기침 소리가 들렸다.

"뭍으로……!"

그가 숨을 헐떡이며 팀원들과 놈의 위치를 찾기 위해 빙글빙글 돌았다. 동시에 자신의 어리석음을 탓했다.

'실종된 어부들, 유령이 출몰하는 바다, 이 멍청이…….'

보트는 뒤집힌 채로 10미터 뒤에 떠 있었다. 바닷물이 사납게 출렁이며 보트의 옆면을 세차게 때렸다. 놈의 공격이 얼마나 강력했는지 팀원들 모두 배 밖으로 튕겨져 나와 해안과 가까운 곳에 떨어졌다. 데이비드는 자신과 해안 사이에 두 사람의 얼굴이 떠 있는 것을 보았고, 또 한 사람이 그를 향해 헤엄쳐 오면서 첨벙거리는 소리를 들었다. 보트를 공격했던 괴이한 생명체는 보이지 않았지만 금방이라도 놈이 다리를 물어뜯을 것만 같았다. 단검처럼 날카롭고 뾰족한 이빨이 몸을 산산조각 낼 것만 같아 두려웠다.

"뭍으로!"

데이비드가 다시 한 번 소리쳤다. 심장이 쿵쾅거렸다. 물속에서 발길질을 해대는 무거운 다리는 놈에게 너무나 손쉬운 표적이 될 터였다.

'물에 있어선 안 돼. 세 명, 다른 대원은 어디에?'

"데이비드!"

그때 뒤집힌 채로 떠 있는 보트 너머에서 존의 다급한 목소리가 들려왔다.

"존, 이쪽이야! 이쪽으로 와! 내 목소리를 따라오라고!"

데이비드가 소리치며 바위투성이 해안으로 헤엄치는 동안 존이 그를 향해 움직이기 시작했다. 존의 머리와 어두컴컴한 물속에서 필사적으로 움직이는 그의 두 팔이 보였다.

"날 따라와. 이쪽이야. 어서 해안가로……."

그 순간, 거대하고 창백한 그림자 하나가 존 뒤에서 매끄럽게 위로 솟구쳤다. 적어도 가로가 3미터는 되는 그 굵고 긴 물체는 비정

상적으로 거대했다. 시간이 멈춘 듯 느리게 흘러갔다. 그의 눈앞에서 펼쳐지는 모든 일이 슬로모션으로 움직이는 꿈같았다. 데이비드는 수면 위로 올라온 거대한 그림자 꼭대기 양쪽에 나 있는 두껍고 뾰족한 촉수를 보았다. 그리고 시체처럼 창백하고 미끈한 몸체에 칼로 베어낸 듯한 둥근 틈도.

'촉수가 아니라 더듬이야.'

그리고 다음 순간, 눈앞에 있는 것이 세상에 존재해서는 안 될 동물의 배 부분이라는 것을 깨달았다. 바닷속 가장 깊은 곳에 사는 거대한 생명체가 분명했다. 칼로 길게 째놓은 것처럼 보였던 놈의 검은 입이 쉬익 소리와 함께 벌어지더니, 두꺼운 말뚝처럼 생긴 날카로운 이빨들이 드러났다.

놈이 다시 내려온다면 존은 그 거대한 입속으로 삼켜질 것이다. 아니면 그대로 뭉개지거나. 그것도 아니면 차디찬 검은 물속에 처박혀 익사한 채 놈의 먹잇감이 되겠지.

이 모든 사실을 깨달은 순간, 데이비드는 있는 힘껏 고함을 질러댔다.

"물속으로 들어가! 물속으로!"

테이프가 앞으로 감기 듯 빠르게 시간이 흘렀다. 놈이 아치 모양으로 몸을 구부리더니 앞으로 다시 떨어지기 시작했다. 길고 굵은 뱀 같은 몸이 고무보트를 완전히 가리고, 놈의 그림자가 다급히 팔다리를 저어대는 존을 뒤덮었다. 데이비드는 비치 볼 크기의 툭 튀어나온 놈의 눈을 언뜻 보았다.

다음 순간, 놈이 그대로 물속으로 곤두박질치자 폭발하듯 물기둥이 하늘로 솟구쳤다. 거품을 일으키는 물방울들이 하늘의 별을 가려버렸다. 데이비드가 숨을 들이쉬기도 전에 세찬 물살이 그를 덮쳐 암흑 속으로 거칠게 잡아챘다.

격렬한 발버둥과 속수무책인 빠른 물살이 뒤엉켰다. 데이비드는 팔다리를 잡아끄는 강한 힘에 맞서 몸부림치며, 밀려드는 파도 속에서 숨을 쉬기 위해 허우적댔다. 사력을 다해 발을 차며 물로 된 베일을 뚫고 수면 위로 솟구치자 차가운 공기가 그의 피부에 닿는 것이 느껴졌다. 동시에 따뜻한 손 여러 개가 데이비드의 어깨를 붙잡았다. 그가 발작적으로 숨을 들이켜는 동안 군홧발이 바위에 긁혔다. 캐런의 힘겨운 목소리가 그의 뒤에서 들려왔다.

"잡았어요."

미끄거리는 바위 위에서 비틀대며 데이비드는 자신을 뒤로 끌어당기는 힘에 잠시 몸을 맡겼다. 겨우 몸을 가눌 수 있게 되자 물에 흠뻑 젖은 사람들이 그에게 손을 내밀고 있었다. 스티브와 레베카였다.

'오, 하느님. 존은……'

"난 괜찮아."

데이비드가 헐떡이며 앞으로 쓰러졌다. 흐릿한 시야 때문에 보지 못한 커다란 바위에 무릎이 힘없이 부딪혔다.

"존은…… 누구 본 사람 없나?"

아무도 대답하지 않았다. 그가 황급히 눈을 깜박여 바닷물을 짜낸 후 사방을 살피며 철썩이는 검은 바다를 둘러보았다. 그들의 발 아래에서 규칙적으로 파도가 부딪혔다.

"존!"

안전을 위협하지 않는 한도 내에서 최대한 큰 소리로 데이비드가 소리쳤다. 주변을 아무리 둘러보아도 아무것도 보이지 않았다. 심장이 차디차게 식어가고 흠뻑 젖은 케블라 방탄조끼처럼 무겁게 내려앉았다.

'구명조끼도 입지 않았어. 지금쯤이면 시야에 들어와야 하는데.'

"존!"

그가 다시 소리쳐 불렀다. 희망이 점점 줄어들고 있었다.

그 순간 그들 왼편 바위 뒤에서 킥킥거리는 기침 소리가 들려왔다.

"왜요!"

물을 뚝뚝 흘리며 존이 그림자 밖으로 나타나자 데이비드는 안도의 숨을 들이쉬었다. 바짝 긴장해 있던 어깨가 축 늘어졌다. 스티브가 달려가 존의 팔을 붙잡고 바위에 기대설 수 있게 도왔다.

"말한 대로 물속으로 뛰어들었죠."

존이 힘겹게 중얼거렸다.

데이비드가 돌아서서 위를 올려다보자 군데군데 바위가 있는 자갈투성이 해변 너머로 어두컴컴한 건물들이 눈에 들어왔다. 그들은 작고 모난 바위 아랫부분에, 누구나 훤히 볼 수 있는 곳에 서 있었다. 그 사실을 깨닫고 나자 괴물 물고기(놈을 그렇게 부를 수 있다면)를 만난 충격 따위는 돌연 아무것도 아닌 일이 되어버렸다. 이제 그들은 완전히 물 밖으로 나와 있었다.

'소리를 들었을까? 우리를 보았을까? 이젠 동굴로 갈 수도 없고,

여기 있을 수도 없어.'

"부두로 간다, 서둘러."

데이비드가 남쪽으로 몸을 돌리며 다급히 외쳤다.

팀원들이 비틀거리며 그를 지나쳤다. 캐런이 앞장서고 다른 이
들이 가깝게 따라붙었다. 크게 다친 사람은 없는 것 같았다. 기적이
아닐 수 없었다. 데이비드는 통증이 느껴지는 다리로 어둠을 뚫고
존의 뒤를 따라 달리며 현재 상황을 파악했다.

'은폐물이 있는 곳으로 가서, 입구를 차단하고, 재정비를 하고,
울타리로 가서…….'

평지를 지나 가파른 오르막으로 접어들자 부두가 모습을 드러냈
다. 바위를 기어오르는 동안 데이비드는 금속이 달그락거리는 작은
소리를 들었다. 그리고 레베카가 물에 흠뻑 젖은 검정색 탄약 주머
니를 품에 안고 있는 것을 확인했다. 일말의 희망이 보였다. 내부로
무사히 들어갈 수만 있다면, 어딘가 안전한 곳으로…….

그들의 오른편 앞에 보이는 건물은 조용하고 어두웠으며, 닫힌
문이 나무로 된 선창을 향하고 있었다. 가까운 거리였지만, 건물이
비었는지 알 방법이 없었고, 거기까지 가는 길도 평평하게 탁 트여
있었다. 오래된 널빤지로 만들어진 그 길에는 그들을 가려줄 자갈
하나 없었다. 하지만 선택의 여지가 없잖은가.

"몸을 낮춘다."

데이비드가 속삭였다. 그들은 몸을 최대한 숙인 채 건물을 향해
움직였다. 캐런이 가장 먼저 도착해 문을 밀어 열었다. 빛이 흘러나
오지도, 경보가 울리지도 않았다. 스티브와 레베카가 뒤이어 들어

갔다. 그 뒤로 존과 데이비드가 어두컴컴한 내부로 들어가 축축하게 젖은 어깨로 나무 문을 닫았다.

"그 자리에 그대로."

데이비드가 조용히 말하고는 허리에 찬 벨트를 더듬어 할로겐 손전등을 꺼냈다. 그들의 몰아쉬는 숨소리를 제외하고는 사방이 고요했다. 이 밀폐된 공간은 끔찍한 악취로 가득했다. 오래된 사체에서 나는 냄새가 이제는 조금 약해진 것처럼.

손전등의 가느다란 빛줄기가 칠흑 같은 어둠을 뚫고 창문이 없는 넓고 휑한 방의 모습을 비췄다. 벽에 박힌 나무 말뚝에는 밧줄과 구명장비들이 걸려 있었다. 한쪽 벽을 따라서는 작업대가 길게 늘어서 있었으며, 톱질용 받침대 몇 개와 자질구레한 물건이 늘어서 있는 선반들이…….

'하느님, 맙소사.'

손전등의 빛이 그들이 방금 들어온 문 맞은편에 있는 또 다른 문에서 그대로 멈췄다. 빛줄기가 비춘 것은 하얗게 빛나는 해골과 너덜너덜하고 기름이 얼룩진 실험실 가운이었다. 그것이 바로 악취의 근원이었다. 웃고 있는 것처럼 보이는 얼굴에는 말라비틀어진 근육들이 가느다란 실처럼 매달려 있었다.

한 손이 인사하는 듯한 자세로 고정된 시체 한 구가 문에 못 박혀 있었던 것이다. 죽은 지 몇 주는 된 듯했다.

스티브는 욕지기가 치밀어 오르는 것을 힘겹게 삼키고는 고개를 돌렸지만 이미 그 끔찍한 장면이 뇌리에 박혀버렸다. 눈이 없는 얼굴과 벗겨지고 있는 조직, 정성스레 벌려진 채 고정되어 있는 손가락.

'제기랄, 누가 이런 장난을 친 거야?'

스티브는 어지러움을 느꼈다. 엄브렐러의 바다 괴물과 맞닥뜨려 익사 직전에 빠져나오고, 물이 철벅거리는 가파른 바위를 기어오르느라 아직도 숨이 찬 상태였다. 썩은 시신에서 풍기는 시큼한 냄새는 호흡에 전혀 도움이 되지 않았다.

몇 초간 아무도 입을 열지 않았다. 다음 순간 데이비드가 한 손으로 손전등 빛을 가린 채 지시를 내렸다. 그의 목소리는 낮았지만 놀라울 만큼 침착했다.

"벨트를 확인하고 젖은 탄창을 뺀다. 현재 상황을 알려주기 바란다. 부상 정도, 장비 상태. 모두 심호흡부터 해. 먼저 존?"

스티브의 왼편에서 존의 지친 목소리와 함께 젖은 물체를 더듬거리는 소리가 들려왔다. 캐런과 레베카는 스티브의 오른편에 있었고 데이비드는 문 옆을 지키고 있었다.

"괴물한테서 끈적거리는 뭔가가 묻었지만 괜찮습니다. 무기는 있지만 손전등을 잃었어요. 무전기도요."

"레베카는?"

그녀의 목소리는 조금 떨리고 빨랐다.

"전 괜찮습니다. 음, 무기는 있어요. 손전등도, 구급약품도요. 아, 그리고 탄약을 챙겼어요."

레베카가 답하는 동안 스티브가 자신의 상황을 파악했다. 베레타를 총집에서 꺼내 젖은 탄창을 빼낸 다음 주머니에 넣었다. 벨트 속 손전등이 있어야 할 공간은 비어 있었다.

"스티브?"

"부상은 없습니다. 무기는 있지만 손전등이 없어요."

"캐런은?"

"마찬가집니다."

손전등을 가린 데이비드의 손가락이 조금 움직이더니 흐린 빛이 방 안을 비췄다.

"아무도 다치지 않았고 여전히 무장 상태라 다행이다. 레베카는 탄창을 나눠주기 바란다. 아직 우리가 발각되지 않았다는 가정하에, 울타리는 이곳에서 남쪽으로 50미터가 채 안 되는 지점에 있을 테고, 은폐해줄 나무도 충분하다. 이번 작전은 여기서 중단하고 일단 빠져나간다."

스티브는 레베카로부터 탄창 세 개를 받아들고 고마움의 표시로 고개를 끄덕였다. 그가 탄창 하나를 베레타에 끼우고 습관적으로 한 발을 장전했다.

'잘됐어. 그만하자고. 미친 괴물이 우리를 잡아먹으려 하더니 이제는 저승사자가 인사를 하네. 사람들을 반갑게 맞으라고 문에 걸어놓은 것처럼.'

스티브는 쉽게 겁을 먹는 사람이 아니었지만 지금이 나쁜 상황이라는 것 정도는 알 수 있었다. 그는 스타스를 깊이 아꼈고, 잘못된 것을 바로잡기 위해 기꺼이 이 작전에 참여했다. 하지만 보트를 잃고 처음의 계획이 수포로 돌아간 지금, 엄브렐러를 때려잡는 건 다음 기회로 미뤄야 했다.

데이비드가 부패한 시신에 가까이 다가갔다. 어둑한 주황색 조명 속에서 그의 얼굴이 혐오감으로 잔뜩 찌푸려졌다.

"캐런, 레베카. 이리 와서 확인해봐. 존은 레베카의 손전등으로 스티브와 함께 주변에 뭐가 있는지 찾아보고."

레베카가 손전등을 존에게 건네자 그가 스티브에게 고갯짓을 했다. 두 남자가 긴 작업대의 한쪽 끝으로 다가갔다. 다른 이들의 낮은 목소리가 밀폐된 공간 속에서 비교적 잘 들렸다.

"T-바이러스가 아니에요. 부패의 패턴이 완전히 달라요."

레베카의 보고 후 잠시 침묵이 이어지다가 캐런이 입을 열었다.

"이거 보이죠? 데이비드, 손전등 좀."

한편 존은 커다란 손으로 손전등을 살짝 가려 빛줄기가 작업대의 더러운 널빤지 위를 비추게 했다. 깨진 커피 잔, 코팅된 조류 도표 위에 쌓인 기름투성이 볼트와 너트 더미, 먼지가 쌓이고 여기저기 찌그러진 전기 드라이버와 얼룩진 걸레 위에 놓인 비트 두어 개.

'죄다 잡동사니군. 여긴 아무것도 없어. 누군가 오기 전에 빠져나가야 해.'

존이 서랍 하나를 열고 그 안을 뒤지는 동안 스티브는 머리 위 선반에 무엇이 있는지 살폈다. 그들 뒤에서 캐런이 다시 입을 열었다.

"문에 못 박혔을 때 그는 아직 살아 있었어요. 거의 죽기 직전이었지만. 의식은 없었을 거예요. 핏자국이 없는 것으로 볼 때 몸부림치지 않았다는 뜻이니까. 그리고 여기에 자국이 있어요. 아마 뒷문 옆에서 총을 맞은 다음 이리로 끌려온 것 같아요."

존이 서랍을 뒤진 후 그들은 옆으로 이동했다. 군화가 마룻바닥에 미끄러지며 찔꺽대는 소리가 났다. 소켓 렌치 세트, 싸구려 무전기, 몽당연필과 그 옆에 구겨진 종이봉투.

스티브가 무언가 생각나기라도 한 듯 걸음을 멈추고 종이봉투를 내려다보았다. 몽당연필이라…….

그가 공처럼 구겨진 종이를 집어 주름을 펴고 뒤집었다. 아랫부분에 몇 줄의 글이 휘갈겨져 있었다.

"여기, 뭘 찾았어요."

존이 조용히 대원들을 불렀다. 다른 이들이 서둘러 다가오자 그가 종이에 빛을 비추었다. 스티브가 눈살을 찌푸린 채 연필로 희미하게 적힌 문장을 소리 내어 읽었다. 마침표 같은 것이 전혀 없었기에 어디에서 문장을 마쳐야 할지 짐작해 읽어야 했다.

"7월 20일 음식에 약이 들었다 나도 걸렸다 너를 위해 자료를 숨겼다 데이터를 보냈다 배를 다 가라앉히고 그가…….."

스티브가 미간을 찌푸렸다. 다음 단어를 알아볼 수 없었다. 트라이…… 트라이스쿼드?

"배를 다 가라앉히고 그가 트라이스쿼드를 풀었다 이제 어둡다 그들이 올 것이다 그가 나머지를 죽인 것 같다 그를 멈춰라 그가 무슨 짓을 할 것인지는 신만이 알 것이다 실험실을 파괴하라 크리스타를 찾아서 내가 미안하다고, 라일이 미안하다고 전해 달라 바라건대……."

그것이 끝이었다.

"아몬의 메시지. 이 사람이 라일 아몬이에요."

캐런이 나지막이 말했다.

이쯤 되니 문에 걸린 시신이 누구인지 짐작할 수 있었다. 문에 매달린 채 악취를 풍기고 있는 저승사자에게 이제 신원이 생긴 것이다. 트렌트가 데이비드에게 준 정보는 정말이지 섬뜩했다. 트렌트가 그 메시지를 받았을 당시, 이 불쌍한 사람은 이미 약에 중독되어 있었던 것 아닌가.

"이름만 알던 사람의 얼굴을 직접 보게 되니 좋네, 응?"

존이 농담을 던졌지만 그 자신조차 웃지 않았다. 이 필사적인 짧은 글에는 불길한 기운이 가득했다. 잔인한 살인이 엮여 있든, 그렇지 않든.

'트라이스쿼드는 뭐지? '그'라고 지칭되는 사람은 또 누구고?'

"조금 더 둘러봐야 할 것 같아요."

레베카가 머뭇거리며 말했지만 데이비드가 고개를 저었다.

"이쯤에서 물러나는 게 최선이라고 생각한다. 지금부터는……."

그때 그들이 들어온 문 밖에서 나무 통로 위로 묵직하고 느릿한 발소리가 들려왔다. 모두가 동작을 멈춘 채 귀를 기울였다. 분명 두 사람 이상이었고, 누군지는 몰라도 자신들이 다가오고 있다는 사실을 숨길 생각이 전혀 없어 보였다. 그들은 문 앞에서 멈춘 채 그대로 기다렸다. 문을 잡고 흔들지도, 발로 차 부수지도 않았다. 그저 아무 소리 없이 기다리고 있을 뿐이었다.

데이비드가 손가락으로 공중에 원을 그린 후 캐런을 가리킨 다음, 라일 아몬의 시신이 걸려 있는 문을 가리켰다. 캐런을 선두로 그 문을 통해 다들 퇴각하라는 신호였다.

그들은 소리 없이 시신을 향해 움직였다. 발을 뗄 때마다 들리는 삐걱대는 소리에 스티브가 미간을 찡그렸다. 그는 악취를 피하기 위해 입으로 숨을 쉬었다.

그때, 캐런이 조심스레 문을 여는 순간 자동소총의 총성과 함께 침묵이 깨졌다. 총성은 그들이 탈출해야 할 바로 그 방향에서 들려오고 있었다.

제8장

총알이 문을 뚫고 들어오자 캐런이 반사적으로 피했다. 아몬의 시체에서 부패한 살점들이 사방으로 튀었고, 시신은 섬뜩하게 흔들리며 죽음의 춤을 추었다.

데이비드는 시체가 입은 가운을 힘껏 잡아당겼지만 날아오는 총알들의 반동 때문에 문은 도통 닫히려 하지 않았다. 공격을 해오는 자들이 누구인지는 몰라도 총성이 점점 가까워졌고, 그들 위로 살점과 나무 파편들이 빗발치듯 세차게 쏟아졌다. 두 개의 출구가 모두 막혔으니 꼼짝없이 갇힌 셈이다.

레베카는 떨리는 손으로 베레타를 꼭 쥔 채 데이비드의 신호를 기다렸다. 그가 연구시설이 있는 북서쪽을 다급히 가리키며 자동소총의 시끄럽고 끈질긴 소음 사이로 소리쳤다.

"레베카, 반대쪽 문을 맡아! 존, 캐런, 다음 건물로 달려가 안전을 확보한다. 스티브, 우리는 엄호한다. 움직여!"

스티브와 데이비드가 동시에 뛰어나가 총을 쏘기 시작했다. 우박처럼 쏟아지는 자동화기의 총성 사이사이에 탕탕, 하고 울리는 베레타의 총성이 이어졌다.

스티브와 데이비드의 엄호 속에 존과 캐런은 전속력으로 달려나가 곧장 그림자 속으로 사라졌다. 레베카는 돌아서서 뒷문을 향해 권총을 겨냥했다. 심장박동의 울림이 목구멍까지 치받아 올라왔다. 벽 전체가 부르르 떨리며 흔들렸다.

"죽어! 빌어먹을, 왜 죽질 않는 거야!"

레베카 뒤에서 스티브가 악을 썼다. 그 목소리에 담긴 공포와 당혹감에 그녀는 온몸의 피가 차디차게 식어버리는 것 같았다.

'좀비?'

레베카는 나무로 된 뒷문에서 눈을 떼지 않은 채 최대한 크게 소리를 질렀다. 끊이지 않고 쏟아지는 자동소총의 총성 사이로 그녀의 갈라진 목소리가 뒤섞였다.

"머리를 쏴요! 머리를 겨냥해!"

그들이 그녀의 목소리를 들었는지는 알 길이 없었고, 소총의 총성은 계속 이어지며 가까워졌다. 현 상황을 이해하기 위해 그녀의 머리가 바삐 움직였다. T-바이러스 희생자들의 모습이 머리를 스쳤다. 그들은 생각할 줄 몰랐고, 매우 느렸으며 인간이라고 보기 어려웠다.

'그리고 돌발적이었어. 목적의식 같은 것도 없었고. 이렇게 용의주도하지 않아.'

"레베카, 가자!"

여전히 소총 소리가 들려왔지만 아까처럼 보트 창고가 흔들릴 정도는 아니었다. 힐끗 뒤를 돌아보자 스티브가 무언가를 향해 총을 쏘고 있었고, 데이비드가 움직이라고 손짓하는 것이 보였다.

레베카는 열린 문을 향해 다가가다가 문에 매달린 채 벌집이 되어버린 흉측한 시신의 모습을 보았다. 머리는 썩은 호박처럼 움푹 들어가 있고, 치아는 모조리 부서졌으며, 뒤통수 뒤로는 조직들이 터져 나가 점점이 튀어 있었다. 인사하듯 올라간 채 고정되어 있던 손은 요골(아래팔의 바깥쪽에 있는 뼈-옮긴이)과 척골(아래팔의 안쪽에 있는 뼈-옮긴이)이 산산조각 나 이제 팔과 떨어져 있었다. 손만이 짓궂은 핼러윈 장식처럼 이리 오라는 듯 매달려 있을 뿐이었다.

스티브가 한 발을 더 쏘자 자동소총의 덜컥대는 소음이 드디어 멈췄다. 권총을 들어 올리며 무언가를 말하려는 그의 눈이 크게 벌어져 있었다.

그 순간, 뒷문이 쾅 소리와 함께 부서지고 주황색 불꽃이 튀며 어둠 속으로 총알이 날아들었다. 데이비드가 레베카를 거칠게 앞문으로 밀어내자 그녀는 달리기 시작했다. 화답하듯 이어지는 9밀리미터 총성이 그녀 뒤에서 메아리쳤다.

'건물로 가. 엄폐물을 찾아.'

어둠을 뚫고 전속력으로 달리자 돌멩이가 군데군데 박힌 단단한 흙바닥 위로 젖은 군화가 질컥거렸다. 다급한 시선으로 주위를 둘러보자 거대한 콘크리트 건물의 윤곽과 함께 그것을 둘러싸고 있는 울타리 같은 나무들이 정면에 보였다.

"여기!"

목소리를 향해 급히 방향을 틀자 건물 모퉁이에 있는 존의 근육질 몸이 희미한 별빛을 받아 또렷하게 보였다. 그에게 가까워지자 열린 문과 보트 창고를 향해 권총을 겨냥하고 있는 캐런의 모습이 눈에 들어왔다. 그림자 사이로 여전히 총알이 날아다녔다.

"들어가!"

캐런이 소리치며 길을 내주자 레베카는 속도를 줄이지 않고 그대로 안으로 달려 들어갔다. 어둠 속에서 탁자에 부딪혔는지 한쪽 엉덩이에 통증이 느껴졌다.

뒤를 돌아보니 캐런이 총을 쏘고 있었다. 존이 소리치는 것도 들렸다.

"어서 와! 서둘러!"

다음 순간, 스티브가 숨을 헐떡이며 사력을 다해 안으로 뛰어들었다. 레베카와 충돌하기 직전 아슬아슬하게 멈춰 선 스티브는 한 손으로 가슴을 움켜쥐고 있었다.

레베카가 재빨리 문을 붙들자 차갑고 육중한 느낌이 손에 전달됐다. 문이 강철로 만들어졌다는 사실이 머리에 입력되고 있을 때 데이비드가 소리치며 돌진해왔다.

"캐런, 존!"

캐런이 여전히 권총을 든 채 어둠 속으로 들어왔고, 베레타의 날카로운 총성이 세 번 더 이어지더니 존도 성큼 안으로 들어왔다. 그의 굳게 다문 입 위로 숨을 몰아쉬는 콧구멍이 거세게 벌렁거렸다.

레베카가 문을 닫고 손을 더듬어 데드볼트를 찾아냈다. 귓속이 울려대는 통에 찰칵하는 소리가 잘 들리지 않았다. 드디어 총성이 멈췄다. 놈들이 질러대는 소리도, 경보음도, 개들이 시끄럽게 짖어대는 소리도, 하다못해 부상들의 비명이나 신음조차 들리지 않았다. 갑작스러운 침묵이 찾아왔다. 후텁지근한 암흑 속에서 오직 스타스 대원들의 떨리는 숨소리만 이어질 뿐이었다.

데이비드가 손전등을 켜 방 안을 살피자 충격과 공포로 굳어 있는 팀원들의 얼굴이 보였다. 크지도 작지도 않은 방에 책상과 컴퓨터 장비들이 어지러이 널려 있었다. 창문은 없었다.

"그거 봤어요? 세상에, 죽지를 않더라고요. 다들 그거 봤냐고요?"

스티브가 딱히 누구에게랄 것 없이 물었다. 하지만 아무도 대꾸하지 않았다. 위험에서 잠시 벗어나긴 했지만, 레베카는 혈관 속을 맹렬히 흐르는 아드레날린이 줄어드는 것도, 심장박동이 정상으로 돌아오는 것도 느끼지 못했다. 엄브렐러가 T-바이러스를 활용할 새로운 방법을 찾아낸 것이 분명했다.

'싫든 좋든 우리는 놈들을 상대해야만 해.'

그들은 캘리밴 코브에 갇히고 말았다. 그리고 이곳의 괴물들은 총을 가지고 있었다.

데이비드는 깊이 숨을 들이쉬고 힘겹게 내뱉은 다음 손전등으로 문을 비췄다.

"이 정도면 확실히 발각됐다고 할 수 있겠지. 이왕 이렇게 된 거 여기가 어딘지나 살펴볼까. 레베카, 불을 켜주겠어?"

자포자기한 것처럼 들리지 않기를 바라며 데이비드가 입을 열었다.

레베카가 벽에 붙은 스위치를 올리자 천장에 붙은 형광등이 껌뻑거리다 별안간 눈부신 빛이 방을 채웠다. 갑작스러운 밝은 빛에 눈을 깜빡이며 데이비드가 팀원들을 둘러보았다. 그러다가 스티브가 한 손으로 가슴을 누르고 있는 것을 발견했다.

"맞았나?"

"조끼에 맞아서 괜찮습니다."

하지만 스티브는 다른 이들보다 유독 더 숨을 헐떡이는 것 같았고 얼굴도 창백했다.

레베카가 데이비드를 쳐다보자 그가 고개를 끄덕였다.

'어차피 달리 갈 수 있는 곳도 없는 것 같군.'

"레베카, 스티브를 살펴봐. 다른 사람들은?"

레베카가 스티브에게 다가가 조끼를 벗으라고 손짓하는 동안 아무도 대답하지 않았다. 데이비드는 주변을 살피며 트렌트가 준 지도와 밖에서 본 장면들을 비교하기 시작했다. 저렴한 철제 책상이 여섯 개 있었고, 각각의 책상마다 컴퓨터와 자질구레한 물건들이 널려 있었다. 시멘트로 된 벽은 장식 하나 없이 평범했다. 서쪽 벽에 또 다른 문이 있었는데 건물의 깊숙한 내부로 이어지는 것이 분명했다.

"캐런, 저곳을 확인해봐."

나머지는 앞으로 어떻게 하면 좋을지 결정한 다음에 살펴봐도 늦지 않을 것이다.

'그래, 대장인 내가 결정을 내리고 난 다음에 말이지. 아니면 대원들을 바다로 보내 수영이나 하라고 하는 건 어때? 그것도 지금까지 당한 일에 비하면 그리 나쁘지 않을 것 같은데.'

데이비드는 머릿속에서 들려오는 목소리를 애써 무시했다. 그가 상황을 얼마나 과소평가했는지 이미 잘 알고 있었다. 자책감에 괴로워하는 모습을 팀원들에게 보일 필요는 없었다. 그렇게 한다고 좋을 게 하나도 없으니까. 이제 문제는 '앞으로 어떻게 하느냐'였다.

"그럼 이야기해보자. 이곳에서 사고가 있었던 것 같지는 않아. 메모에 뭐라고 적혀 있었지? 음식에 약이 들었고, 어떤 남자가 다른 사람들을 다 죽였다고 했지. T-바이러스 유출이 아닐 가능성도 있을까?"

데이비드의 질문에 스티브의 가슴을 살펴보던 레베카가 고개를 들었다. 스티브는 그녀 앞에 놓인 책상에 걸터앉아 있었다. 레베카의 손가락이 그의 오른쪽 흉근에 검게 물든 멍 부위를 조심스레 만지자 그가 얼굴을 찡그렸다. 그녀가 미안한 듯 미소를 지으며 말했다.

"괜찮아요. 뼈는 부러지지 않았어요."

레베카는 그를 안심시킨 후 데이비드를 향해 돌아섰다. 그녀의 미소가 사라졌다.

"맞아요. 바이러스가 유출됐다면 문에 매달린 사람, 그러니까 아몬도 감염됐을 거예요. 그런데 트라이스쿼드, 그것들이 T-바이러스를 이용해 만들어진 거라면 이미 다 부패되었어야 하거든요. 그가 편지를 쓴 지 3주도 넘었으니 놈들은 곤죽이 되어 있어야 한다고요. 다른 바이러스를 사용했거나 누군가 놈들을 돌봐주고 있는 거예요. 효소를 유지시켜주거나 아니면 냉장 처리를 하고 있는지도 몰라요."

데이비드가 그녀의 논리를 따라가며 천천히 고개를 끄덕였다.

"그런데 그 '누군가'가 미치광이라 모두를 죽였다면 어째서 굳이 놈들을 돌봐주는 걸까?"

"문에 매달려 인사하듯 손짓하던 그 시체와 만에서 우리를 공격했던 괴물…… 마치 누군가 여길 찾아오리라고 예상했던 것 같아요."

캐런이 생각에 잠긴 채 대꾸했다.

"하지만 우리가 깊숙이 침투해 들어오도록 놔둘 생각은 아니었고."

존이 캐런의 말을 이었다.

종이에 적혀 있던 글귀가 데이비드의 머리를 스쳤다. 그 '누군가'를 멈춰야 한다고 애원하고 있었다.

'그가 무슨 짓을 할지는 신만이 알 거라고 그랬지.'

스티브가 셔츠를 다시 입으며 축축하고 차가운 기운에 몸을 부르르 떨었다.

"그럼 이제 어떻게 하죠?"

데이비드는 아무 대답도 하지 않았다. 무슨 말을 해야 할지 알 수 없었다. 힘이 빠지고, 피곤했으며 모든 게 불확실했다.

"난…… 우리가 할 수 있는 건 여길 빠져나가든가 더 깊숙이 들어가든가, 둘 중 하나다. 지금까지 벌어진 상황을 고려했을 때 나 혼자 결정을 내리는 게 편치가 않다. 여러분은 어떻게 하고 싶지?"

데이비드가 조심스레 대원들의 얼굴을 하나하나 살폈다. 그들을 실망시킨 것에 대해, 다른 대안 하나 없이 위험천만한 상황에 끌어들인 것에 대해 분노하고 자신을 경멸할 것이라 생각했다. 이 모든 게 스타스가 부패했다는 사실을 그가 순순히 받아들이지 못했기 때문에 벌어진 일이다. 이제 꼼짝없이 갇히고 나니 어떻게 해야 할지 도저히 알 수가 없었다.

하지만 그들의 얼굴에 나타난 표정은 분노와 경멸이 아니라 신중함과 집중이었다. 놀랍게도 캐런은 피식 웃기까지 했다. 입을 연 그녀의 목소리는 밝고 적극적이었다.

"물어보시니 하는 말인데요, 저는 이 일을 파헤치고 싶어요. 여기에서 무슨 일이 있었는지 알고 싶다고요."

레베카도 고개를 끄덕였다.

"네, 저도요. 그리고 T-바이러스를 꼭 확인하고 싶어요."

"저도 이 트라이 어쩌고 하는 놈들을 처리하고 싶네요. 세상에, M-16을 쏘는 좀비들이라니. 살아 있는 시체 군인들의 밤이라고."

존이 씩 웃으며 말했다.

스티브도 이마에 붙은 젖은 앞머리를 쓸어 넘기며 한숨을 쉬었다.

"계속 찾아보는 게 좋을 것 같습니다. 돌아가는 것도 그다지 안전하지 않고요. 계획대로 된 건 아니지만, 어차피 엄브렐러의 악행에 대한 증거를 찾아내는 게 목적이었잖아요. 이 자식들을 작살내고 싶어요."

데이비드가 미소를 지었다. 점점 더 스스로가 부끄러워졌다. 그는 상황만 과소평가한 게 아니라 팀원들도 과소평가했던 것이다.

"대장은 어떻게 하고 싶으세요?"

레베카가 불쑥 물었다.

그 질문은 새삼 그를 놀라게 했다. 그녀가 그런 질문을 해서가 아니라 뭐라고 대답해야 할지 몰랐기 때문이다. 그는 스타스에 대해, 스타스에서의 경력에 대해 집착하다가 어떤 꼴을 당했는지 생각했다. 며칠 동안 그의 뇌리를 떠나지 않은 건, 평생을 바친 일이 무의미하게 전락하지 않기를, 그것이 어떤 의미가 있기를 바란다는 생각뿐이었다. 그래서 스타스 내의 배신자를 밝혀내면 마침내 마음의 평화를 찾을 수 있으리라 스스로를 납득시켰다. 부패의 뿌리를 뽑는 것이 곧 스스로가 쓸모없는 사람이 아니라는 걸 증명할 수 있다는 듯이.

'너무 오랫동안 스타스를 숭배해왔다. 하지만 이 작전을 수행하기로 결심한 진짜 이유는 이 방에 있는, 바로 이 사람들의 얼굴에 담긴 표정 때문이 아닐까?'

그는 레베카의 호기심 어린 시선을 마주 바라보았다. 그리고 다른 대원들이 자신의 대답을 기다리며 지켜보고 있음을 느꼈다.

"내가 원하는 건, 우리 모두 살아남는 것이다. 전원 무사히 이곳을 빠져나가는 것."

데이비드가 마침내 진심을 담아 말했다.

"아멘입니다."

존이 중얼거렸다.

데이비드는 자신이 라쿤 지부 팀원들에게 했던 말을 떠올렸다. 엄브렐러에 맞서 이기려면 그들 각자가 자신이 가장 잘하는 일을 해야 한다고 말하지 않았던가. 그 이야기를 한 건 크리스가 이 작전에 찬성해주길 바라는 마음에서였지만, 그들 모두가 납득했던 건 결국 그 말에 담긴 진심이었다.

'내가 가장 잘하는 일을 하자.'

"존과 캐런은 건물 안을 둘러보고, 문마다 확인한 뒤 10분 내로 돌아온다. 스티브는 컴퓨터를 한 대 켜서 이곳의 자세한 배치도가 있는지 살펴본다. 레베카와 나는 책상을 수색한다. 지도, 트라이스쿼드와 T-바이러스에 대한 데이터, 누가 이런 짓을 저지르고 있는지 단서를 줄 만한 연구원들의 개인적인 기록 등 뭐든지 좋다."

데이비드가 그들에게 고개를 끄덕였다. 아주 오랜만에 머릿속이 또렷해지고 균형이 잡히는 듯했다.

"그럼 해보자고."

데이비드가 나지막이 말했다. 스타스 같은 건 개나 주라지. 그들은 이제 엄브렐러를 무너뜨리는 데 최선을 다할 것이다.

///

Ma7들이 아니었다면 침입자가 나타난 것을 까맣게 모를 뻔했다. 애초에 의도한 바는 아니었지만 어쨌거나 쓸모가 있었다.

그리피스 박사는 하루 중 거의 대부분을 실험실에 머무르며 입구 옆에 세워진 여러 개의 가압통들을 흐뭇하게 바라보곤 했다. 빛나는 강철 표면이 은은한 조명 속에서 유혹하듯 빛났다. 바이러스를 퍼뜨리겠다는 결정을 내린 이후 이제 더 이상 해야 할 일이 거의 없다는 걸 깨달았다. 시간은 빠르게 흘렀다. 시계를 한 번 쳐다볼 때마다 놀랐지만 불쾌한 놀라움은 아니었다. 그는 새로운 세상을 살아가는 첫 번째 신인류가 될 것이다. 그 일을 앞두고 그리피스 박사가 신경 써야 할 유일한 일은 그 가압통들을 등대로 가지고 올라가는 것뿐이다. 곁에서 조용히 지시만 기다리고 있는 박사들이 있으니 그마저도 걱정할 게 없었다. 새벽이 오기 직전에 박사들에게 마지막 지시를 내려 마침내 인류를 새로운 빛으로, 평화라는 기적 속으로 이끌기만 하면 된다.

그런 그를 실험실 밖으로 끌어내 동굴로 이끈 건 바로 Ma7, 마지막까지 우려의 대상이었던 그놈들을 처리해야 한다는 생각 때문이었다. 레비아탄을 다루면서 이미 실수를 저지른 적이 있었다. 연구 시설을 손에 넣은 뒤 놈들을 자신만큼이나 자유롭게 만들어주고 싶어 충동적으로 만을 둘러싸고 있는 출입구들을 열었던 것이다. 엄브렐러가 놈들에 대해 알아채고 찾으러 올지도 모른다는 생각이 든 것은 다음날이 되어서였다. 그렇게 되면 그의 찬란한 계획도 모두 끝이었다. 그리피스 박사는 모든 것이 정상인 것처럼 보이기 위해 계속해서 주간 보고를 올리고 있었지만, 이 네 놈들이 '탈출'한 것에 대해서는 이렇다 할 설명이 불가능했다. 그러니 레비아탄이 스스로 돌아온 것은 큰 행운이 아닐 수 없었다.

하지만 Ma7은 완전히 다른 이야기였다. 놈들은 그대로 풀어주기엔 너무나 폭력적이고 예측 불가능했다. 그렇다고 우리 속에서 그대로 굶어죽게 놔두는 것도 옳은 일이 아니었다. 그놈들 역시 인류를 향한 그의 선물을 충분히 즐길 자격이 있었다. 파괴만 일삼는 존재로 생을 마감하는 것도, 아니 애초에 죽는 것도 그들의 선택이 아니었다. 그리고 그가 놈들을 창조하는 데 작게나마 일조했으니 놈들을 위해 무언가 해주어야 한다는 일말의 책임감도 있었다.

그리피스 박사는 외부 출입구 앞에 서서 이 문제를 생각하며 꽤 오랜 시간 서 있었다. 그러는 동안 놈들 다섯 마리는 견고한 강철망을 향해 계속해서 몸을 던지며 기이하고 서글픈 소리로 울어댔다. 놈들의 하울링이 축축하고 구불구불한 동굴 사이로 메아리쳐 퍼졌다. 우리 근처에 수동으로 조작할 수 있는 개방 장치가 하나 있고 실험실에도 하나가 있다. 하지만 등대에서는 놈들을 풀어줄 방법이 없었다. 또한 그가 안전하게 몸을 피하기 전에 놈들을 풀어줄 방법도 없었다. 박사들 중 한 명을 보내 풀어줄 수도 있었지만 놈들은 인간보다 신진대사가 느려서 새로운 상태로 변화하기 전에 그를 해칠 위험이 있었다. 연구시설을 손에 넣기 한 달 전, 친 박사와 그의 조수 두 명이 병든 Ma7을 돌봐주겠답시고 가까이 다가가는 실수를 저지른 적이 있었다. 그는 그런 식으로 죽고 싶진 않았다. 물론 바이러스와 접촉해 새로운 인간으로 재탄생한 후에는 고통을 느끼지 못하겠지만 그는 최대한 오랫동안 신세계에 머물고 싶었다.

결국 합리적인 선택은 안락사뿐이라고 결론을 내렸다. 그리 마음에 들진 않았지만 다른 대안이 없었다. 실험실에는 많은 약품이 갖춰져 있지만 독극물은 그의 전문 분야가 아니었기에 메인프레임에서 필요한 정보를 찾아보기로 했다. 그러다 밀폐된 실험실이라는 자신의 안식처가 침입받았다는 걸 알게 된 것이다.

그리피스는 충격에 빠진 채 컴퓨터 앞에 앉아 벙커 중 한 곳의 컴퓨터가 사용 중임을 알리며 깜빡이는 커서를 멍하니 노려보았다. 실수나 오류일 리는 없었다. 실험실에 있는 단말기를 제외하고 연구시설 내 다른 모든 컴퓨터는 이미 몇 주 전에 전원을 내린 상태였으니까. 엄브렐러가 쳐들어온 것이 분명했다.

충격으로 멍해진 상태를 뚫고 수면 밖으로 나타난 첫 번째 감정은 바로 분노였다. 모든 이성과 논리를 단번에 쓸어버리는 뜨거운 분노가 마치 타오르는 불길처럼 그를 뒤덮었다. 잠시 동안 그리피스는 정신을 놓았다. 원시적인 분노에 사로잡힌 그는 손에 잡히는 모든 쓸모없고 의미 없는 것들을 찢어발기고 부숴버렸다.

'그놈들은 절대, 절대로, 나는, 아니, 절대로, 내겐, 절대!'

그러다 문득 그의 손이 차가운 가압통 표면에 닿자 언제 그랬냐는 듯 분노가 사그라졌다. 매끄러운 은색 탱크가 그의 머리에 이성이라는 찬물을 쏟은 듯 그를 현실로 다시 이끌었다. 자제력은 사라졌던 것만큼이나 불시에 되돌아왔고, 정신을 차린 그는 땀을 흘리며 숨을 몰아쉬었다.

'나의 창조물, 일생의 역작.'

눈을 껌뻑이며 숨을 헐떡이던 그리피스는 자신이 찢어진 종이와 깨진 유리, 부서진 회로 더미 한가운데 서 있는 것을 발견했다. 나쁜 소식을 전해준 전령과도 같은 컴퓨터를 단숨에 산산조각 내 차디찬 바닥 위로 내동댕이친 것이다. 다른 날이었다면 이와 같은 발작적 행동에 수치심을 느꼈을지도 모른다. 하지만 오늘은 위대한 실행을 하루 앞둔 날이니만큼 자신의 분노가 정당했다고 스스로를 위로했다.

'아니, 정당한지는 몰라도 이렇게까지 할 가치는 없었어. 이제 어떻게 그들을 막지? 여기서는 바이러스를 유출시킬 수 없고, 그렇다고 밖으로 가지고 나갈 수도 없어. 어쨌거나 지금은 안 돼. 놈들은 무슨 속셈인 걸까? 얼마나 많은 걸 알고 있는 거지?'

그 정도는 쉽게 알아낼 수 있었다. 실험실에는 아직 두 대의 단말기가 더 남아 있었다. 그는 재빨리 그중 한 대로 다가갔다. 그러고는 에어로크 곁에 조용히 앉아 있는 말 없는 박사들을 힐끗 쳐다보았다. 그리피스 박사의 광기 어린 행동을 봤든 못 봤든 그들은 전혀 신경 쓰지 않았다. 그는 박사들을 바라보며 쓸모없는 트라이스쿼드를 만들어낸 것에 대해 돌연 증오심을 느꼈다. '그 무엇도 맞설 수 없으리라'던 망할 보초들이 그 어느 때보다도 가장 필요한 순간에 그를 실망시키지 않았는가.

그리피스는 자리에 앉아 모니터를 켜고 화면 중앙에 돌아가는 우산 모양의 회사 로고가 사라지기를 초조하게 기다렸다. 연구시설의 보안 네트워크 시스템은 이 실험실에서만 조작할 수 있기 때문에, 침입자들에게 들키지 않고도 그들이 무엇을 찾는지 알아낼 수 있었다. 물론 어떻게 접근하는지 기억할 수 있다면 말이다.

그는 키보드를 몇 번 누르고 잠시 기다렸다가 자신의 비밀번호를 입력했다. 잠시 대기하자 반짝이는 녹색 데이터가 스크린 위로 쏟아졌다. 생각보다 간단했다.

'수색해, 찾아, 알아내!'

처음 정보를 확인한 그는 눈살을 찌푸렸다. 엄브렐러에서 나온

자들이 대체 왜 실험실 위치를 찾는 거지? 아니, 애초에 왜 그런 정보를 메인프레임에서 찾고 있는지 알 수 없었다. 시스템 설계자들이 바보가 아닌 이상 그곳에 연구시설의 배치도 같은 게 있을 리 없잖은가.

'그리고 엄브렐러라면 이미 알고 있을 텐데. 그렇다면 이건……'

안도감이 들었다. 상쾌하고 순수한 안도감에 그는 웃음을 터뜨렸다. 침입자들 때문에 그토록 아이처럼 화를 낸 것이 어이없게 느껴졌다. 놈들은 엄브렐러에서 보낸 것이 아니었고, 그렇다면 이야기가 달라진다. 설사 실험실을 찾아낸다 하더라도 (물론 그 위치를 고려할 때 불가능에 가까운 일이지만) 키 카드 없이는 출입이 불가능했다. 그리고 그리피스는 키 카드를 이미 모두 없애버렸다.

'아몬의 것만 빼고 말이지. 그 자식의 키 카드는 찾지 못했어.'

그리피스는 잠시 당황했지만 불안한 미소를 지으며 고개를 흔들었다. 없어진 키 카드를 찾고자 모든 곳을 뒤졌지만 찾지 못했다. 침입자들이 그것을 우연히 발견할 가능성이 얼마나 되겠는가?

'게다가 트라이스쿼드의 경비망을 뚫고 들어올 가능성이 얼마나 되겠어? 그런데 아몬 박사는 자취를 감춘 동안 뭘 했던 걸까? 혹시 그가 외부로 메시지를 보냈다면 어쩌지? 엄브렐러와의 통신만 감시했었잖아. 그가 다른 누군가와 접촉했다면?'

그런 끔찍하고 불가능한 생각이 그의 머리를 어지럽히는 동안에도 컴퓨터는 현재 침입자가 접속 중인 것이 분명한 '논리적 사고 능력 시험'에 관한 정보를 뽑아내고 있었다. 아몬이 설계한 사회 심리학 연속 테스트였다.

그리피스는 자제력이 다시 흔들리는 것을 느꼈다. 그는 굴복하지 않겠다고 결심하며 주먹을 꽉 말아 쥐었다. 너무나 많은 것이 여기에 달려 있었다. 또 한 번 감정에 휘둘릴 수는 없었다. 지금은 안 된다. 이성적이고 냉철해져야 했다.

'나는 과학자야, 군인이 아니라고. 총을 다룰 줄도 모르고 싸울 줄도 모르잖아. 전투 상황에서는 무용지물이라고.'

'예측 불가능, 통제 불가능.'

그리피스 박사의 얼굴에 천천히 미소가 번졌다.

손톱이 손바닥을 파고들면서 피가 배어나오고 있었지만 그는 아무 고통도 느끼지 못했다. 그의 시선이 조용한 실험실 안을 떠돌다 잠시 에어로크에 닿았다. 그런 다음 박사들의 공허한 얼굴로 향했고 압축 공기와 바이러스, 그가 창조한 기적이 담긴 원통형의 용기로 시선이 옮겨졌다. 마침내 동물 우리로 이어지는 철망문의 개방 장치에 멈췄다.

그리피스 박사의 미소가 점점 더 커졌다. 바닥에 핏방울이 후드득 떨어졌다.

올 테면 오라지. 만반의 준비가 되어 있으니.

제9장

스티브가 모니터 화면에 나온 것을 소리 내어 읽는 동안, 레베카는 데이비드가 손목시계와 문을 서너 번 번갈아 쳐다보는 것을 보았다. 아직 10분이 지나지 않았고, 존과 캐런은 돌아오지 않은 상태였다.

"……각각은 투사 테크닉 지수와 간격의 정확도를 결합하여, 논리의 적용을 측정하도록 설계되었다."

일종의 아이큐 테스트 같은 것을 분석하여 이곳에서 보고서를 작성한 듯, 다소 어렵고 지루한 내용이었다. 과학자가 쓴 것이 분명했다. 복잡한 것을 설명할 때면 과학자들이 으레 사용하는, 쓸데없이 어려운 단어를 동원해 설명하는 방식이었다. 그래도 이 자료는 '블루 시리즈'라는 단어를 검색했을 때 나온 내용이었으니 살펴봐야 했다. 그 방에서 건질 만한 건 거의 없었지만 레베카는 애써 정

신을 집중하며 헛된 수색을 하는 내내 그녀를 괴롭히는 두려움을
털어냈다.

누군가가 방을 깨끗이 청소했다. 그것도 아주 철저히. 책과 스테
이플러, 펜, 연필, 엄청난 양의 고무줄과 클립은 찾아냈지만 글자가
한 줄이라도 적힌 종이 따위는 없었다. 스티브가 컴퓨터를 뒤졌지
만 역시 별다른 걸 찾아내지 못했다. 지도는 물론 T-바이러스에 대
한 내용도 전혀 찾을 수 없었다. 누가 이 연구시설을 장악했는지는
몰라도 유용한 건 모조리 없애버린 것 같았다.

'블루 시리즈라고 검색해서 나온 지루하기 짝이 없는 횡설수설
보고서만 빼고 말이지. 이런 곳에서 대체 뭘 얻을 수 있겠어?'

스티브가 키보드를 누르다 말고 표정이 밝아졌다.

"드디어 나왔습니다. '표준 척도에서 볼 때 레드 시리즈는 가장
기본적이고 단순해서 아이큐 80까지 적용이 가능하다. 그리고 그
린 시리즈는……' 엇!"

스티브가 얼굴을 찌푸리며 말을 멈췄다.

"화면이 모조리 사라졌어요."

레베카가 뒤지고 있던 텅 빈 책상에서 고개를 들었고, 데이비드
는 스티브에게 다가갔다.

"시스템 오류인가?"

데이비드가 걱정스레 묻자 스티브는 여전히 미간을 찌푸린 채
이런저런 키를 눌러댔다.

"프로그램 작동이 일시적으로 멈춘 것 같아요. 오류는 아닌 것 같
은데, 이게 뭐지?"

"레베카?"

데이비드가 조용히 그녀를 부르며 손짓했다.

레베카는 제목도 쓰여 있지 않은 빈 폴더로 가득 찬 서랍을 닫고 서둘러 스티브 뒤에 섰다. 그러고는 허리를 굽혀 화면에 나타난 문구를 읽었다.

[그것을 만든 사람은 그것을 필요로 하지 않는다. 그것을 산 사람은 그것을 원치 않는다. 그것을 사용하는 사람은 그 사실을 알지 못한다.]

"수수께끼군. 답을 아는 사람 있나?"

데이비드가 물었다.

그때 캐런과 존이 총집에 총을 집어넣으며 방으로 돌아왔다. 캐런은 한 손에 찢어진 종이 한 장을 들고 있었다.

"꽉 막힌 곳이에요. 사무실이 여섯 곳 있는데 창문은 전혀 없고, 외부로 나가는 출구는 북쪽 끝에 딱 하나 있습니다."

존이 보고하자 캐런도 고개를 끄덕였다.

"사무실 안에 서류함이 있었는데 다 비어 있었어요. 그런데 서랍 틈에 끼어 있는 이 종이를 발견했죠. 이곳을 정리할 때 남겨진 것 같아요."

이 말과 함께 그녀가 찢어진 종이를 데이비드에게 건넸다. 종이에 적힌 글을 읽어 내려가던 그의 눈이 별안간 강렬하게 빛났다.

그가 캐런에게 고개를 돌리며 물었다.

"찾은 건 이게 전부인가?"

"네. 하지만 그것만으로도 대강 감이 잡히는데요."

데이비드가 찢어진 종이를 집어 들더니 소리 내어 읽기 시작했다.

"팀들이 계속 독립적으로 움직였으나 청각 시냅스 조작 이후 뚜렷한 개선을 보였다. 시나리오 2와 같이 앞으로는 두 팀 이상의 트라이스쿼드가 있는 경우 두 번째 팀(B)은 첫 번째 팀(A)이 일을 마칠 때까지 (표적이 움직이거나 소리를 멈출 때까지) 전투에 가담하지 않는다. 표적이 계속 자극을 제공하는데 A가 공격을 중단하는 경우 (탄약 부족 / 팀원 전체가 부상으로 움직이지 못하는 경우) B가 공격을 시작할 것이다. 근거리에 있는 경우라면 추가적인 트라이스쿼드가 전투에 가담하여 차례대로 공격하게 될 것이다. 아직까지는 우리가 원하는 행동을 유발할 수 있는 감각 능력을 성공적으로 확장시키지 못했다. 시나리오 4와 6의 시각적 자극은 여전히 성과가 없으나, 내일 새로운 개체들을 더 감염시킬 예정이므로 그에 상응하는 결과가 이번 주말까지 나올 것이라 본다. 따라서 열탐지 기능 이식을 고려하기 전에 청각 능력을 더 개발하는 편이 낫다는 결론이다…… 여기서 종이가 찢어졌군."

데이비드가 읽기를 마치고 고개를 들며 말하자 캐런이 고개를 끄덕였다.

"하지만 이것만으로도 많은 걸 알 수 있어요. 보트 창고에서 뒷문에 대기하던 팀이 왜 가만히 있었는지 말이에요. 앞문에 있던 팀이 총격을 계속 가하고 있었으니까요. 대장과 스티브가 놈들을 다 끝장낸 후에 두 번째 팀이 진입한 거예요."

레베카는 얼굴을 찌푸렸다. 표면적으로 드러난 내용을 곱씹어보면 엄브렐러가 여전히 인간을 실험 대상으로 이용하고 있는 게 분명했다. T-바이러스가 숙주 내에서 완전히 증식하는 데 7, 8일이 걸렸고, 그 이후 숙주는 한 달 이내에 너덜너덜하게 망가졌다.

'그렇다면 새 그룹을 감염시키고 일주일 내에 데이터를 얻겠다는 말은 무슨 뜻이지? 거기다가 이미 감염된 숙주에 이식이나 감각 조작을 한다는 건 무슨 말이야? 그런 걸 할 시간이 전혀 없을 텐데. 그 팀원들이 새로운 행동을 학습하는 건 고사하고 이미 녹아내려야 하는 것 아냐?'

레베카는 불안한 듯 입술을 깨물며 캘리밴 코브의 연구원들이 바이러스에 무슨 짓을 했는지 생각했다. 감염 속도를 높이는 방법을 찾았다면, 비리온의 결합 세포막을 조작했을지도 모른다. 아니면 결합력을 높였거나.

'대체 어떻게 봉입체를 증가시켜 그것이 기하급수적으로 복제 가능하게 한 걸까. 며칠이 아니라 단 몇 시간 내에 작용하는 바이러스를 만들어낸 건지도 몰라.'

정말이지 끔찍한 생각이었다. 확신할 수 있는 추가 정보를 얻기 전까지는 일단 생각하지 않기로 했다. 게다가 현재 상황에서는 뭔가를 생각한다 해도 달라질 것이 없었다. 트라이스쿼드는 감염 속도에 상관없이 무서운 존재니까.

"북쪽에 난 문에 적힌 바에 따르면 우리가 C블록에 있답니다. 그게 뭔지는 모르겠지만. 혹시 지도 찾았어?"

존이 컴퓨터로 다가가며 스티브에게 묻자 그가 한숨을 쉬었다.

"아니요. 근데 이것 좀 보세요. 블루 시리즈를 검색했더니 이렇게 색상에 따라 분류된 아이큐 테스트에 관한 보고서가 나왔어요. 그러다가 화면이 멈추고 이런 수수께끼가 떴고요. 다른 건 전혀 찾을 수가 없네요."

존이 화면을 보며 중얼거렸다.

"만든 사람은 필요로 하지 않는다, 산 사람은 원치 않는다, 사용하는 사람은 알지 못한다……."

그러자 트라이스쿼드에 관한 내용을 다시 읽고 있던 캐런이 갑자기 관심을 보이며 고개를 번쩍 들었다.

"잠깐, 나 그거 알아. 정답은 casket(관)이야."

레베카는 캐런이 그 수수께끼의 답을 알고 있다는 사실이 이상하게 놀랍지 않았다. 캐런은 퍼즐이나 수수께끼에 집착하는 사람처럼 보였으니까. 그들이 모두 둘러선 가운데 스티브가 재빨리 'casket(관)'을 입력했다. 하지만 화면에는 아무 변화도 일어나지 않았다.

"그럼 coffin(관)을 입력해봐요."

레베카의 말이 끝나기 무섭게 스티브의 손가락이 키보드 위를 빠르게 움직였다. 그가 엔터키를 누름과 동시에 수수께끼가 사라지고 한 문장이 나타났다.

[블루 시리즈 활성화됨]

그리고 다음 문구가 이어졌다.

[테스트 4(A블록), 7(D블록) 9(B블록) / 데이터 접근은 블루(C블록)]

"블루 시리즈…… 아몬의 메시지에요! 맞아요. 받았다는 메시지가 블루 시리즈에 관련된 거예요. 그리고 '열쇠를 받으려면 정답을 입력'하라고 했잖아요. 정답이 'coffin(관)'이었고요."

"그리고 테스트 숫자가 바로 열쇠지. 메시지에는 세 줄이 더 있고 그 다음으로 '접근하려면 블루'라고 되어 있었어. 이 글귀가 테스트의 답이 분명해. '글자와 숫자 반대로, 시간 무지개, 세지 말 것.' 질의 말이 맞았군. 모두 우리가 찾아야 하는 것에 대한 힌트였어."

데이비드가 이어 말했다.

레베카는 갑자기 흥분되기 시작했다. 데이비드가 책상에서 펜을 하나 가져오더니 찢어진 트라이스쿼드 보고서를 뒤집었다. 그들이 받았던 정보가 마침내 이해되었다. 아몬 박사의 메시지에 숨겨진 의미가 있었던 것이다.

'할 수 있어. 이제 제대로 된 실마리를 찾은 거야.'

데이비드는 트렌트가 건네준 지도에 나온 것과 똑같이 두 줄로 네모 다섯 개를 그리고는 가장 남쪽에 있는 네모에 C라고 적었다. 그 다음 잠시 멈췄다가 다른 네모 칸에도 알파벳을 적기 시작했다. 윗줄 왼편 네모에 A라 적고 각각의 글자 옆에 테스트 숫자를 표시했다.

"방향이 정확하다고 가정하고, 우리가 순서대로 테스트를 완성해야 한다고 할 때 각 건물을 지그재그로 움직여야겠군."

"트라이스쿼드가 그렇게 하도록 놔둔다는 가정하에 말이죠."

존이 조용히 덧붙였다.

레베카는 흥분이 사그라지는 것을 느꼈다. 그리고 데이비드의 그림을 내려다보고 있던 다른 팀원들의 표정에도 같은 감정이 떠오르는 것을 볼 수 있었다. 결국에는 이곳을 나가야 한다는 걸 알지만, 그 일이 코앞에 닥치기 전까지는 생각을 회피하고 있었다.

이제는 확실히 코앞에 닥쳤다. 그리고 트라이스쿼드가 그들을 기다리고 있을 것이다.

///

그들은 북쪽 문 앞의 어두운 복도에 서서 신발 끈을 조이고, 벨트를 고쳐 매고, 베레타에 새 탄창을 갈아 끼웠다. 준비를 마친 데이비드가 존에게 고갯짓했다.

"존이 작전에 대해 다시 한 번 말해보겠나?"

"대장과 스티브, 레베카는 왼쪽 건물, 그러니까 여기서 북서쪽에 있는 건물을 맡습니다. 대장 팀이 안전하게 진입한 후 나와 캐런이 바로 맞은편 건물로 갑니다. 대장의 추측이 정확하다면 우리가 갈 건물은 D블록이겠죠. 그림이 거꾸로 된 거라면 B블록일 거고요. 어쨌거나 그 건물이 안전한지 확인하고 테스트를 찾은 다음, 대장이 복귀해 다음 지시를 내릴 때까지 대기합니다."

"만약 내가 나타나지 않으면?"

이번에는 캐런이 말을 받았다.

"30분 내에 대장한테서 소식이 없으면 우리는 이곳으로 돌아와 스티브와 레베카를 기다립니다. 그런 다음 가능하다면 수색을 완료하고요."

존이 흰 치아를 빛내며 씩 웃고는 다시 말을 이었다.

"그런 다음 울타리를 넘어 바로 내빼는 거죠."

"맞아, 좋다."

이제 준비가 끝났다. 이 단순한 계획에도 잘못될 수 있는 변수가 너무 많았지만 그건 항상 마찬가지였다. 벌어질 수 있는 모든 일에 대비한다는 건 어차피 불가능했다. 팀을 나누기로 한 것도 트라이스쿼드에게 발각될 가능성을 최소화하기 위한 최선의 선택이었다.

"가기 전에 질문 있나?"

레베카가 입을 열었다. 그녀의 앳된 목소리는 걱정으로 긴장되어 있었다.

"다시 한 번 강조하고 싶어요. 만지는 것마다 조심하고 낯선 것과의 접촉을 피하세요. 트라이스쿼드는 보균자이니 가까이 다가가지 않도록 하세요. 특히 놈들이 부상을 당했을 땐 더더욱."

데이비드는 레베카에게 들은 이야기를 떠올리며 소름이 돋는 걸 내색하지 않으려 애썼다. 감염된 피 한 방울에 수억 개의 바이러스 입자가 들어 있다는 그 말 말이다. 지금까지의 상황을 돌아보면 부정적인 생각이 들 수밖에 없었다. 9밀리미터 구경 총알은 살을 파고드는 즉시 매우 심한 상처를 입히게 되어 있다.

'그런데 놈들은 총을 맞고도 쓰러지지 않았지. 보트 창고에 있던 세 놈은 벌집이 되어서도 계속 다가왔어. 피를 흘리면서도 걷고, 쏘고……'

그들은 데이비드의 신호를 기다렸다. 데이비드는 잡념을 떨쳐내고 권총의 안전장치를 풀며 문손잡이에 손을 얹었다.

"준비됐나? 이제부터는 조용히! 셋을 센다. 하나, 둘, 셋."

문을 열고 밖으로 나서자 시원한 밤공기와 밤바다의 나직한 파도 소리가 그들을 맞았다. 보름달에 가까운 은청색 빛 달이 높이 떠 있어 아까보다 훨씬 더 밝았다. 움직이는 건 아무것도 없었다.

데이비드의 바로 앞, 약 20미터 떨어진 곳에 존과 캐런이 가야 할 곳이 보였다. 다행히도 C블록 건너편 콘크리트 벽에 문이 있어서 안으로 들어갈 때 돌아갈 필요가 없었다.

데이비드는 벽의 좁은 그림자에 밀착한 채 왼쪽으로 움직였다. A블록이길 바라는 그 건물의 정면이 어렴풋이 보이고, 바람에 휘어진 키 큰 소나무들이 건물의 왼편과 뒤에 늘어서 있었다. 건물의 정면을 따라 중간부터 짙은 그림자가 드리워져 있고 문이 보였지만, 그곳까지 30여 미터 거리에 엄폐물이 하나도 없었다. 일단 C블록에서 나서는 순간, 적의 공격에 완전히 노출된다.

'건물들 사이에 놈들이 한 팀이라도 있다면…….'

힐끗 돌아보니 레베카와 스티브가 잔뜩 긴장한 채 그의 뒤에서 기다리고 있었다. 무방비로 총알 세례를 받게 된다면 데이비드 자신이 선두에 있으니 적어도 스티브와 레베카는 몸을 피할 시간을 벌게 될 것이다.

그가 깊이 숨을 들이쉬었다.

그리고 숨을 그대로 머금은 채 몸을 잔뜩 낮춰 다음 블록의 입구로 보이는 검은 사각형을 향해 달렸다. 창백한 빛과 그림자의 형태가 흐릿하게 스쳐 지나갔다. 그의 몸 전체, 세포 하나하나가 총구의 번쩍임, 날카로운 총성, 그를 쓰러뜨릴 격렬한 고통을 예상하며 잔뜩 긴장해 있었다. 하지만 이상하게도 사방은 고요했다. 들리는 소리라고는 거칠게 뛰는 그의 심장박동과 온몸의 혈관을 빠르게 도는 혈액 소리뿐이었다. 입구가 점점 가까워지는 몇 초 동안이 영원처럼 느껴졌다.

다음 순간 문의 손잡이가 그의 손가락에 닿았다. 데이비드는 문을 열자마자 숨 막히는 암흑 속으로 뛰어들었다. 그가 재빨리 돌아보자 레베카와 스티브가 바로 뒤에서 달려 들어오는 것이 보였다.

데이비드가 빠르게, 하지만 조용히 문을 닫았다. 어두운 방은 텅비어 있었고 생명이라고는 전혀 존재하지 않는 것 같았다. 그 대신 냄새가 그들을 덮쳤다. 스티브, 아니면 레베카가 참지 못하고 헛구역질하는 소리가 들렸다. 손전등을 향해 손을 뻗는 데이비드는 무엇을 보게 될지 몰라 두려웠다.

그것은 보트 창고에서 맡았던 냄새와 똑같은 끔찍한 악취였으나 백배는 더 강했다. 조금 전의 그 경험이 아니더라도 데이비드는 그 냄새를 잘 알고 있었다. 남미의 정글에서, 아이다호의 광신자 소굴에서, 그리고 연쇄살인마의 집 지하실에서 이 냄새를 맡아본 적이 있었다. 다수의 사체에서 풍기는 상한 우유 냄새와 파리에 뒤덮인 부패한 육체의 냄새는 잊고 싶어도 잊을 수가 없었다.

'대체 몇 구나 될까, 얼마나 많은 거야?'

손전등이 켜지고 눈앞에 드러난 것은 거대한 창고의 한쪽 구석을 차지하고 있는, 쓰러질 듯 높이 쌓여 있는 시체 더미였다. 정확한 수는 알 도리가 없었다. 시체들이 녹아내려 한 덩어리가 되기 시작했기 때문이다. 검게 부패한 시체들의 살덩이가 습한 열기로 인해 한데 섞여 웅덩이를 이루고 있었다. 열다섯 아니, 스물?

스티브가 헛구역질을 하며 비틀거리다 속을 모조리 게웠다. 조용한 방 안에서 유일하게 들리는 무력한 소리였다. 데이비드가 재빨리 방의 다른 곳을 둘러보자 뒷벽에 문 하나가 있었고, 검정색으로 대문자 A가 크게 쓰여 있는 것을 발견했다.

그는 참혹한 시체 더미를 외면한 채 레베카를 재촉하고 스티브를 붙들어 그 문을 향해 달려갔다. 문을 통과하자 냄새도 견딜 만해졌다.

그들이 들어선 곳은 창문 없는 복도였다. 문 옆에 조명 스위치가 있긴 했지만 데이비드는 그것을 무시한 채 숨을 돌리며 젊은 두 대원들이 마음을 가라앉히도록 시간을 주었다.

캘리밴 코브에서 근무하던 엄브렐러 직원들이 분명했다. 단 한 명을 제외하고 모두 몰살당한 것이다. 데이비드는 그 한 명을 만나게 되면 질문 따위 집어치우고 일단 총부터 쏘기로 결심했다.

캐런과 존은 데이비드 팀이 먼저 나간 뒤 소리를 들을 수 있을 정도로만 문을 열고 족히 1분을 기다렸다. 열린 틈으로 시원한 바람이 들어오고 멀리서 파도 소리도 들려왔지만 총성이나 비명은 없었다.

캐런이 문을 닫고 존을 바라보았다. 그녀의 창백한 얼굴은 침침한 조명에 가려져 있었고 목소리는 낮고, 침착하면서도 매우 진지했다.

"지금쯤 들어갔을 것 같아. 존이 먼저 갈래, 아니면 내가 먼저 갈까?"

농담할 기회를 놓칠 존이 아니었다.

"나와 함께 한 여자들은 언제나 먼저 가버리지. 나야 동시에 가는 걸 선호하지만 말이야. 무슨 말인지 알지?"

존이 짓궂게 속삭이자 캐런이 한숨을 쉬었다. 정말 못 말릴 위인이다. 존은 그녀가 골려먹기 좋은 상대라고 생각하며 씩 웃었다. 그런 엉큼한 농담 따위를 이런 상황에서 하면 안 된다는 걸 잘 알고 있었지만 유혹을 이겨내기가 힘들었다. 캐런 드라이버는 무기를 손에 쥐면 천하무적이었고 말도 못하게 똑똑했지만, 동시에 그가 아는 사람 중에서 가장 재미없는 사람이기도 했다.

'캐런의 기운을 북돋는 건 나의 의무야. 이왕 죽을 거라면 웃으며 죽는 게 낫지.'

단순한 철학이었지만 그가 매우 소중히 여기는 철학이기도 했다. 이런 사고방식은 전에도 어려운 상황을 이겨내도록 도와주었다.

"존, 엉뚱한 소리 말고 질문에 대답이나……."

"내가 먼저 갈게. 내가 도착할 때까지 기다렸다가 따라와."

그러자 캐런이 씩씩하게 고개를 끄덕이며 그가 지나가도록 뒤로 물러섰다. 존은 문 앞에서 미소 말고는 아무것도 몸에 걸치지 않은 채로 맞이할 테니 어서 오라고 한마디 더 할까 생각하다가 그러지 않기로 했다. 함께 호흡을 맞춘 지도 5년이나 되었고 여기서 한 발짝만 더 나갔다가는 그녀가 버럭 화를 낸다는 걸 잘 알고 있었다. 게다가 그 농담은 그렇게 헛되이 날려버리기엔 너무 아까웠다.

문손잡이에 손을 얹자마자 존은 숨을 깊이 들이쉬며 반짝이는 재치는 잠시 미뤄두고 '전사 모드'에 자신을 맡기기로 했다. 그의 머릿속 한쪽에 유머가 있다면 다른 한쪽에는 가차 없이 적들을 해치우는 전사도 있었다. 둘 다 매우 사랑했지만 이미 오래전에 그 둘을 필요에 따라 분리하는 방법도 터득했다.

'지금부터 유령이 되는 거야. 마치 그림자처럼 어둠 속을 스르르 미끄러지듯 지나가는 거지.'

존은 가볍게 문을 밀어 열었다. 소리도, 움직임도 없었다. 그는 베레타를 느슨하게 쥔 채 재빨리 어둠 속으로 움직이며 스무 걸음도 채 떨어져 있지 않은 문을 향해 정신을 집중했다. 그의 전사 모드가 필요한 정보를 제공하고 있었다. 시원한 바람, 흙바닥에 닿는 나지막한 군화 소리, 바다의 냄새와 맛. 하지만 존의 심장은 그가 지금 밤을 뚫고 돌아다니는 보이지 않는 그림자 즉, 유령이라고 말하고 있었다.

그가 문간에 닿았다. 침착하게 축축한 금속 손잡이를 잡았지만 움직이지 않았다. 문은 잠겨 있었다.

당황할 것도, 걱정할 것도 없었다. 그는 아무도 볼 수 없는 그림자니까. 들어갈 다른 길을 찾으면 된다. 존이 한 손을 들어 캐런에게 기다리라고 손짓한 뒤 매끄럽게 오른쪽으로 이동했다.

'고요하고 느리게, 형체가 없는 그림자처럼.'

모퉁이에 다다라 미끄러지듯 돌았다. 고조된 감각기관을 통해 계속해서 정보를 받아들였다. 고요한 밤, 주변의 움직임은 없었고 왼쪽 어깨와 엉덩이에 거친 콘크리트가 느껴졌다. 온몸의 근육은 안정적이고 매끄럽게 움직였다. 또 다른 문이 있었다. 반짝이는 바다를 향해 활짝 열린 채로.

타다타타다!

총알이 존의 발치에 빗발쳤다. 존이 재빨리 뒤로 뛰어오르며 벽에 바짝 붙은 채 문손잡이를 향해 손을 뻗었다. 보트 창고 방향에서 다가오는 건 세 놈이었다.

존이 훌쩍 몸을 날려 열린 문 뒤로 숨었다. 22구경 총알이 금속 문에 날아와 박히는 소리를 들었다. 요란한 소리를 내며 문을 흔드는 총알이 그의 몸 바로 옆에 박혔다.

존은 발로 문을 밀어 열어둔 채 문 너머 바깥을 재빨리 살폈다. 그러고는 총이 발사되며 불빛이 번쩍이는 지점을 겨냥했다. 방아쇠를 당기는 동안 콘크리트 조각과 먼지가 날아왔다. 손의 일부처럼 느껴지는 9밀리미터 베레타가 손 안에서 튀었다. 이제 그는 동물과 다름없었다. 우레와 같은 소리를 내며 발포되는 권총과 한 몸이 되어 숨을 쉬었다. 자신은 인간이자 죽음의 사자였다.

다시 밖을 내다보자 놈들이 더 가까워져 있었고 세 명의 형체가 조금 더 선명해졌다. 한 발을 더 쏘고 열린 문 뒤로 숨었다. 다시 내다보았을 때는 두 놈만 서 있었다.

그때 뒤에서 기척이 느껴졌다.

존이 돌아서자 그들이 보였다. 두 놈이 건물 북동쪽 모퉁이, 겨우

3미터 거리에 서 있었다. 둘 다 자동소총을 들고 있었다.

'하지만 발사할 생각은 없는 것 같은데.'

그는 순간 극심한 공포를 느꼈다. 뱃속에서 비명을 지르는 짐승이 안에서부터 그를 집어삼킬 듯 달려들었다.

'이런 제길!'

M-16의 계속되는 총성이 점점 거리를 좁혀왔다. 하지만 그의 눈에 보이는 것이라고는 불안정한 다리로 비틀거리며 모퉁이에 선 채, 멍한 눈으로 그를 지켜보는 놈들뿐이었다. 왼쪽 놈의 얼굴은 반만 남아 있었다. 코 아래부터는 거의 반 액체 상태였고, 흐물흐물해져 금방이라도 흘러내릴 듯한 조직 덩어리가 탄력 있는 기다란 근육에 매달려 덜렁거렸다. 오른편에 있는 놈은 창백하고 더럽긴 해도 멀쩡해 보였다. 하지만 자세히 보니 배가 터져 피범벅이 된 셔츠 안쪽으로 뱀 같은 창자가 불룩하게 늘어져 있었다.

'A팀이 끝장나기 전까지는 전투에 끼어들지 않는다고 했겠다?'

존은 건물의 어둠 속으로 뒷걸음질 친 뒤, 총을 쏘면서 다가오는 놈들의 방향으로 문을 열어 막았다. 그런 다음 몸을 길게 앞으로 빼 공포를 최대한 누르며, 조심스럽게 모퉁이에 선 놈들을 겨냥했다. 놈들은 스스로를 방어하려는 움직임을 보이지 않았다. 그저 썩어가는 다리로 불안정하게 서서 그를 쳐다보고만 있었다.

탕! 탕!

깨끗하게 머리를 관통하는 두 발의 총성이 시끄러운 M-16 소총 소리 너머로 폭발하듯 크게 들렸다. 놈들이 땅에 쓰러지기도 전에 또 다른 9밀리미터 권총 소리가 어둠을 뚫고 들려왔다.

'캐런!'

한 번 더 문 너머를 내다보자 30미터 거리에서 자신을 향해 총을 쏘던 두 놈이 쓰러져 있는 것이 보였다. 한 놈은 쓰러지면서도 여전히 방아쇠를 당기고 있는지, 덜거덕거리는 소총이 하늘을 향해 발포되고 있었다. 캐런이 두 건물들 사이에서 몸을 잔뜩 낮추고 존을 등진 채 여전히 발작하는 놈을 겨냥하고 있었다.

'공격이 계속되면 다른 놈들은 끼어들지 않아!'

"캐런, 쏘지 마! 이리 와! 그냥 놔둬!"

그러자 그녀가 유연하고 우아하게 몸을 돌리더니 그를 향해 달려왔다. 캐런이 문을 통과하자마자 존이 문을 세차게 닫았다. 시끄럽던 총성이 작아졌다.

존이 문에 기대어 그대로 주저앉는 사이 캐런이 더듬거리며 잠금장치를 찾았다. 그의 머릿속은 말도 안 되는 일이라고, 이미 죽은 사람을 또 죽였다고, 미치지 않으려면 대체 이 상황을 어떻게 이해해야 하냐고 비명을 질러대고 있었다.

'말도 안 되는 일이잖아. 믿지 않았어, 믿지 않았다고. 몰랐어. 정말로 죽어서, 죽어서 썩어가고 있었다고. 그런데도……'

그때 캐런의 거친 속삭임이 후텁지근한 어둠과 어지러운 그의 머릿속을 뚫고 귀에 꽂혔다.

"이봐, 존. 그래서 좋았어?"

그가 눈을 깜빡였다. 말을 이해하는 속도가 느려졌다.

"먼저 가서 좋았냐고. 기대한 만큼 기분 좋았어?"

캐런의 물음에 그는 기가 차서 말문이 막혔지만 머릿속을 메우던 끔찍한 생각들이 사그라지는 것을 느꼈다. 혼란이 썰물 빠지듯 사라지고 그의 머릿속이 다시 맑아졌다.

"그것도 농담이라고 하는 거야?"

존이 대꾸했다.

잠시 침묵이 흐른 뒤, 둘은 큰 소리로 웃기 시작했다.

제10장

콘크리트로 된 건물 전면부에서 벗어나 뒤로 갈수록 공기는 조금씩 맑아졌다. 레베카는 그것이 그리도 고마울 수 없었다. 그녀 역시 몇 초만 더 있었으면 구역질이 났을 것이다. 악취는 그 정도로 지독했다. 손으로 만져질 것 같은, 끈적거리는 냄새는 그 자체만으로도 하나의 독립된 개체였다.

불이 환히 밝혀진 복도를 아무 말 없이 지나는 동안 레베카는 다시 한 번 니콜라스 그리피스에 대해, 마르부르그 바이러스 희생자들에 대해 생각했다. 그리피스 박사가 엄브렐러 직원들을 학살했다는 증거는 아직 없었지만 그의 소행이 분명하다는 느낌을 지울 수 없었다.

복도를 따라 가면서 서너 곳의 열린 방을 지났다. 모두가 아까 머물렀던 건물만큼이나 황량하고 텅 비어 있었다. 건물에서 먼 쪽에

난 출구를 지나고 복도에서 또 한 번 방향을 틀자 A라는 글자가 박힌 문이 나왔다. 그리고 그 아래에는 1-4라고 적혀 있었고 밑에는 세 개의 삼각형이 그려져 있었는데 각각 적색, 녹색, 청색으로 칠해져 있었다.

데이비드가 문을 열자 짧은 복도가 나오고, 눈부시도록 밝은 형광등 빛이 답답한 어둠 속으로 쏟아져 들어왔다. 양쪽에는 각각 문이 한 개씩 있었다. 스티브가 조명 스위치를 발견하고 불을 밝히자 레베카는 오른편 문에 색이 칠해진 삼각형이 더 있는 것을 발견했다. 반대편 문에는 아무것도 그려져 있지 않았다.

"오른쪽 테스트실은 내가 수색하겠다. 스티브와 레베카는 다른 방을 확인하도록. 여기서 다시 만나자."

데이비드의 말에 레베카와 스티브가 고개를 끄덕였다. 스티브는 약간 창백해 보였으나 안정을 되찾은 것 같았다. 레베카가 쳐다보고 있는 걸 깨닫고는 시선을 떨구긴 했지만. 시체들을 보고 토했다는 사실에 창피해하고 있다는 걸 눈치챈 레베카는 그가 안쓰러웠다.

두 사람은 아무것도 표시되어 있지 않은 문을 열고 안으로 들어갔다. 역시 창문이 없고 다른 곳과 똑같이 답답하고 습한 방이었다. 레베카가 불을 켜자 책장으로 둘러싸인 꽤 큰 규모의 사무실이 눈에 들어왔다. 한쪽 구석에 철제 책상이 놓여 있고, 비죽이 열린 서랍들은 다 비어 있었다.

스티브가 한숨을 쉬며 물었다.

"여기도 허탕인 것 같네. 책상이 좋아, 책장이 좋아?"

"제가 책장 하죠, 뭐."

레베카가 어깨를 으쓱이며 대답하자 그가 쑥스러운 듯 씩 웃었다.

"잘됐네. 책상 서랍에서 구강청결제라도 찾으면 좋겠다."

레베카도 미소 지었다. 그가 농담을 한 것이 다행스럽게 느껴졌다.

"찾으면 저도 주세요. 구토가 나오려는 걸 겨우 참긴 했는데 아슬아슬했거든요."

둘이 웃으며 시선을 마주쳤다. 눈을 마주치는 시간이 조금 길어지자 레베카는 가벼운 떨림이 스쳐 지나가는 것을 느꼈다.

스티브가 먼저 고개를 돌렸으나 안색이 돌아온 것은 물론, 아까보다 볼이 더 달아오른 것 같았다. 스티브는 책상 쪽으로 이동하고 레베카는 책이 몇 줄 꽂힌 책장으로 다가갔다. 그녀도 얼굴이 붉어지는 것을 느꼈다. 분명 끌림이 있었고 두 사람 모두 그것을 느낀 것 같았다.

'그런 생각을 하기에는 정말 최악의 시간과 최악의 장소야. 잡생각은 당장 넣어두라고.'

머릿속에서 따끔하게 외쳤다.

트라이스쿼드와 엄브렐러에 대해 이미 알고 있는 정보들을 고려할 때 그녀가 예상했던 책들이 대부분이었다. 화학, 생물학, 행동 수정에 관한 가죽 커버 한 세트, 의학 저널 서너 권. 스티브가 뒤에서 책상을 뒤지는 동안 그녀는 책들을 한 손으로 훑으며 제목을 확인하고 한 권씩 책장 끝까지 꾹꾹 밀어 넣었다. 책 뒤에 무언가가 숨겨져 있을지도 모른다.

'사회학, 파블로프, 심리학, 심리학, 병리학······.'

그녀가 우뚝 멈췄다. 두꺼운 두 권의 책 사이에 끼어 있는 얇은 검정색 책이 눈에 띄었다. 제목도 없었다. 그 작은 책을 끄집어내 펼치자 심장박동이 빨라졌다. 각 페이지마다 가늘고 기다란 필체의 글씨가 줄줄이 적혀 있었던 것이다.

책장을 맨 앞으로 넘기자 겉장 안쪽에 '톰 에이든스'라고 깔끔하게 적혀 있었다.

'명단에 있던 사람들 중 하나야. 연구원이라고!'

"여기, 일기장을 찾았어요. 트렌트가 준 명단에 있던 사람 거예요, 톰 에이든스."

레베카의 말에 스티브가 고개를 들었다. 그의 짙은 눈동자가 빛났다.

"정말? 맨 뒤로 가봐. 마지막 날짜가 언젠데?"

레베카가 일기장을 훑으며 맨 뒤로 넘겼다.

"7월 18일이라고 되어 있어요. 하지만 매일 쓴 것 같진 않아요. 그 전 날짜가 7월 9일인 걸 보면."

"마지막 것만 한번 읽어봐. 무슨 일이 있었는지 알 수 있을지도 모르잖아."

그녀가 책상에 기대서고는 목청을 가다듬었다.

7월 18일 토요일. 길고 어처구니없는 한 주를 마무리하는, 길고 어처구니없는 하루였다. 맹세컨대 루이스 서먼이 한 번만 더 그 바보 같은 미팅을 소집하면 죽도록 패줄 것이다. 오늘은 트라이스쿼드 프로그램에 새로운 시나리오를 추가할지 말지를 결정하는 자리였다. 안 그래도 많은데 뭘 또 집어넣는다고……. 그가 원하는 거라고는 회의를 했다는 걸 보고서에 올리는 것뿐이고, 나머지는 그가 평상시에 떠들어대는 헛소리들로 채워졌다. 팀워크의 중요성, 우리가 '모두 올바른 방향으로 갈 수 있도록' 정보를 공유해야 하는 필요성. 자기 이름이 빠진 채로 주간 보고서가 올라간다는 생각 자체를 견디지 못하는 게 분명하다. 게다가 Ma7 대참사 이후 그가 한 게 뭐가 있나. 그게 친 박사의 잘못이었다고 변명을 늘어놓은 것 말고는. 죽은 사람을 헐뜯지 못해 안달하는 꼴이라니. 자기 혼자 잘난 줄 아는 재수 없는 자식.

앨런 키니슨과 어제 이식 문제에 관해 이야기를 나누었는데 그 사안은 잘 진행되고 있다. 그가 이번 주에 제안서를 올릴 예정이고, 이번만큼은 서먼이 제안서에 손대지 못하도록 할 것이다. 운만 따라준다면 이달 말까지 승인을 얻을 수 있을 것이다. 키니슨은 화이트 오피스가 버킨 박사에게 그 제안서를 훑어보게 하리라 생각하는데, 대체 왜 그래야 하는지 이유를 모르겠다. 버킨은 또 잘난 척하며 바삐 돌아다니시느라 우리가 여기서 뭘 하는지 상관도 안 하는데. 하지만 솔직히 말해 그의 다음번 합성 결과가 기대되긴 한다. 그걸로 트라이스쿼드의 오류 몇 가지를 수정할 수 있을지도 모른다.

수요일, D블록 101호에서 사소한 문제가 있었다. 누군가 냉장실 문을 열어놨고, 킴의 말로는 약품 몇 가지가 없어졌다고 한다. 하지만 그녀가 또 재고 확인을 잘못한 게 틀림없다. 그녀가 감염 프로세스의 책임자라는 사실이 믿기 어렵다. 바보천치에다가 장비 관리는 엉성하기 짝이 없는데 말이다. 연구시설 전체를 감염시키지 않았다는 게 놀랍기만 하다. 그 안에 그러고도 남을 만한 양이 있는데.

아무래도 D블록에 직접 가서, 내일 필요한 게 모두 준비되었는
지 확인해봐야겠다. 새 개체들이 들어올 테고, 그리피스 박사가 그
과정을 참관하겠다고 했으니까. 그는 몇 주 만에 처음으로 실험실
밖으로 나오는 거다. 우리들이 무얼 하고 있는지 관심을 보인 것도
처음이고. 멍청한 소리인 건 알지만 그가 우리가 한 일에 감명을 받
았으면 좋겠다. 그는 소름끼치긴 하지만 버킨만큼이나 똑똑한 사람
이다. 그리고 서먼도 그 사람이라면 조금 겁을 내는 것 같다. 평소
에는 너무 멍청해서 사람 무서워할 줄도 모르는데 말이다.

나중에 더 적겠다.

일기장의 나머지는 비어 있었다. 레베카는 무슨 말을 해야 할지
몰라 스티브를 바라보았다. 머릿속은 이 장황한 글에서 필요한 정
보를 모으기 위해 빠르게 움직였다. 무어라 콕 집어 말할 수는 없지
만 신경에 거슬리는 부분이 분명 있었다.

'사라진 약품, 감염 프로세스, 똑똑하고도 소름끼치는 그리피스
박사…….'

그녀는 그리피스가 다른 이들을 살해했으리라 믿어 의심치 않았
지만 머릿속에서는 그것과 상관없는 경보음이 울리고 있었다. 그
건…….

"D블록이라고? 우리가 A블록에 있고, 캐런과 존이 D블록에 있
잖아."

스티브가 중얼거렸다. 그의 얼굴에 불안과 두려움이 스쳐 지나
갔다.

'연구시설 전체를 감염시키고도 남을 만한 T-바이러스가 보관되어 있는 곳이라고 했지. 감염 프로세스를 수행하는 곳이기도 하고.'

"데이비드 대장에게 알려야 해요."

레베카가 다급히 말하자 스티브가 고개를 끄덕였다. 둘은 신속하게 문으로 움직였다. 레베카는 존과 캐런이 아직 101호를 찾지 못했기를, 설사 발견했더라도 위험한 것은 그 무엇도 만지지 않았기를 간절히 빌었다.

///

테스트실은 컸고, 세 면의 벽에 칸막이를 해놓은 공간들이 늘어서 있었다. 불을 켜자 테스트마다 명확히 숫자가 매겨지고 색상으로 구분되어 있는 게 보였다. 그리고 각 칸막이 앞 시멘트 바닥에 그림이 그려져 있었다.

레드 시리즈는 모두 데이비드의 왼쪽, 문과 가장 가까운 거리에 있었다. 방을 훑어보니 각 칸막이 안의 책상마다 밝게 칠해진 블록과 단순한 도형들이 놓여 있었다. 그린 시리즈는 반대편 벽에 줄지어 있었지만 그는 그것을 무시했다. 뒤편 벽에 파란색 삼각형이 그려져 있었고, 4번 테스트는 오른쪽 끝 모퉁이에 있었다.

방 뒤편에 가까워지자 블루 테스트 구역에서 전력의 희미한 진동음을 들을 수 있었다. 2번 방 테이블 위에 작은 컴퓨터가 있었고, 3번 방에는 키보드와 헤드셋이 있었다. 약속한 대로 블루 시리즈가 활성화되어 있었다. 그것이 어디에 연결되어 있는지는 상상조차 되지 않았지만.

'상상도 안 되고 상관도 안 해. 이 퍼즐을 다 풀고 나면 우리를 위해 숨겨놓은 게 무엇이든, 반드시 찾아내서 공동묘지 같은 이곳을 벗어날 거다. 빠르면 빠를수록 좋아.'

캘리밴 코브에서 봐야 할 것이 있다면 이미 다 보았다. 쌓여 있던 시체들도 끔찍했지만 정작 그를 괴롭힌 것은, 당장 팀원들을 데리고 이곳을 빠져나가고 싶게 만드는 위험 요인들이었다. 트라이스쿼드와 바닷속에 있던 괴물도 충분히 끔찍했지만, 연구시설 어딘가에는 완전히 다른 종류의 괴물이 도사리고 있다. 동료들을 무참히 살해하고는 창고 안의 장작 더미처럼 쌓아둔 괴물. 그런 종류의 광기는 엄브렐러의 비도덕적 탐욕보다도 더 두려웠다. 그런 사람이 자신의 계획을 저지하려는 몇 명의 군인들에게는 대체 무슨 짓을 하려 할까? 데이비드는 덜컥 겁이 났다.

'그 자료는 아마 엄브렐러나 T-바이러스에 관한 내용이겠지. 그걸 찾으면 바로 울타리로 달려가 이 광기 서린 곳에서 벗어나는 거다. 나머지는 연방수사국에서 처리하라지. 정신이 제대로 박혀 있다면 이곳을 모조리 폭파시킨 다음 잿더미 속에서 정보를 수집하겠지.'

데이비드는 마지막 칸막이 앞에 멈춰 서서 눈앞의 임무에 집중했다. 예상해둔 것은 딱히 없었지만, 그럼에도 4번 테스트의 구성은 놀라웠다. 테이블과 의자 모두 회색 금속으로 된 단순한 것이었다. 테이블 위에는 노트 한 권, 연필 한 자루, 저렴한 체스 세트가 놓여 있었고, 체스 말은 모두 제자리에 있었다. 칸막이 안으로 들어가자 테이블 표면에 금속판이 붙어 있고, 금속판에 몇 개의 숫자가 새겨져 있는 것이 보였다.

데이비드는 의자에 앉아 그 숫자들을 내려다보았다.

9-22-3 // 14-26-9-16-8 // 7-19-22 // 8-11-12-7

그가 얼굴을 찡그리며 체스 세트를 내려다보다가 다시 숫자들을 확인했다. 그것 말고는 달리 이렇다 할 게 없었다. 그게 다였다. 그는 재빨리 아몬의 메시지에 담겨 있던 단서들을 떠올리고 그중 어떤 것이 이 테스트와 관련된 힌트인지 생각했다. '글자와 숫자 반대로'일까, 아니면 '세지 말 것'일까? 시간이나 무지개와 관련된 것은 없으니 둘 중 하나여야 했다.

'글귀가 테스트 순서와 일치한다면 글자와 숫자 반대로가 단서인 것 같은데. 그런데 글자가 어디 있지? 전혀 없는…….'

데이비드가 갑자기 미소를 지으며 머리를 절레절레 흔들었다. 금속판에 새겨진 숫자들은 26을 넘어가지 않았다. 이건 암호였다. 그것도 꽤 단순한.

그가 연필을 집어 알파벳을 빠르게 적어 내려갔다. 그런 다음 알파벳에 거꾸로 숫자를 매겼다. A가 26, B가 25, Z는 1이다. 금속판과 종이를 번갈아 보며 숫자를 옮겨 적고 메시지를 해독하기 시작했다.

'R…… E…… X…… M…….'

마지막 글자는 T였다. 그는 문장을 노려보다가 체스판을 다시 확인했다. 문제를 낸 사람은 유머감각이 있는 듯했다.

REX MARKS THE SPOT(렉스가 그곳을 가리킨다)

렉스는 '왕'을 뜻하는 라틴어다.

'체스에서는 흰색이 항상 먼저 시작하니까……'

그는 손을 뻗어 화이트 킹을 건드렸다. 그의 손가락이 체스 말에 닿는 순간, 킹이 그 자리에서 빙그르르 돌더니 체스판 뒤를 바라보았다. 그리고 동시에 머리 위에서 조그맣게 멜로디가 들려왔다. 올려다보니 천장에 작은 스피커가 설치되어 있었다.

다른 일은 벌어지지 않았다. 빛이 번쩍이지도, 벽 뒤에서 비밀 통로가 열리지도 않았다. 하지만 보아하니 테스트를 통과한 것 같았다.

'이건 좀 허탈하군.'

그러나 트라이스퀘드 좀비처럼 사고 능력이 없는 존재에게는 매우 복잡한 테스트일 것이다. 그렇다면 연구원들이 다른 것을 대비해 계획을 세우고 있었는지도 모른다. 지능이 있는 무언가를.

무시무시한 생각이었다. 더 이상 깊이 생각하고 싶지 않았다. 그가 자리에서 일어나 출구를 향해 돌아서는 순간, 문이 벌컥 열리면서 레베카와 스티브가 다급한 표정으로 달려 들어왔다.

"무슨 일이지?"

레베카가 노트를 한 권 들어 올리며 빠르게 말했다.

"일기장을 찾았어요. 트라이스퀘드를 감염시키는 데 쓰는 바이러스가 D블록 101호에 있대요. 아무 일 없을지도 모르지만 혹시라도 존이랑 캐런이 오염된 물건을 만지기라도 한다면……."

그 정도면 충분했다.

"가자."

데이비드는 두 사람을 앞질러 왔던 길로 돌아갔다. 머릿속이 복잡했다. 아까 건물에서 먼 쪽에 있는 출구를 지나왔었다. 처음 계획대로 스티브와 레베카는 다음 블록으로 보내고 데이비드 혼자 D블록으로 가도 된다. 그렇게 하는 것이 더 빨랐다. 두 사람 중 누군가 우연히 T-바이러스를 발견할지도 모른다는 끔찍한 두려움이 그를 짓눌렀다.

'그런 일은 없을 거야. 조심할 테니까. 둘 중 한 사람이 어딘가를 다치고, 실험실이라고 표시되어 있는 방에 들어가 무언가를 만질 확률은 낮으니까.'

하지만 마음이 놓이지 않았다. 그들은 서둘러 출구로 향했다. 데이비드의 뱃속 깊은 곳에서 두려움의 무게가 점점 무거워지고 있었다.

///

그들은 D블록의 중심에 있는 밝은 복도에서 데이비드가 오는 소리가 들리는지 귀를 기울이고 있었다. 그들의 위치에서라면 이 건물에 있는 세 개의 외부 출입구 중 어느 곳에서 소리가 나도 들을 수 있었다. 캐런과 존은 건물 내부로 들어와 테스트실을 찾은 뒤, 이 블록의 출입구로 이어지는 모든 통로를 다 열어 확인했었다.

캐런은 손목시계를 보며 눈을 비볐다. 지금껏 일어난 일들로 피곤했고, 101호에서 발견한 것 때문에 여전히 잔뜩 질린 상태였다. 존마저 평소보다 눈에 띄게 가라앉았고 말이 없었다. 이곳으로 돌아와 데이비드를 기다리는 내내 그는 단 한마디의 농담도 내뱉지 않았다.

'손발을 묶는 벨트가 달린 들것에 대해 생각하고 있는지도 몰라. 벨트는 피에 온통 젖어 있었지. 아니면 주사기를 생각하려나. 그것도 아니면 싱크대에 가득 쌓여 있던 수술 도구들.'

그들은 가장 먼저 테스트실을 찾아냈다. 작은 테이블로 채워진 커다란 방이었다. 각각의 테이블에는 숫자 5부터 8까지 번호가 매겨져 있었다. 블루 시리즈 7번 테스트가 고작 글자가 적힌 여러 색깔의 타일 몇 개가 전부인 걸 보고 캐런은 조금 실망했었다. 그중 절반은 거꾸로 놓여 있어서 글자를 읽을 수 없었다. 모든 색상은 무지개 색과 일치했고 각 색상마다 하나씩 있었지만 보라색 타일은 두 개가 더 있었다. 데이비드가 첫 번째 테스트를 마칠 때까지 건드려선 안 되기에 그녀는 별수 없이 건물의 다른 곳을 확인해보자고 말했다.

두 군데의 텅 빈 사무실을 지나고 어수선한 휴게실을 발견했다. 거기엔 엉망으로 곰팡이가 핀 도넛 한 상자 말고는 별다른 게 없었다. 엄브렐러에서 대체 어떤 연구시설을 만들어놓았는지 가장 많은 걸 알려준 장소는 바로 화학약품 실험실이었다. 캐런은 유령의 존재를 믿지 않지만 그 방만큼은 그녀가 어디에서도 경험해보지 못한 으스스한 기분을 느끼게 했다. 과학자들이 인간을 대상으로 나치와 유사한 끔찍한 실험을 자행한 그곳에는 두려움과 공포가 서려 있었다.

"아까 그 실험실 생각하는 거야?"

존이 나지막이 묻자 캐런이 아무 말 없이 고개를 끄덕였다. 존은 그 실험실에 대해 말하고 싶지 않은 캐런의 마음을 이해한 것 같았고, 그 점이 고마웠다. 행운의 부적이 가져다주는 묵직한 무게감만이 그 순간 그녀가 느끼는 유일한 위안이었다. 그것을 조끼 밖으로 꺼내 만지고 싶은 마음이 간절했다. 아버지와 아버지가 수행했던 성공적인 임무들을 떠올리며 위로받고 싶었다. 그 실험실에 대한 생각을 머릿속에서 지워줄 수 있는 것이라면 뭐든 좋았다.

101호로 들어가는 문에는 생물학적 위험 표시가 부착되어 있어서 들어갈지 말지를 두고 약간의 입씨름이 벌어졌었다. 존은 오염 가능성이 조금이라도 있는 곳에 들어가는 것은 위험하다고 했다. 하지만 캐런은 둘 다 상처가 나거나 다친 곳이 없음을 지적하며 T-바이러스에 대한 유용한 자료를 찾을 수 있을지 모른다고 고집했다. 사실 그녀는 그런 좋은 기회를 차마 놓칠 수 없었다. 캐런은 닫힌 문 너머에 무엇이 있는지 꼭 확인하고 싶었다. 열어보지도 않고 그대로 지나치는 건 영 개운하질 않았다.

존이 마침내 두 손을 들었고 그들은 101호로 들어갔다. 두꺼운 비닐 커튼이 드리워진 좁은 입구가 나왔다. 머리 위에 샤워 헤드가 달려 있고, 바닥에는 배수구가 있는 것으로 보아 오염물질 제거 공간이 분명했다. 조금 더 작은 두 번째 문이 열리자 마침내 실험실이 나타났다. 둘은 미치광이 과학자에게는 꿈의 공간인 곳에 발을 들여놓았다.

'발밑에서 부서지는 유리 조각, 매캐한 표백제 냄새 아래로 느껴지는 불안과 초조가 뒤섞인 식은땀 냄새……'

존이 불을 켰다. 팟, 하고 불이 켜지는 소리와 함께 캐런은 심장이 뛰는 것을 느꼈다. 공기를 가득 채운 어두운 긴장감이 전해졌다. 벽에서 뿜어져 나오는 듯한 불길한 예감. 그곳은 그녀가 지금껏 일했던 수많은 실험실과 매우 비슷하게 생겼다. 카운터와 선반들, 금속 싱크대 두 곳, 손잡이에 잠금장치가 달린 커다란 스테인리스 냉장고. 그런데 이상하게도 그 점이 더 불쾌했다. 환경이 너무 낯익다는 사실, 그녀가 언제나 편안하게 느꼈던 바로 그런 곳처럼 보였다는 사실이.

하지만 몇 가지 극명한 차이점이 있었다. 그곳에서 가장 넓은 공간을 차지하고 있는 건 손발을 묶는 벨크로 벨트가 달린 스테인리스 해부대였다. 그 옆에는 병원에서 흔히 쓰는 들것 두 개가 더 있었는데 들것 역시 벨트가 달려 있었다. 다가가보니 들것의 양쪽 끝에 말라붙은 짙은 얼룩이 있었다. 사람의 발목과 손목이 묶여 있을 법한 위치의 얇은 패드가 피로 흠뻑 젖어 있었던 것이다.

방 뒤편에는 대형 벽장 크기의 우리가 있었고, 쿠션도 없는 딱딱한 벤치가 두꺼운 쇠창살에 둘러싸여 있었다. 우리 옆에는 가느다랗고 긴 막대기 서너 개가 벽에 세워져 있었는데, 1미터 남짓한 막대기 끝에는 피하주사기가 달려 있었다. 사람이 가까이 다가가지 않고도 주사를 놓을 수 있는, 야생동물을 마취시킬 때 쓰는 바로 그런 막대기였다.

캐런은 들것을 내려다보면서 이미 오래전에 말라버린 피얼룩을 만지작거렸다.

'대체 어떤 종류의 인간이 이런 실험에 자발적으로 참여했던 걸까.'

말라붙은 피는 오래되어 가루처럼 변해 있었다. 이곳에서 죽음을 맞은 희생자들은 어떤 참혹한 일을 당했을까. 우리 속에 갇힌 채 자기 차례를 기다리면서, 장갑을 낀 미치광이 과학자가 돌연변이 바이러스를 다른 사람에게 주입하는 것을 지켜봐야 했는지도 모른다.

한마디로 잔혹한 일들이 벌어졌던 끔찍하게 기분 나쁜 곳이었다. 캐런과 존 모두 그곳에서 무슨 일이 있었는지 깨닫고 난 뒤 큰 충격을 받았다.

캐런의 오른쪽 눈이 갑자기 가려우면서 그 끔찍한 기억으로부터 그녀를 끄집어냈다. 그녀는 눈을 문지르고는 다시 시계를 보았다. 팀이 둘로 나뉜 지 20분밖에 지나지 않았는데 아주 오래전 일 같았다.

그때 문 하나가 열리는 소리가 들리더니, 복도를 통해 데이비드의 다급한 외침이 들려왔다. 서쪽 출입구를 통해 들어온 것 같았다.

"캐런, 존!"

그 목소리를 들은 존이 캐런을 보고 씩 웃었다. 그제야 그녀도 안도감을 느꼈다. 데이비드가 무사했다.

"여기요! 계속 기다렸다고요! T자 모양 갈림길에서 오른쪽으로 돌아요!"

존이 외쳤다.

복도를 통해 데이비드의 다급한 발소리가 들려왔다. 그리고 몇 초 뒤, 그가 모퉁이에서 모습을 드러내며 그들을 향해 달려왔다. 데이비드의 얼굴은 걱정으로 잔뜩 굳어 있었다.

"무슨 일 있……?"

캐런이 입을 열었지만 데이비드가 말을 잘랐다.

"실험실을 찾았나? 101호?"

존이 얼굴을 찌푸렸다. 그의 미소가 점점 흐려졌다.

"네. 대장이 방금 들어온 길 뒤편에 있는……."

"거기서 뭐라도 만졌나? 혹시 다친 곳은? 무언가와 접촉했을 가능성은?"

존과 캐런의 얼굴에 혼란스러운 빛이 역력했다. 데이비드가 둘을 번갈아 바라보며 빠르게 말을 이었다.

"일기장을 하나 찾았는데 101호가 트라이스쿼드를 감염시킨 장소였다더군."

그 말에 존이 다시 씩 웃었다.

"두 말하면 잔소리죠. 딱 2초 만에 알았다니까요."

캐런이 두 손을 내밀고 앞뒤로 뒤집어가며 데이비드에게 보여주었다.

"긁힌 데 하나 없어요."

데이비드가 참았던 숨을 내쉬었다. 잔뜩 긴장해 있던 그의 어깨가 축 처졌다.

"정말 다행이군. 여기 오는 내내 무슨 일이 있는 게 아닌가 정말 불안했다. A블록에서 연구원들을 찾았어. 아몬이 옳았다. 놈이 그들을 다 죽였더군. 그리고 그놈이 누구인지도 대강 알 것 같아. 레베카는 니콜라스 그리피스 박사라고 확신하고 있어. 트렌트의 명단에 있던 사람이기도 하고 과거가 꽤 화려했던 모양이야. 다시 만나면 그녀가 자세한 이야기를 해주겠지만."

고개를 설레설레 젓는 데이비드의 입가에 옅은 미소가 맺혀 있었다.

"내가, 내가 잠시 최악의 상황까지 상상한 것 같군."

그러자 존의 미소가 더욱 커졌다.

"맙소사, 대장. 우리를 그렇게까지 생각해주는지 몰랐네요. 아니면 우리가 이런 곳에서 더러운 주사기로 스스로를 찌를 정도로 멍청하다고 생각한 거예요?"

그러자 데이비드가 조그만 소리로 웃었다.

"그렇다면 내 사과를 받아주면 좋겠군."

"스티브랑 레베카는 어디 있어요?"

캐런이 물었다.

"지금쯤이면 다음 테스트실에 있을 거야. 안전하게 B블록으로 가는 걸 확인했으니까. 7번 테스트는 찾았나?"

"이쪽입니다."

존이 대답과 함께 복도를 따라 걸으며 트라이스쿼드와 벌였던 총격전에 대해서 이야기하기 시작했다.

캐런이 뒤를 따랐다. 미칠 듯 가려운 오른쪽 눈을 비비면서. 눈을 계속 비비는 바람에 덧났는지 아까보다 더 가려웠다. 게다가 두통까지 밀려오기 시작했다.

그녀는 눈을 문지르며 하필이면 이런 상황에서 두통이 생겼다는 사실에 한숨을 쉬었다. 그녀는 평소 두통을 앓는 법이 거의 없었다.

두통이 생기는 유일한 경우는 감기 같은 게 올 때였다. 바다에 빠졌던 일이 감기 걸리기에 딱 좋았던 모양이다. 욱신대는 통증이 점점 더 심해지는 걸 보니 꽤 지독한 두통인 것 같았다.

제11장

에이든스에게 지시를 내려보낸 뒤, 그리피스 박사는 주사기를 준비하고 숨을 장소를 결정했다. 이제 그가 할 일은 기다리는 것뿐이었다. 아까는 꽤 자신만만했지만 지금은 조금 초조해져 실험실 안을 안절부절못하고 서성거렸다.

에이든스가 소총 장전하는 법을 잊었으면 어쩌지? 잠금장치가 작동하지 않거나 침입자들이 Ma7을 막을 수 있는 화력을 갖춘 상태면 어쩌지? 모든 가능성을 대비하려고 애썼지만 만약 계획대로 되지 않으면 어쩌지?

'그럼 내 손으로 죽여버리겠어. 맨손으로 목을 졸라 숨통을 끊어놓겠다고! 반드시 해야만 하는 이 일을 막을 수는 없을 거야. 지금껏 내가 이룬 모든 일들을, 여기까지 오기 위해 해야 했던 그 모든 일들을 수포로 만들 수는 없어.'

그리피스는 연구시설을 손에 넣던 날을 다시 한 번 떠올렸다. 채 한 달도 지나지 않은 맑고 화창했던 날의 그 기이하고 선명한 이미지들을. 그는 그 기억을 차단하는 대신 이번에는 생각이 떠오르게 놔두었다. 반드시 필요한 일이라면 자신이 어떤 일까지 해낼 수 있는지 스스로를 상기시켰다. 그는 서성대는 것을 갑자기 멈추고 의자에 털썩 앉아 눈을 감았다.

'참 맑고 화창한 날이었지.'

그것이 반드시 해야 하는 일임을 깨달은 뒤, 그는 발생할 수 있는 모든 변수에 대비했다. 그리고 만족감이 들 때까지 쉬지 않고 2주 넘게 그 일을 계획했다.

그리피스는 트라이스쿼드에 관한 보고서를 읽고, 시스템에 기록된 마스터 로그를 훑으며 연구시설 내 사람들의 일상을 암기했다. 동료들의 버릇을 관찰하고, 달달 외울 수 있을 때까지 그들의 일정을 익혔다. 그리고 각각의 건물을 직접 그린 다음 몇 시간씩 그것을 들여다보고, 머릿속에서 수천 번씩 리허설을 했다.

세심한 구상과 생각 끝에 그리피스는 날짜를 택했다. 그런 다음 예정일 사흘 전, 트라이스쿼드 감염실로 몰래 들어가 매우 강력한 약품 몇 병을 훔쳤다.

'킬로신테신, 마메시딘, 트랄페나이드…… 엄브렐러에서 생산한 동물 마취제와 진정제.'

원하는 대로 약을 섞어 조제하는 데는 반나절이면 충분했다. 그리고 그는 기다렸다. 지금 기다리고 있는 것과 마찬가지로.

예정일 하루 전날, 그는 트라이스쿼드 감염 과정을 참관하다가

톰 에이든스에게 저녁식사 후 자기 실험실로 와줄 수 있느냐고 물었다. 암시 감응성을 높이는 문제에 대해 생각해둔 가설이 있는데, 둘이서 의논해보자고 말이다.

에이든스는 매우 기쁜 듯 기꺼이 그러겠다고 대답했고, 그가 이미 만들어놓은 바이러스(아직은 가설에 불과한 것처럼 포장하긴 했지만)에 관한 설명에 열심히 귀를 기울였다. 이야기를 마치고 바이러스를 탄 따뜻한 커피를 한 잔 마신 에이든스는 그리피스가 창조한 기적을 경험하는 최초의 사람이 되었다.

그리피스는 그 영예로운 첫 순간을 떠올리며 살며시 미소 지었다. 바이러스의 효과를 테스트한 최초의 순간이자 가장 중요한 순간이기도 했다. 그리피스는 에이든스에게 차분히 설명했다. 이제부터 에이든스가 들을 수 있는 유일한 목소리는 니콜라스 그리피스의 목소리뿐이고, 다른 사람들의 목소리는 모두 의미 없는 잡음에 불과하다고.

그걸로 끝이었다. 그 운명의 새벽, 에이든스 자신의 강의가 녹음된 것을 들려주었는데 그는 자신의 목소리를 이해하지도 알아차리지도 못했다.

그 일이 실패했다면 아무도 눈치채지 못하게 연구시설 장악 자체를 포기할 생각이었다. 바이러스가 자신의 바람대로 효력을 발휘하지 않았다면 에이든스의 시신은 바위투성이 해변에서 발견되게 할 참이었다. 하지만 이 바이러스의 놀라운 성공은 이것이 그가 가야 할 길임을, 계획대로 진행하는 것 말고는 다른 선택의 여지가 없음을 증명해주었다.

'그래서 주방으로 가 커피 잔과 아침 식사로 먹는 빵에 진정제 몇 방울을 떨어뜨렸지. 과일에는 조심스럽게 주사기로 주입하고, 우유와 주스에는 녹여 넣고.'

캘리밴 코브에 거주하면서 일하는 총 열아홉 명의 남녀 중에 단 한 명만이 버릇처럼 아침을 거르고 커피도 마시지 않았다. 어설픈 솜씨로 T-바이러스를 다루던 그 젊은 여자, 킴 다산토. 그녀의 경우에는 해가 뜨기도 전에 에이든스를 보내 잠든 채로 목을 그어버리게 했다.

'참 맑고 화창한 날이었지. 구름 한 점 없이. 그들이 게걸스럽게 아침을 먹고, 커피를 들이켜고, 선선한 아침 공기를 들이쉬자마자 바닥에 쓰러졌지. 식당을 나서지도 못한 채 그 자리에 쓰러진 사람도 많았어. 몇 명은 독을 먹었다고 비명을 지르기도 했지만 그 말이 입 밖으로 나오기도 전에 깊은 잠에 빠졌고.'

그리피스는 그 다음에 무슨 일이 있었는지 떠올리려 애쓰며 미간을 찌푸렸다. 자신이 창조한 것을 보여주고 자랑하고 싶은 옹졸한 마음에 루이스 서먼 박사와 앨런 키니슨 박사를 남겨두기로 했다. 그래서 일단 진정제를 투여해 재워두었다가 나중에 가서야 바이러스를 주입했었다.

그리피스는 모든 사실을 정확히 기억했다. 서먼과 에이든스가 연구원들을 처리하여 A블록에 쌓아두었다. 라일 아몬은 한동안 용케 숨어 있다가 그날 저녁 트라이스쿼드에 발각되었다. 그리피스는 늦은 저녁을 먹고 잠자리에 든 뒤, 다음 날 일찍 일어나 각종 서류와 소프트웨어들을 실험실로 옮겼다. 이것이 그가 알고 있는 정확한 사실들이었다.

하지만 어떤 이유인지 몰라도 때로는 현실이 흐릿하게 느껴졌고, 자신이 무엇을 보았는지, 그날 나머지 시간 동안 자신에게 무슨 일이 있었는지 기억할 수 없었다.

그리피스는 정신을 집중하여 생각을 더듬어보았지만 여전히 안개가 낀 듯 흐릿하고 불확실한 이미지만 떠오를 뿐이었다. 잠든 사람들의 몸을 붉게 물들이는 눈부시도록 밝은 정오의 햇살. 캘리밴 코브의 하늘 위에서 들려오는 갈매기들의 끈질기고 시끄러운 울음소리. 구리 냄새를 풍기던 흙과 그리고, 그리고…….

'내 양손에, 축축이 젖어 빛나던 피 묻은 메스. 날카로운 메스가 사람들의 얼굴과 배와 눈을 파고들고…… 나중에는 어둠 속 천둥처럼 큰 소리로 파도가 밀려오면서 낚싯줄 한 뭉치가 함께 떠밀려오고…… 그리고 아몬, 아몬 박사가 손을 흔들면서…….'

그의 눈이 번쩍 떠지며 악몽도 끝났다. 충격을 받은 그리피스는 은은한 조명이 켜진 서늘한 실험실 안을 두리번거렸다. 잠깐 졸았던 게 분명하다. 또 선잠이 들어 악몽을 꾼 것이다.

시계를 보니 박사 두 명을 내보낸 지 고작 몇 분이 지났을 뿐이다. 오래 잠든 게 아님을 깨닫고 안도의 한숨을 쉬었다. 하지만 다시금 불안과 초조가 잠식해오는 것을 느꼈다. 이곳에 침범한 자들을 향한 초조함과 불안감이었다.

'날 멈출 수는 없어. 이건 내 거야.'

그리피스가 일어나서 다시 서성이기 시작했다. 지금은 기다려야 했다.

7번 '시간 무지개' 테스트는 데이비드가 '체스 테스트'라고 이름 붙인 4번 테스트보다 시간이 조금 더 걸렸다. 존과 캐런이 데이비드를 큰 방에 있는 작은 책상으로 안내한 후 그가 알록달록한 타일들을 똑바로 세워 늘어놓는 동안 뒤에서 지켜보았다. 아홉 개의 무지개 색 조각 더미 아래에는 길쭉한 홈이 패어 있었는데, 길이가 약 30센티미터, 가로가 5센티미터 정도 되는 것으로 보아 정확히 일곱 개의 타일만 들어갈 것 같았다.

'무지개의 일곱 가지 색, 일곱 개의 타일. 간단해. 그런데 조각은 왜 아홉 개지?'

데이비드가 조각들을 색상에 따라 맞추고 책상에 팬 홈 아래에 순서대로 늘어놓았다. 각각의 타일 위에는 서로 다른 알파벳이 검정색으로 쓰여 있었다.

빨강, 주황, 노랑, 초록, 파랑, 남색…… 그리고 서로 다른 알파벳이 쓰인 세 개의 보라색 타일이 있었다.

"알파벳이 합쳐져 단어가 되어야 하는 건가?"

존이 물었다.

왼쪽에서 오른쪽으로 여섯 개의 타일에 쓰인 글자는 J, F, M, A, M, J였다.

"영어에는 그런 단어가 없는데."

캐런이 중얼거렸다.

세 개의 보라색 타일에 적힌 알파벳은 각각 J, M, F였다.

데이비드가 한숨을 쉬었다.

"다음에 오는 글자를 맞혀야 하는 테스트 같군. 분명 시간과 관계가 있고. 생각나는 게 있나?"

존과 캐런은 아무 말 없이 알파벳을 내려다보고 있었다. 데이비드는 그들도 자신만큼이나 피곤한 것일까, 생각했다. 존은 확실히 평소보다 덜 쾌활해 보였고, 캐런은 녹초가 된 모양인지 얼굴이 창백하고 조금 멍해 보였다.

'피곤한 게 당연하지. 그래도 다들 노력하고 있잖아.'

데이비드가 색이 칠해진 타일들을 보며 정신을 집중하려 애썼지만 아무 생각도 떠오르지 않았다. 정말이지 너무나 긴 하루다. 목숨을 건 긴장된 시간 속에서 중간중간 아드레날린이 솟구쳤다. 생각은 두려움과 자기 회의, 결의를 지나 다시 두려움으로 돌아왔고 거기에 명확하지 않은 여러 감정들도 섞여 있었다. 그리고 지금은 녹초가 된 상태로 이제 또 무슨 일이 생길지 초조하게 기다리는 중이었다.

갑자기 존이 씩 미소를 지었다. 그의 눈에 의기양양한 빛이 반짝였다.

"알파벳은 월을 나타내는 겁니다. January(1월), February(2월), March(3월), April(4월), May(5월), June(6월), 다음은 July(7월)가 되어야 하니까 답은 J입니다. 마지막 글자는 J라고요."

"대단해."

데이비드가 타일들을 책상의 홈에 끼우기 시작하자 존이 싱글거리며 팔꿈치로 캐런을 쿡 찌르고 말했다.

"내가 잘하는 거라고는 여자들 꾀는 것밖에 없는 줄 알았지?"

평소와 마찬가지로 캐런은 대꾸도 하지 않았다. 두 번째 테스트를 통과해 안도한 데이비드는 마지막 타일을 집어넣었다. 희미하게 찰칵, 하는 소리가 들리고 무지개 타일이 아주 조금 아래로 내려갔다. 그리고 머리 위의 스피커에서 조그맣게 멜로디가 들려왔다. 스피커는 형광등 뒤에 숨겨져 있었다.

"저게 다예요? 퍼레이드도 안 해주고?"

존이 투덜거리자 데이비드가 힘겹게 웃으며 일어섰다.

"나도 첫 번째 테스트를 끝내고 좀 섭섭하더군. 서두르자. 스티브와 레베카 둘이서 뭘 하고 있는지도 좀 보고."

"하필이면 그렇게 표현을 하시다니, 재밌는데요."

존이 쿡쿡거리며 말했다.

데이비드가 그 농담을 이해하기까지는 시간이 좀 걸렸지만 캐런은 즉각 알아챘다. 그리고 못 말리겠다는 듯 그를 흘겨보며 가려운 눈을 비볐다. 손을 내리자 데이비드는 그녀의 오른쪽 눈이 심하게 충혈되어 있는 것을 발견했다. 왼쪽 눈도 불긋했지만 오른쪽만큼 심하진 않았다.

캐런은 데이비드가 자신을 유심히 보고 있는 걸 깨닫고 어깨를 으쓱이며 웃어 보였다.

"비벼서 이렇게 됐어요. 조금 가렵긴 한데 괜찮을 거예요."

"문지르지 말고. 더 심해질 거야. 이따가 레베카한테 봐달라고 하지."

데이비드가 그들을 문으로 이끌었다.

그들은 이어지는 복도로 돌아가 뒤편의 출입구로 나갔다. 데이비드는 다시 한 번 전속력으로 달릴 마음의 준비를 했다. 계산에 따르면 지금까지 총 세 팀의 트라이스쿼드를 해치웠다. 보트 창고에서 세 놈, 첫 번째 건물로 달릴 때 한 놈, 그리고 존과 캐런이 C블록과 D블록 사이에서 다섯 놈을 죽였으니까.

'참 유용한 정보지. 트라이스쿼드가 원래 총 몇 팀인지 안다면 말이야.'

그는 빈정거리는 소리를 무시하고 계속 걸었다. 금속으로 된 문에 다다르자 캐런이 천장의 조명을 껐다. 그들은 무기를 꺼내고 심호흡을 하며 준비했다.

데이비드는 익숙한 기분이 몸을 감싸는 것을 느꼈다. 긴박한 상황 직전이면 늘 느끼지만 딱히 이름 붙이기는 어려운 기분. 그것은 느낌이라기보다 하나의 존재와도 같았다. 종교를 믿진 않았지만 운명이나 신 같은 것이 있다면 이것과 비슷하리라 생각했다. 인간의 힘으로 영향력을 행사할 수 있는 영역 너머의 일에는 어떤 패턴이나 형태가 있다.

그러니 무슨 일이 벌어지든, 무슨 일이 이미 벌어졌든 그들이 밖으로 뛰어나갈 준비를 하는 지금도 결과에 영향을 미칠 모든 요인들은 꽉 짜인 퍼즐처럼 이미 제자리에 있다는 믿음. 그는 논리와 상관없이 그것을 믿었다.

그들에게 삶 아니면 죽음을, 성공 아니면 실패를 내어주는 거대한 운명의 바퀴가 이미 돌아가기 시작했다. 결과를 결정짓는 그 운명의 바퀴는 피할 수 없는 결론을 향해 빠르게 돌아가고 있었다. 그것은 느려지기는커녕 오히려 점점 빨라지며 우주가 그들을 위해 무엇을 계획했는지 보여주려 한다.

과거에 그는 돌아가는 바퀴를 인식하면 오히려 마음의 위안을 얻곤 했다. 결과가 이미 정해져 있고 사람이 할 수 있는 일이라고는 그 계획이 차근차근 진행되는 것을 바라보는 것뿐이라는, 무어라 정의 내릴 수 없는 그런 느낌을 받았던 것이다. 어릴 적 아버지가 술에 취해 그를 학대하며 집 안을 난장판으로 만들 때마다 세상에는 더 큰 그림이, 이미 정해진 운명 같은 것이 있으리라는 믿음이 그를 절망에서 구원해주었다. 하지만 이번만큼은 그 운명의 바퀴가 끔찍하게 느껴졌다. 그들이 실수로 올라탄, 내릴 수도 없고 다가오는 것을 피할 수도 없는, 무시무시한 속도로 돌아가는 놀이기구 같았다.

'그럼 꽉 붙드는 수밖에. 지금 할 수 있는 일에 최선을 다하는 수밖에 없지.'

데이비드는 문으로 다가가 베레타의 안전장치를 풀었다. 다가오는 일을 통제할 수 있든 없든, 레베카와 스티브가 기다리고 있었다.

9부터 12까지 파란색 숫자가 쓰인 컴퓨터의 희미한 진동음과 레베카가 에이든스의 일기장을 넘길 때마다 들리는 바스락거리는 소리를 제외하면 테스트실은 조용했다.

스티브는 테이블 가장자리에 앉아 그녀가 일기장 읽는 것을 바라보았다. 다른 이들이 돌아오길 기다리는 내내 그의 머릿속은 불안한 생각들로 가득했다. 가슴이 여전히 뻐근했다. 아까 맞은 총알 때문이기도 했지만, 동시에 존과 캐런에 대한 걱정 때문이기도 했다.

건물 내 다른 방들을 돌아본 뒤 그들은 테스트실에서 기다리기로 했다. B블록은 생물학무기 연구 중에서도 수술 분야와 관련되어 있는지, 방들은 모두 흰색으로 칠해져 있고 금속으로 마감되어 있어서 삭막하고 서늘한 분위기를 풍겼다.

건물은 아까 들어갔던 다른 곳들과 마찬가지로 답답하고 후텁지근했지만 빈 수술실들을 지나치는 동안 스티브는 등골이 오싹해지는 것을 느꼈다. 마치 그 방들은 T-바이러스에서 탄생한 괴물들의 특징을 고스란히 닮은 듯했다. 차갑고, 생명력이 없고, 어둡고 음습한 그런 분위기.

그때 레베카가 고개를 들었다. 그녀의 눈이 흥분으로 반짝이고 있었다.

"이것 좀 들어봐요. '그리피스가 증식 시간을 단축시킨 이후, 그들이 확장에 관한 우리의 피드백을 기다리고 있다. 스무 개체 정도 컨트롤이 가능한 공간이 있지만 나는 최다 열두 개체를 주장할 생각이다. 한 번에 네 팀 이상은 집중하기 힘들 것이다. 혹시라도 반대하는 사람이 있으면 아몬이 내게 힘을 실어주기로 했다.'라고 되어 있어요."

스티브가 고개를 끄덕였다. 반은 절망하고 반은 안도했다. 달려오던 중에 한 팀을 해치웠고 다른 팀 중 한 놈은 심각한 부상을 당했거나 죽었을 테니, 그건 좋은 소식이었다. 하지만 아직도 두 팀이 어딘가를 돌아다니고 있다는 뜻이기도 했다.

'놈들이 현재 대장 일행과 교전 중이 아니라면 말이지.'

그가 인상을 쓰며 레베카에게 물었다.

"증식 시간을 단축시켰다는 게 무슨 뜻인지 알아?"

레베카가 눈썹을 찌푸리며 천천히 고개를 끄덕였다.

"그리피스가 증식 과정의 속도를 높였다는 뜻이죠. 증식이라는 건 바이러스가 숙주의 몸 안에서 퍼지는 걸 뜻하는 용어예요."

그다지 생각하고 싶지 않은 일이다. 약속한 건 아니지만 둘은 데이비드가 떠난 이후 존이나 캐런이 감염되었을 가능성에 대해서는 일절 입에 올리지 않았다.

"참 잘됐군. 또 다른 내용은?"

레베카가 고개를 저었다.

"별다른 건 없어요. Ma7이라는 걸 두어 번 언급했는데, 그게 T-바이러스 실험체이고 원하는 결과가 나오지 않았다는 것 외에 구체적인 내용은 없어요. 그리고 이 사람은 정말 재수 없는 인간인 것 같아요."

"같아요?"

레베카가 짧게 미소 지었다.

"그래요, 그 정도로는 부족하죠. 돈에 굶주린, 최소한의 윤리도 없는 개자식이에요."

스티브가 트라이스퀴드에 관해 적힌 찢어진 보고서를 떠올리며 고개를 끄덕였다. 아니, 그렇게 보자면 이런 연구시설이 존재한다는 것 자체가 끔찍한 일이다. T-바이러스 희생자들을 '개체'라 부르고, 미로 속 실험용 쥐처럼 굴리며 수술실과 테스트실을 운영하다니…….

'마치 인간을 대상으로 실험하고 있다는 사실을 모르는 것처럼 말이야.'

"어떻게 그럴 수가 있지? 이러고도 밤에 잠이 온단 말이야?"

스티브가 나지막이 말했다. 그건 레베카에게 던지는 질문인 동시에 자신에게 묻는 것이기도 했다.

레베카가 할 말은 있지만 어떻게 표현해야 좋을지 모르겠다는 듯 묘한 표정으로 그를 바라보다가 마침내 한숨을 쉬며 입을 열었다.

"한 가지 분야를 전공할 때, 특히 그 분야가 선형적 사고와 매우 작은 무언가에 온 정신을 집중해야 하는 분야라면 말이에요, 뭐라고 설명하긴 힘들지만 자칫하면 그 조그만 요소 속에서 길을 잃고, 그 요소 밖에 더 큰 세상이 있다는 사실을 잊어버리기 쉬워요. 너무 쉬운 나머지 무서울 지경이죠. 몇 날 며칠 현미경만 들여다보고 숫자와 글자, 각종 실험에 둘러싸여 지내다 보면…… 길을 벗어나는 사람들이 있어요. 그리고 애초에 정신적으로 불안정한 상태였다면, 그 작은 요소를 완벽히 정복하겠다는 야심에 지배당하게 되고, 다른 것들은 중요하지 않게 되는 거죠."

스티브는 그녀가 무슨 말을 하는지 완벽히 이해했다. 그리고 그녀가 얼마나 생각이 깊은지, 얼마나 명확히 자신의 생각을 표현할 수 있는지 깨닫고 새삼 감탄했다.

'거기다가 미소 한 번에 주위가 다 환해지지. 여기서 무사히 나가게 되면 라쿤 시티로 이사 가야겠어. 아니, 최소한 남자친구가 있는지 정도는 알아봐야지.'

그때 건물 어딘가에서 소리가 들렸다. 발소리였다. 스티브가 테이블에서 일어나 재빨리 문으로 다가갔다.

복도로 몸을 내밀자 빈 건물 안에서 데이비드의 목소리가 메아리치는 것이 들렸다.

"뒤편에 있어요!"

스티브가 소리치고는 데이비드가 나타나기를, 존과 캐런이 무사한 모습으로 웃어주기를 기대하며 복도의 모퉁이를 초조하게 지켜보았다. 레베카가 옆으로 다가오자 그녀의 섬세한 얼굴에도 똑같은 우려와 희망이 엿보였다.

스티브가 본능적으로 레베카의 손을 잡았다. 손가락이 마주 닿자 전류가 흐르듯 짜릿한 느낌이 들었다. 그녀가 손을 빼면 어쩌나 조마조마했지만 그녀는 그러지 않았다. 그에게 살짝 기댄 채 그의 손을 잡고 있는 레베카의 피부는 부드럽고 따뜻했다.

존의 시끄러운 목소리가 복도를 따라 먼저 들려왔다. 웃음기가 가득한 목소리였다.

"당장 옷 주워 입어라, 아가들아! 우리가 왔다!"

레베카가 재빨리 잡고 있던 손을 놓았지만 그에게 보여준 표정만으로 충분했다. 아쉬워하는 듯한 달콤한 표정. 스티브는 심장이 멎는 것 같았다. 하지만 그녀의 표정에는 상황에 대한 인지와 우선

순위를 잊지 않는 성숙함도 담겨 있었다.

'지금은 여기까지만.'

스티브가 가볍게 고개를 끄덕인 후 둘은 데이비드 일행을 반갑게 맞았다.

제12장

손에서 느껴졌던 따뜻함이 여전히 남아 있는 가운데 데이비드와 존, 캐런이 모퉁이를 돌아 나타났다. 존이 싱글싱글 웃고 있었다.

"갑자기 들이닥쳐서 미안하지만 젊은이 둘만 남겨두면 쓰나. 젊은 날의 사랑만큼 황홀한 건 없지만, 안 그래?"

세 사람이 방으로 들어오자 레베카는 점점 붉어지는 양 볼을 진정시키려 안간힘을 썼다. 갑자기 프로답지 못한 사람이 된 것 같았다. 둘이 한 일이라고는 손을 잡은 것뿐이었고, 그것도 아주 잠시였다. 하지만 그들은 중요한 작전 중이었고, 잠시만 집중력을 잃어도 목숨이 날아갈 수 있는 위험한 상황이었다.

레베카가 당황하는 것을 느꼈는지 존이 말을 이었다.

"아, 레베카는 신경 쓰지 마. 난 그저 우리 스티브를 조금 놀려먹은 것뿐이야. 특별한 뜻은 없었⋯⋯."

"지금은 더 중요한 사안이 있는 걸로 아는데. 상황을 업데이트해야 하고, 논의할 것도 몇 가지 있다."

데이비드는 존에게 핀잔을 주고는 레베카 손에 들려 있는 일기장을 향해 고갯짓했다.

"두 사람이 실험실을 발견하긴 했는데 아무것도 만지지 않았다고 한다. 레베카는 유용한 것을 찾아냈나?"

그녀가 고개를 끄덕였다. 그 소식에 안심이 되었고, 화제가 바뀐 것이 기쁘기도 했다.

"트라이스쿼드는 네 팀뿐인 것 같아요. 기록된 날짜가 6개월 전이긴 하지만요."

데이비드도 안도한 것처럼 보였다.

"그거 잘됐군. 존과 캐런이 D블록 밖에서 놈들을 맞닥뜨렸고 다섯 놈을 해치우는 데 성공했다고 하니까 이제 한 팀만 남은 건가."

그들은 벽을 따라 늘어선 작은 실험용 테이블에서 의자들을 빼내 방 중앙에 둥그렇게 둘러앉았다. 데이비드는 선 채로 말을 이었다.

"신속하게 지금까지의 상황을 다시 한 번 확인하고, 작전을 이어가기 전에 우리 모두의 의견을 모았으면 한다. 요약하자면 이 연구 시설은 T-바이러스 실험에 쓰이고 있었고, 확인되지 않은 이유로 연구원들 중 한 명에 의해 장악된 상태다. 다른 연구원들은 살해당했고, 그들에게 불리한 증거는 모두 제거되었다. 레베카는 이것이 생화학자 니콜라스 그리피스의 소행이라 확신하고 있다. 트라이스쿼드들이 이곳을 순찰하는 것으로 볼 때 그는 생존해 있으며 이곳 어딘가에 숨어 있는 것으로 보인다. 하지만 그를 찾는 데 주력할 필요는 없다고 생각한다. 우리는 이미 트렌트를 통해 아몬 박사가 제공한 테스트 중 두 개를 완료했고, 내가 바라는 건 그가 숨겨놓은 자료들이 엄브렐러를 기소하는 데 충분한 증거가 되어주는 것이다."

그가 팔짱을 끼고 그들을 둘러보며 천천히 서성거리기 시작했다.

"이곳에서 불법적인 일들이 벌어졌다는 증거는 이미 많이 있다. 그러니 지금 이곳을 떠나 이 일을 연방수사국에 넘겨도 괜찮다고 본다. 단지 내가 우려하는 건 엄브렐러가 연루되었다는 것을 증명할 증거가 부족하다는 것이다. 컴퓨터 소프트웨어와 일기장을 제외하면 엄브렐러의 이름이 그 어느 곳에도 나와 있지 않고, 이 두 가지 증거에 대해서는 놈들이 다른 핑계를 찾을 수 있다. 내 생각에는 이곳을 빠져나가기 전에 테스트를 통과해서 아몬 박사가 우리에게 주려고 했던 정보를 찾는 것이 좋을 것 같다. 하지만 그 전에 여러분 각자의 생각을 들어보고 싶다. 이건 승인된 작전이 아니므로 명령을 따를 필요가 없다. 돌아가야 한다고 생각하면 당장 돌아가는 거다."

레베카는 깜짝 놀랐다. 다른 대원들도 마찬가지였다. 조금 전까지만 해도 데이비드의 결심이 확고한 줄 알았다. 성공할 수 있다고 자신할 거라 생각했다. 하지만 그의 얼굴에 나타난 표정이 다른 이야기를 하고 있었다. 그는 이 작전을 진행한 것에 대해 미안해하는 것 같았고, 그들 중 한 사람이 반대 의견을 내놓길 기다리는 것 같기도 했다.

'왜 마음이 바뀐 거지? 무슨 일이 있었기에?'

존이 다른 이들을 힐끔거리다 이내 데이비드를 보며 먼저 입을 열었다.

"이미 여기까지 왔는데요. 놈들이 한 팀만 남은 게 사실이라면 끝까지 가는 게 좋을 듯싶습니다."

레베카도 고개를 끄덕였다.

"맞아요. 게다가 아직 주 실험실도 못 찾았고, 그리피스가 왜 이런 짓을 했는지도 알아내지 못했어요. 그가 정신병을 앓는 건지 아니면 정말로 무언가를 숨기고 있는 건지도 모르고요. 알아내지 못할 수도 있지만 어쨌거나 찾아볼 가치는 있다고 봐요. 우리가 떠난 뒤에 그가 더 많은 증거를 인멸하면 어떻게 해요?"

"저도 동의합니다. 스타스가 엄브렐러와 깊이 연루되어 있다면, 다시는 이런 기회가 오지 않을 겁니다. 그 둘 사이의 관계를 알아낼 수 있는 유일한 기회일지도 몰라요. 그리고 이미 깊숙이 들어왔어요. 세 번째 테스트가 바로 여기 있고요. 이번 테스트를 완료하고 나면 임무 완료까지 겨우 한 단계 남은 겁니다."

"저도 계속하고 싶어요."

캐런이 조용히 말했다.

힘겨워하는 목소리에 레베카가 고개를 돌려 캐런을 바라보았다. 그리고 캐런의 상태가 그리 좋지 못하다는 걸 깨달았다. 두 눈은 충혈되어 있고 안색은 매우 창백했다.

"괜찮아요?"

레베카가 걱정스러운 듯 묻자 캐런이 한숨을 쉬며 고개를 끄덕였다.

"응, 두통이야."

'심한 편두통인가? 안색이 정말 안 좋은데.'

"데이비드, 왜 그러는 건데요? 무엇 때문에 그렇게 속을 끓이고 있는 겁니까? 우리한테 말하지 않은 거라도 있어요?"

존이 돌연 질문을 던지자 데이비드가 잠시 그들을 바라보다가 이내 고개를 저었다.

"아니, 그런 건 아니야. 단지 예감이 좋질 않아서. 안 좋은 일이 일어날 것 같은 예감이라고 해야 하나."

"그런 소리 하기엔 조금 늦은 것 같지 않아요? 고무보트에 탈 때 대체 어디 가 있던 거예요?"

존이 웃으며 받아치자 데이비드도 피식 웃으며 목덜미를 문질렀다.

"고맙네, 존. 잊고 있었어. 그럼 결정된 거네. 다음 문제를 풀어보자고. 아, 레베카는 우리가 문제를 푸는 동안 캐런의 눈을 좀 봐줘. 눈 때문에 괴로운 모양이야."

그들은 일어서서 파란색으로 9라고 쓰여 있는 북서쪽 모퉁이의 테이블로 향했다. 스티브와 레베카는 이 방을 발견했을 때 확인했지만 테스트가 무엇인지는 전혀 알 수 없었다. 아무 표시도 없는 작은 모니터와 키가 열 개 달린 키보드가 서로 연결된 채 금속 테이블 위에 놓여 있으니 그것부터가 수수께끼였다.

레베카는 10번 테스트 의자에 캐런을 앉혔다. 널빤지에 연결된 회로판과 검정색 전선이 달린 집게로 이루어진 10번 테스트의 목적 역시 도저히 짐작할 수 없었다. 레베카는 몸을 굽혀 캐런의 눈을 들여다보고 미간을 찌푸렸다. 캐런의 오른쪽 눈은 마치 푸른색 각

막이 충혈된 붉은 바다 위를 떠다니는 것 같았고, 눈꺼풀은 멍이 들고 부은 것처럼 보였다.

데이비드에게 손전등을 빌리기 위해 고개를 돌리자 그가 테스트 테이블 앞에 앉는 것이 보였다. 그러자 모니터가 켜지더니 화면 중앙에 서너 줄의 문구가 나타났다.

"일종의 모션 센서 같은……."

데이비드가 급히 한 손을 들어 스티브의 말을 막으며 화면에 나타난 문장을 빠르고 초조한 목소리로 읽어 내려갔다.

"세인트 아이브스로 가는 길에 아내 일곱 명을 둔 남자를 만났다. 일곱 명의 아내는 일곱 개의 자루를 들고 있었고, 일곱 개의 자루에는 일곱 마리의 고양이가 들어 있었으며, 일곱 마리의 고양이는 일곱 마리의 새끼를 가졌다. 고양이 새끼, 고양이, 자루, 아내, 세인트 아이브스로 가는 건 모두 몇 명인가?"

그리고 화면에는 '00:49'라고 된 디지털 타이머가 떠 있었다. 숫자는 계속 줄어들고 있었다. 데이비드가 문제를 읽는 동안 이미 11초가 지나간 것이다.

데이비드는 화면을 노려보았다. 머릿속에서 여러 가지 생각이 빠르게 지나갔고 팀원들은 그의 뒤에서 모니터를 주시하고 있었다. 그들에게서 긴장감이 느껴졌다. 데이비드의 이마에서 돌연 식은땀이 배어나오기 시작했다.

'세지 말 것. 그게 힌트였지. 그런데 그게 무슨 뜻일까?'

"스물여덟 명이요. 아니, 잠깐만, 그 남자까지 하면 스물아홉 명이네."

존이 초조하게 중얼거리자 스티브가 빠른 어조로 말했다.

"하지만 고양이가 각각 새끼를 일곱 마리씩 가지고 있다면 49에다가 21을 더해서 70이에요. 남자까지 하면 71이고요."

"그런데 세지 말라고 했잖아. 세지 않는다고 치면, 더하지 말라는 건가? 아니면, 잠깐만! 아내가 있는 남자도 있고 화자도 있으니까 그 사람도 더해야지."

32초가 지났다. 데이비드의 손이 키보드 위에서 서성였다.

'생각해! 세지 말 것, 세지 말 것, 세지 말······.'

"한 명이에요. 화자가 세인트 아이브스로 가고 있다고 했지, 아내가 일곱 명인 남자가 그곳으로 간다는 말은 없었잖아요. 그게 그 뜻이었어요. 힌트 말이에요. 세인트 아이브스로 가는 남자 즉 화자 말고는 아무도 세지 마라!"

'그래, 그럼 말이 돼. 말장난이었군.'

20초가 남았다.

"다른 의견 있는 사람?"

데이비드가 물었지만 아무도 대답하지 않았다. 데이비드가 1을 입력하고 엔터를 눌렀다.

그러자 카운트다운이 멈췄다. 16초. 화면이 저절로 꺼지더니 머리 위 어딘가에서 익숙한 멜로디가 들렸다.

데이비드가 의자에 기대며 한숨을 내쉬었다.

'고마워, 레베카!'

레베카에게 고맙다는 인사를 하려고 돌아봤지만 그녀는 이미 캐런에게 온 신경을 집중하고 있었다.

"손전등 좀 주세요."

레베카가 고개도 돌리지 않은 채 중얼거리자 존이 자신의 손전등을 그녀에게 건넸다. 레베카가 손전등을 켜고 캐런의 눈을 살피는 동안 다른 대원들은 침묵 속에서 그들을 지켜보았다. 캐런은 확실히 상태가 좋지 않았다. 눈 밑에는 다크서클이 생겼고, 안색은 창백한 것을 넘어 병색이 완연했다.

"염증이 꽤 심해요. 위를 보세요. 이번엔 아래. 왼쪽, 오른쪽. 이물질 같은 게 느껴지나요, 아니면 화끈거리나요?"

"가려움증에 더 가까워. 모기 물린 것에 열 배쯤 되는 느낌? 조금 전까지 계속 긁었어. 그래서 이렇게 빨개진 건지도 몰라."

레베카가 손전등을 끄며 미간을 찌푸렸다.

"아무것도 안 보여요. 왼쪽 눈도 심한 자극을 받은 것 같아요. 갑자기 가렵기 시작했어요, 아니면 만져서 그렇게 된 거예요?"

캐런이 고개를 흔들었다.

"기억이 안 나. 느닷없이 가렵기 시작한 것 같아."

그때 레베카의 얼굴에 돌연 날카롭고 절박한 표정이 스쳐 지나갔다.

"101호실에 들어가기 전부터요, 아니면 그 후예요?"

데이비드는 얼음처럼 차가운 손이 자신의 심장을 움켜쥐는 듯한 기분을 느꼈다.

캐런이 근심 어린 표정으로 대답했다.

"후에."

"거기 있는 동안 뭔가를 만졌어요? 그게 뭐든……."

"아니."

순간 갑작스러운 공포에 캐런의 붉은 눈동자가 커다랗게 벌어졌다. 그녀가 떨리는 목소리로 말했다.

"들것. 들것에 핏자국이 있었고, 무슨 생각인가를 하다가…… 그걸 만졌어. 아, 하느님, 생각도 못했어. 말라 있었고, 손에는 상처 같은 것도 없어서…… 눈이 가렵기 시작한 직후에 두통이 왔어."

레베카가 양손을 캐런의 어깨에 얹고 가볍게 힘을 주었다.

"캐런, 심호흡해요. 깊이 들이쉬어요. 그냥 눈병이거나 흔한 두통일 수도 있어요. 그러니까 섣불리 결론 내리지 말아요. 아직 아무것도 확실하지 않잖아요."

레베카의 목소리는 낮고 침착했으며, 태도는 솔직했다. 캐런이 떨리는 숨을 내뱉으며 고개를 끄덕였다.

"손에 상처는 없는데……."

존이 불안스레 중얼거리자 캐런이 레베카 대신 대답했다. 그녀의 얼굴은 진정된 것처럼 보였지만 목소리는 떨리고 있었다.

"바이러스는 점막을 통해서도 체내에 들어갈 수 있어. 코, 귀, 눈…… 알고 있었어. 알면서도 그때는 생각지 못했어. 어떻게 그걸 잊을 수가 있지."

캐런이 고개를 들어 레베카를 바라보았다. 데이비드는 그녀가 평정심을 유지하기 위해 안간힘을 쓰고 있다는 걸 알 수 있었다.

"감염된 거라면, 시간이 얼마나 남았지? 내가…… 움직이지 못하게 될 때까지 이제 얼마나 남은 거야?"

레베카가 고개를 저으며 조용히 대꾸했다.

"저도 몰라요."

데이비드는 소용돌이치는 암흑에 휩싸인 기분이었다. 두려움과 걱정, 죄책감에 압도되어 움직일 수 있는, 생각할 수 있는 능력까지 모조리 빼앗긴 것 같았다.

'내 잘못이야, 내 책임이야.'

"백신이 있는 거지? 치료제가 있을 거야. 여기 일하는 누군가가 실수로 감염되면 어떻게 하겠어? 백신 주사 같은 게 있지 않을까? 그래야 하는 거 아니야?"

존이 물었다. 그의 짙은 눈동자가 캐런과 레베카 사이를 바쁘게 오갔다.

데이비드도 일말의 희망을 필사적으로 붙잡으며 물었다.

"가능한가?"

레베카가 고개를 끄덕였다. 불안한 듯 느리게 움직였지만 이내 열심히 고개를 주억거렸다.

"네, 가능할 거예요. 아니, 가능해요. 바이러스를 만들었다면……."

그녀가 다급하게 데이비드를 쳐다보았다.

"바이러스를 합성한 주 실험실을 찾아야 해요. 최대한 빨리요. 치료법을 개발했다면 그곳에 정보가 있을 거예요."

레베카의 목소리가 점점 잦아들자 데이비드는 그녀의 불안한 시선 속에서 말하지 않은 무언가를 느낄 수 있었다. 치료제가 정말 있는 걸까? 그리피스 박사가 그 정보까지 모조리 삭제한 건 아닐까? 주 실험실을 제때 찾아낼 수 있을까?

"아몬의 메시지! 메시지에서 실험실을 파괴하라고 했어요. 어쩌면 우리한테 지도나 그곳을 찾는 방법 같은 걸 남겨놨을지도 몰라요."

스티브가 소리치자 데이비드가 일어섰다. 아직 희망이 있다.

"캐런, 걸을 수 있겠⋯⋯?"

"그럼요, 어서 가요."

캐런이 그의 말을 자르고 벌떡 일어섰다.

그녀의 붉은 눈은 강한 의지로 타올랐다. 하지만 무모한 희망과 절망의 그림자도 섞여 있어 데이비드의 마음이 아파왔다.

'아, 캐런. 모든 게 내 잘못이다.'

"속도를 낸다, 가자."

그가 이미 문을 향해 달려가며 말했다.

///

그들은 빠른 속도로 건물 앞쪽을 향해 달렸다. 존은 입을 굳게 다문 채 전의를 불태웠다.

'망할 바이러스 따위가 캐런을 쓰러뜨릴 수는 없어. 절대 안 되지. 이 악몽 같은 짓을 저지른 개자식을 찾아내기만 하면 가만 두지

않는다. 짓밟아주겠어. 캐런은 안 돼. 무슨 일이 있어도.'

앞문에 다다른 그들은 조용히 무기를 빼들고 안전장치를 확인한 다음, 데이비드의 신호를 초조하게 기다렸다. 평소 급박한 상황에서도 언제나 냉철하고 침착한 캐런은, 복부를 세게 걷어차인 뒤 아직 숨을 제대로 쉬지 못하는 사람처럼 보였다. 존은 대형사고 생존자들의 얼굴을 본 적이 많았다. 겁에 질린 눈과 깊은 곳의 공허함을 그대로 보여주는 생기 잃은 표정. 캐런이 그런 얼굴을 하고 있는 것을 보니 가슴이 아팠다. 가슴이 아프고 화가 났다. 캐런 드라이버는 저런 얼굴을 해서는 안 되는 사람이다.

"내가 선두, 존이 마지막을 맡는다. 직선으로 움직인다."

데이비드가 조용히 말했다.

존은 데이비드가 캐런만큼이나 충격을 받았다는 것을 알 수 있었다. 조금은 다른 의미에서. 그의 머뭇거리는 시선과 굳게 닫힌 입에 나타난 건, 그의 내면을 갉아먹고 있는 죄책감이었다. 스스로를 비난하는 건 옳지 못하다고 그에게 말해주고 싶었지만 그럴 시간도 없었고, 뭐라고 표현해야 할지도 몰랐다. 데이비드는 스스로 마음을 가다듬어야 했다. 다른 팀원들과 마찬가지로.

"준비됐나? 가자."

데이비드가 문을 열자 잔잔하게 파도가 치고 푸른 달빛이 비치는 밖으로 차례차례 빠져나갔다. 데이비드, 캐런, 스티브, 레베카, 마지막으로 존이 차례로 몸을 낮춘 채 탁 트인 흙바닥 위를 달렸다.

어둠과 소나무 냄새, 바다의 짠 냄새가 느껴졌다. 그림자를 뚫고 달리는 동안 존의 '전사 모드'는 이전과 다른 점이 무엇인지 포착해내지 못했다. 오직 걱정과 분노만이 들끓었다. 그래서 M-16의 총성이 들렸을 때 크게 당황했다.

'젠장!'

오른편에서 우레 같은 총소리가 들려오자 존은 땅을 향해 몸을 던졌다. E블록까지 고작 절반 정도 왔다는 걸 확인한 뒤 몸을 굴려 총을 쏘기 시작했다. 다음 순간 사방이 9밀리미터 총성으로 가득 채워지며 규칙적으로 들려오던 자동소총 소리를 뒤덮었다.

'안 보여. 조준할 수가⋯⋯.'

3시 방향에서 총구의 섬광을 본 존이 베레타의 방아쇠를 여섯 번, 일곱 번, 여덟 번 당겼다. 주홍빛과 흰빛이 섞인 섬광이 번쩍여 총 쏘는 사람은 보이지 않았지만 섬광 중 하나가 사라지고 총성이 조금 줄어들었다.

그때 분노가 존을 집어삼켰다. 전사 모드가 아니었다. 죽어가는 적을 향한 맹목적이고 격렬한 분노, 이제껏 느낀 적 없는 거센 분노였다. 놈들은 캐런이 죽기를 바라고 있었다. 뇌라고는 없는 이 멍청한 괴물들이 그녀를 구하지 못하게 할 셈이었다.

'캐런은 안 돼. 안 된다고!'

존이 흙바닥에서 몸을 일으켜 총을 쏘는 동안 짐승의 기이한 울부짖음이 그의 귓가를 때렸다. 다른 이들의 고함 소리와 베레타 총성을 들었을 때에야 비로소 그 울부짖음이 자신의 입에서 나오고 있음을 깨달았다.

존은 고함을 지르며 앞으로 내달렸다. 데이비드 일행의 속도를 늦추고, 죽이고, 캐런을 자기편으로 만들려고 하는 괴물들을 향해 총을 쏘고 또 쏘았다. 그의 생각은 더 이상 문장을 이루지 못했다. 끝없이, 형태도 없이 계속되는 부정만 있었다. 놈들의 존재를 부정하고 놈들을 창조한 사람의 존재를 부정했다.

놈들이 사격을 멈췄고 그 자리에 쓰러졌다. 하지만 존은 자신의 총성과 고함 소리를 제외하고는 사방이 고요해졌다는 걸 깨닫지 못한 채 앞으로 내달렸다. 그리고 쓰러진 놈들을 내려다보며 탄창이 비어버린 베레타의 방아쇠를 계속 당겼다.

세 놈. 붉은 피는 전혀 보이지 않고 부패한 살점만이 터져 나와 초라한 몸을 뒤덮었다.

철컥, 철컥, 철컥.

그중 한 놈의 얼굴은 잔주름이 잡힌 반흔 조직 덩어리에 불과했다. 삐뚤빼뚤 솟아오른 이마 한가운데에는 피에 젖은 총구멍이 하나 나 있었다. 또 다른 놈은 터진 눈에서 끈적끈적한 점액이 흘러내려 앙상한 얼굴을 지나 썩어가는 귀에 고이고 있었다.

철컥, 철컥.

세 번째 놈은 아직 살아 있었다. 목의 절반은 곤죽이 되었고, 입은 소리 없이 벌어졌다 다물렸다를 반복했다. 얇은 막이 덮인 듯 뿌연 눈동자가 천천히 그를 향해 깜빡였다.

철컥.

존은 총알도 없는 빈총의 방아쇠를 계속해서 당겼다. 까끌까끌한 목구멍에서 고함 소리가 서서히 잦아들었다. 마침내 그를 분노의 구렁텅이에서 끌어낸 건 무의미한 공이 소리, 그리고 그의 발치에 쓰러져 있는 비참한 존재의 무력한 눈의 깜빡임이었다.

놈은 자신이 무엇인지 몰랐다. 본래는 어떤 사람이었는지도 알지 못했다. 예전엔 사람이었으나 지금은 이해조차 못하는 임무를 수행하며 총을 쏘는 썩어가는 쓰레기에 불과했다.

놈들이 존의 영혼을 가져가려 했다.

"존?"

따뜻한 손이 그의 등에 닿았고, 낮고 차분한 캐런의 목소리가 들렸다. 스티브와 데이비드도 시야에 들어왔다. 그들은 어둑한 달빛 아래 입을 벌린 채 눈을 깜빡이고 있는 인간의 껍데기를 내려다보았다. 광기의 실험이 만들어낸 마지막 흔적이다.

"그래, 나 여기 있어."

존이 속삭이듯 겨우 대답했다.

데이비드가 놈의 두개골에 베레타를 겨냥하고 조용히 말했다.

"뒤로 물러서."

존은 돌아서서 캐런과 나란히 그들의 마지막 목적지를 향해 걷기 시작했다. 레베카의 가느다란 형체가 그의 앞에 있었다. 총성은 놀랄 만큼 컸다. 쾅 하고 울리는 총성이 지축을 흔드는 것 같았다.

'캐런은 안 돼. 제발, 우리 팀원들은 안 돼. 이렇게 죽어선 절대 안 돼.'

데이비드와 스티브가 합류하자 그들은 아무 말 없이 밤을 지배하고 있는 공허함을 뚫고 E블록을 향해 달렸다. 이제 트라이스쿼드는 없다. 하지만 그들을 그렇게 만든 무서운 바이러스가 캐런의 몸 안을 돌아다니고 있을지도 모른다. 그녀를 생각도, 영혼도 없는, 죽음보다 더 지독한 운명에 처한 괴물로 만들고 있을지도 모른다.

존이 속도를 높이며 맹세했다. 그리피스 박사를 찾게 된다면 자신을 만난 것을 반드시 후회하게 만들어주겠노라고.

제13장

E블록도 다른 블록들과 다를 바 없었다. 다른 곳과 마찬가지로 단조롭고, 삭막하고, 재미없는, 효율성만을 우선해 지은 콘크리트 건물의 대표적인 예였다. 그들은 답답하고 후텁지근한 복도를 빠르게 지나치며 마지막 단서가 있는 방을 찾았다. 오래 걸리지 않았다. 건물의 절반이 실내 사격장으로 만들어져 있었기 때문이다. 데이비드가 총알이 가득 든 M-16 탄창 수십 상자를 발견했지만 소총은 없었다. 존은 트라이스쿼드가 가지고 있던 총을 가져와도 되겠느냐 물었지만 레베카가 절대 안 된다고 못 박았다. 모르긴 해도 소총에는 바이러스가 득실대고 있을 터였다.

'지금 캐런의 몸처럼 말이지. 자기 복제를 계속하는 비리온들이 세포에서 터져 나와 다른 세포에 달라붙고, 이용하고, 파괴할 새 세포를 찾고 있겠지.'

"여기요!"

스티브가 구부러진 복도 앞쪽에서 부르자 레베카가 서둘러 달려갔다. 캐런과 존도 곧 뒤따라왔다. 데이비드는 닫힌 문 옆에 스티브와 함께 있었다. 문에 적색, 녹색, 청색 삼각형들이 그려진 것으로 보아 방을 제대로 찾은 것이 분명했다. 스티브의 시선이 레베카를 찾았지만 걱정하는 마음이 담겨 있을 뿐 다른 감정은 섞이지 않았다. 레베카는 개의치 않았다. 그저 스티브의 시선을 무심코 알아챘을 뿐이다.

캐런이 바이러스에 감염되고, 존이 정신 나간 사람처럼 트라이스 퀴드를 향해 달려들고…… 이런 상황에서는 실험실을 찾아야 한다는 생각, 캐런을 도와야 한다는 생각 외에는 다른 생각을 할 수 없었다.

스티브가 문을 열자 그들은 우르르 안으로 들어갔다. 상태가 악화되었는지 확인하기 위해 레베카는 캐런을 유심히 살폈다. 그리고 단축된 증식 시간에 대해 어떻게 말해야 할지 생각했다. 캐런이 바이러스에 노출되었다는 것과 다른 이들도 그렇게 추측하고 있다는 점은 의심의 여지가 없다. 하지만 대체 뭐라고 설명해야 한단 말인가?

'몇 시간밖에 안 남았다고 말해줘야 하나? 데이비드 대장을 따로 불러내 보고해야 하나? 치료제가 있다면 피해가 더 커지기 전에, 바이러스가 두뇌를 파괴하기 전에, 너무 많은 양의 도파민이 분비되어 캐런을 어떤 다른 존재로 만들어버리기 전에 찾아야만 하는데.'

레베카는 어떻게 해야 좋을지 몰랐다. 할 수 있는 모든 일을 최대한 서두르고 있었지만 T-바이러스에 관한 정보가 충분치 않았다. 필요 이상으로 캐런이 겁에 질리는 것은 보고 싶지 않다. 안 그래도 그녀는 두려움을 통제하기 위해 최선을 다하고 있었다. 하지만 핏빛으로 붉어진 두 눈에 담긴 절망이나 점점 더 심해지는 손의 떨림으로 보아 그녀가 이성을 잃기 직전이라는 건 확실했다. 다만 트라이스쿼드는 캐런보다 훨씬 많은 양의 바이러스를 주사기로 직접 주입받았을 가능성이 매우 높았다. 그렇다면 캐런에게는 아직 며칠의 시간이 남았을 수도 있다.

'문제는 첫 번째 증상이 한 시간도 안 돼서 나타났다는 거지. 자신을 속이려 하지 마. 캐런에게 말해야 해. 그리고 모두에게 무슨 일이 일어날지 알려야만 해. 최대한 빨리.'

레베카는 황급히 그런 생각을 밀어내고 방금 들어온 방 안을 둘러보았다. 지금껏 보았던 다른 테스트실보다 작았고 더 비어 있었다. 뒤편으로 긴 회의용 탁자가 놓여 있고 의자 여섯 개가 뒤에 늘어서 있었다. 방 앞에는 작은 선반이 벽에 달려 있었는데, 길이는 약 1미터에 폭은 30센티미터 정도였다. 그리고 평평한 표면에는 적색, 녹색, 청색, 세 개의 커다란 버튼이 달려 있었다. 선반 뒤의 벽에 공업용 플라스틱으로 만들어진 크고 매끄러운 회색 타일이 붙어 있는 게 보였다.

"이거예요. 접근하려면 블루."

스티브가 말했다.

단 1초의 망설임도 없이 데이비드가 선반으로 다가가 청색 버튼을 눌렀다.

그러자 머리 위 천장에 숨겨진 스피커에서 여자의 목소리가 들려와 모두를 깜짝 놀라게 했다. 밋밋한 어조의 녹음된 여자 음성은 레베카로 하여금 스펜서 저택에서의 마지막 순간, 자폭을 알리던 여자의 음성을 떠올리게 했다.

"블루 시리즈가 완결되었습니다. 보상에 접근하세요."

그와 함께 선반 뒤의 타일 한 장이 미끄러지듯 움직이더니 콘크리트 벽에 움푹 들어간 어둑한 공간이 드러났다. 데이비드가 숨겨진 공간 속으로 손을 집어넣자 레베카는 엄브렐러를 향한 분노와 혐오감이 북받쳐 오르는 것을 느꼈다. 그들이 한 짓은 사람의 소행이라고 하기엔 지독하게 비열했다.

'이 모든 테스트가 T-바이러스 희생자들에게 특별한 보상을 주기 위해 준비된 시스템이라 이거지. 레드 시리즈를 풀어봐라. 착하기도 하지, 여기 뼈다귀 줄게. 테스트를 모두 완성했을 때 보상은 뭐였을까? 고기 한 덩이? 굶주림을 덜어줄 약? 훈련을 시작할 반짝반짝한 새 무기? 젠장, 이 사람들은 자신이 무슨 짓을 하는지 알고는 있었을까?'

레베카는 다른 이들의 얼굴에도 경악과 혐오감이 어려 있는 것을 보았다. 그리고 데이비드가 숨겨진 공간에서 작은 물건 하나를 꺼내는 것을 보고 모두의 얼굴에 실망감이 점점 커지는 것도 보았다. 신용카드처럼 생긴 물건의 한쪽 면에 종이 한 장이 붙어 있었다.

데이비드가 그 물건을 들어보이자 다들 그의 주변으로 모여들었다. 데이비드의 짙은 눈동자는 절망감으로 가득했다. 그것은 전자식

문을 열 때 쓰는 연녹색 키 카드였다. 마그네틱 선 말고는 아무것도 없었고, 붙어 있는 작은 종이에는 다음과 같이 휘갈겨져 있었다.

등대-접근 135-남서쪽/동쪽

"필체가 아몬의 필체와 같아요. 어쩌면 실험실이 등대에 있을지도……."

스티브가 애써 밝은 목소리로 말했다.

"알아볼 방법은 하나뿐이죠. 갑시다."

존이 재촉하며 말했다.

그는 여전히 화가 나 있는 것 같았다. 캐런이 바이러스에 노출된 것을 알게 된 이후 계속 같은 표정이었다. 그가 트라이스퀴드에게 달려드는 것을 목격한 뒤로 레베카는 그리피스 박사와 필히 만나면 좋겠다고 생각했다. 존이 그를 맨손으로 때려눕히는 것을 꼭 보고 싶었으니까.

데이비드가 카드를 조끼 주머니에 집어넣으며 고개를 끄덕였다. 그가 느끼고 있는 두려움과 죄책감은 마치 가면처럼 너무도 명백하게 그의 얼굴을 뒤덮고 있었다.

"좋아, 캐런……?"

캐런이 고개를 끄덕였다. 레베카는 안 그래도 창백한 피부가 이제는 밀랍을 바른 것처럼, 피부층이 투명해진 것처럼 변했다는 걸 알아차렸다. 레베카가 보고 있는 동안에도 캐런은 무심코 자신의 팔을 벅벅 긁어댔다.

"네, 괜찮아요."

캐런이 다시 한 번 고개를 끄덕이며 대답했다.

'본인이 알아야만 해. 알 권리가 있다고.'

레베카는 더 이상 지체할 수 없다는 걸 알고 있었다. 시간이 얼마 남지 않았으니 단어를 신중히 선택해야 했다. 그녀가 캐런을 바라보며 최대한 침착하게 말했다.

"캐런, 이곳에서 T-바이러스로 무슨 연구를 했는지는 모르지만 비교적 짧은 시간 내에 증세가 악화될 수 있어요. 그러니까 저한테, 우리 모두에게 신체적으로 정신적으로 어떤 상태인지 알려주는 것이 중요해요. 사소한 변화라도 우리가 알아야만 해요. 알겠죠?"

캐런이 여전히 팔을 긁으며 힘없이 미소 지었다.

"너무 두려워. 그 정도면 답변이 될까? 그리고 온몸이 가렵기 시작했어."

캐런이 붉은 눈으로 데이비드와 스티브, 그리고 존을 차례대로 바라보고는 다시 레베카에게 시선을 돌렸다.

"만약, 만약에 내가······ 이성을 잃고 행동하기 시작하면 어떻게든 해줄 거지? 내가 누군가를 해치지 않게······ 그렇게 해줄 거지?"

눈물 한 방울이 그녀의 창백한 뺨을 타고 흘렀지만 그녀는 고개를 돌리지 않았다. 그녀의 축축한 핏빛 시선은 그 어느 때보다 단호하고 강했다.

레베카가 침을 꿀꺽 삼켰다. 자신 있는 목소리로 그녀를 안심시키고 싶었지만 쉽지 않았다. 캐런의 눈에 담긴 결의와 용기가 새삼 놀라울 따름이었다. 하지만 그녀의 혈관을 따라 돌아다니고 있는

T-바이러스의 포효 아래 그 용기가 얼마나 더 버틸 수 있을까.

"그렇게 되기 전에 치료제를 찾아낼 거예요."

레베카가 대답했다. 그리고 자신의 말이 거짓이 아니기를 빌었다.

"나가자."

데이비드는 입을 굳게 다물었고 그들은 서둘러 밖으로 나갔다.

지형은 분명 북쪽을 향해 오르막으로 경사를 이루고 있었다. 하지만 E블록을 나와 만 위를 내려다보고 있는 검은 등대를 향해 이동하자 완만한 경사는 급격히 가파르게 변했다. 바위투성이 길이 급경사를 이루며 뻗어 있었는데 각도가 30도는 되는 듯했다. 덕분에 0.5킬로미터 정도는 등산하듯 올라야 했다. 데이비드는 허리와 다리에 느껴지는 묵직한 통증을 애써 무시했다. 캐런에 대해 걱정하느라, 자신의 무능력을 탓하느라, 그런 신체적 불편함을 느낄 겨를이 없었다.

괴물을 피해 바다에서 빠져나온 후로 다시 희미하게 빛나는 파도와 가까워졌다. 다른 때라면, 다른 곳이었다면 은은한 달빛과 시원한 산들바람이 상쾌하게 느껴졌을 것이다. 하지만 반짝이며 흔들리는 잔물결과 마음을 달래주는 듯한 파도의 속삭임은 마치 그들의 절망적인 상황을 조롱하는 것 같았다. 그의 머릿속을 헤집는 혼란과는 상반되는 풍경이라 차라리 쏴 죽일 트라이스쿼드라도 돌아다

넜으면, 하고 바라기까지 했다.

'그러면 최소한 이 악몽 같은 상황이 있는 그대로 느껴지겠지. 무언가 할 일이라도 생길 테고 말이야. 놈들에게 맞서 싸우고, 팀원들을 눈에 보이는 무언가로부터 지킬 수도 있을 텐데.'

그들 앞으로 점점 가파르게 올라가던 길이 동쪽으로 완만하게 휘더니 절벽을 이루며 뚝 끊겼고, 멀리 아래에서 거품을 만들며 밀려오는 파도로 이어졌다. 만 자체는 잔잔했으나 절벽에 부딪히는 파도 소리는 동굴로 가득한 높은 돌벽과 가까워질수록 점점 더 커졌다.

존이 선두를 맡고 캐런이 그 옆을, 어린 두 팀원이 그 뒤를 맡았다. 데이비드가 맨 뒤에서 움직이며 왼쪽으로 보이는 연구시설과 그의 뒤, 그리고 앞에 보이는 어두운 등대를 번갈아가며 주시했다.

등대 바로 뒤에는 기숙사로 짐작되는 길고 납작한 건물이 있었다. 건물의 크기는 그들이 조금 전에 벗어난 콘크리트 블록의 두 배는 되었다. 이제껏 엄브렐러 직원들의 생활공간은 발견하지 못했다. 그 건물은 미적인 요소는 전혀 고려하지 않고 잠을 자고 음식을 먹기 위해서 설계된 숙소의 모양새를 하고 있었다. 저곳도 확인해봐야겠지만 데이비드는 주 실험실을 찾는 데 한시도 낭비할 생각이 없었다.

거기에 생각이 미치자 지금껏 차단하기 위해 애썼던 죄책감과 불안감이 몰려왔다. 그는 효율적으로 움직여야 했다. 자신의 감정에 빠져 허우적대지 않고 최대한 빨리 팀원들을 실험실로 데려가야 했다. 하지만 그의 머릿속을 내내 맴도는 생각은 캐런 대신 자신이 감염되었다면 차라리 나았을 텐데, 하는 것이었다.

'하지만 나는 감염되지 않았잖아. 이미 캐런이 감염되었고 그런 걸 바라는 건 무의미해. 그런 생각으로는 그녀를 치료할 수도 없고 오히려 지휘 능력만 해칠 거야.'

그의 머릿속에서 조그만 목소리가 속삭였다.

데이비드는 그 목소리를 무시하고 대신 자신이 이 임무를 얼마나 형편없이 망쳤는지 생각했다. 대체 자신이 얼마나 잘났기에 엄브렐러에 맞서겠다고, 스타스의 부패를 청산하고 모두의 자긍심을 되찾아주겠다고 이렇게 나섰을까. 몇 안 되는 팀원들조차 안전하게 지키지 못하고, 비밀 작전 하나 제대로 계획하지 못하고, 심지어 속에서 들끓는 자기 회의와 죄책감조차 이겨내지 못하고 있는데.

사람의 흔적이라고는 보이지 않는 기숙사에 다다르자 존은 팀원들이 따라잡을 수 있도록 속도를 늦췄다. 데이비드는 모두가 지쳐 있다는 걸 알았다. 그래도 다행히 캐런은 아까보다 더 악화된 것 같진 않았다. 둥근 달의 은은한 빛 아래 그녀는 어딘지 모르게 연약해 보였다. 형광등 불빛 아래 죽은 듯 창백해 보였던 안색도 달빛 아래에서 보니 도자기처럼 매끈해 보이고, 붉은 눈동자는 그저 어둡게만 보였다. 사정을 몰랐다면 그녀가 멀쩡한 줄 알았을 것이다.

'하지만 사정을 너무나 잘 알잖아? 그 뽀얀 피부가 벗겨지기 시작하고 껍질처럼 일어나기까지 얼마나 남았을까? 그녀에게 무기를 맡길 수 없게 되고, 다른 이들을 공격하는 걸 막기 위해 몸을 묶어야 할 때까지 이제 얼마나……? 빌어먹을, 그만해!'

데이비드는 대원들이 잠시 숨을 돌리게 놔두고, 이제 20미터도 채 떨어져 있지 않은 등대를 살피기 위해 돌아섰다. 그러자 알 수 없는 이유로 뱃속에 돌덩이가 든 것처럼 무거워지고, 심장이 경련을 일으키는 것 같았다. 눈앞에 보이는 긴 원통형의 오래된 등대는, 낡고 어두웠으며 다른 곳들과 마찬가지로 아무도 없는 것처럼 보였다. 그 등대를 보고 있자니 파멸이 다가오고, 운명의 바퀴가 굴러오는 듯한 기분을 또 한 번 느껴야 했다.

"갑시다."

존이 씩씩하게 말했지만 데이비드가 한 손으로 그의 팔을 붙잡고 천천히 고개를 저었다.

'안전하지 않아.'

작은 목소리가 다시 말했다. 익숙하면서도 어딘지 모르게 낯설었다.

데이비드는 길을 잃은 듯, 어찌 할 바를 모르며 통제력을 잃은 채 그 높은 등대를 올려다보았다. 바람이 그들을 스쳐 지나가고 파도가 절벽에 부딪혔다. 그들은 귀중한 시간을 낭비하고 있었다. 위험하지만 들어가야 했다. 이대로 있을 수는 없었다.

그리고 그 순간, 데이비드는 돌연 깨달았다. 지금까지 무엇이 잘못되어 있었는지. 그것은 그의 무능력 때문이 아니었다. 생각하고, 계획하고, 싸우는 능력의 문제도 아니었다. 그보다 훨씬 더 심각한 것, 그가 죄책감에 휩싸여 있지만 않았다면 진작 깨달았을 것이다.

'내 직감을 믿지 않았어. 스타스의 든든한 지원이 사라진 후 그 목소리에 귀를 기울이는 걸 잊었던 거야. 실수를 할까봐 겁에 질리고, 무엇을 해야 할지 파악하는 능력을 잃었던 거라고. 두려움이 닥칠 때마다 모른 척 억지로 돌파하면서 애써 무시했어. 그러면서 그 두려움을 더욱 단단하게 만들어버린 거야.'

짧은 시간 동안 그의 지친 머릿속에서 회의의 그림자가 걷히는 것을 느꼈다. 죄책감도 서서히 물러나 뚜렷한 사고가 가능하게 되었다. 그러자 머릿속의 작은 목소리가 잠시 잊고 있었던 강력한 힘을 되찾았다.

'안전하지 않아. 그러니 빠르게 문을 통과해야겠지. 둘은 아래를, 나머지는 위를 맡아 밖에서 엄호해야 해.'

이 모든 생각이 순식간에 이루어졌다. 데이비드는 자신을 지켜보고 있는, 이끌어주기를 기다리는 팀원들을 둘러보았다. 그리고 마침내 자신에게 그럴 능력이 있음을 확신했다.

"함정 같아. 존과 나는 낮게 들어가고, 내가 서쪽을 맡겠다. 레베카는 스티브와 함께 문 양쪽에 서서 안에 보이는 건 죄다 쏴버리도록. 우리가 안전하다고 판단할 때까지 계속 쏘는 거다. 유감스럽지만 캐런은 이번에 빠진다."

모두가 고개를 끄덕인 후 등대를 둘러싼 불길해 보이는 짙은 그림자를 향해 출발했다. 선두로 나선 데이비드는 자신이 쓸모 있는 존재라고 느껴졌다. 운명의 바퀴가 너무 거대하고 너무 빨리 돌아가서 어쩌면 벗어날 수 없을지도 모른다. 하지만 싸워보지도 않고 그대로 그들을 깔아뭉개도록 놔둘 생각은 없었다.

캐런은 그 정도의 대접은 받을 자격이 충분했다. 그들 모두 그만한 자격은 있지 않은가.

그들이 각자의 위치로 이동하는 동안 캐런은 뒤에 남아 등대 뒤 커다란 건물 뒷벽에 기대어 섰다. 언덕을 올라오느라 숨이 찼다. 숨도 차고, 기분도 이상하고, 머릿속에서는 웅웅거리는 소리가 이어져 정신을 집중할 수 없었다.

'병이 점점 악화되는 거지. 더 아파질 거야. 그것도 빠르게.'

두려웠지만 이상하게도 처음만큼 두렵지는 않았다. 아니, 사실 그렇게 많이 무섭지 않았다. 처음의 충격이 사라지자 아드레날린이 빠르게 솟구쳤던 기억만 조금 남았다. 악몽의 잔상처럼. 가려움 때문에 정신을 집중하기 어려웠지만 이제 그것은 엄밀히 말해 가려움이 아니었다. 조금 전까지만 해도 백만 마리의 벌레가 온몸을 물어대는 것처럼 각각의 부위가 가렵고 여기저기서 긁어달라고 아우성을 쳤다면, 이제는 그것이 서로 연결된 느낌이었다.

그게 이 느낌을 설명할 수 있는 유일한 방법이다. 가려움이 서로 연결되어, 몸 전체를 덮고서 꿈틀거리고 꼼지락대는 두꺼운 담요처럼 느껴졌다. 마치 피부가 독립적인 생명을 얻어 스스로를 긁어대는 느낌이랄까. 정말 이상했지만 그렇다고 완전히 불쾌한 것만도 아니었다.

"지금!"

데이비드의 목소리에 캐런은 자신 앞에 펼쳐지는 빠른 움직임에 정신을 집중했다. 하지만 머릿속에서 들리는 웅웅거리는 소리 때문에 모든 게 필름을 빠르게 돌린 것처럼 기이하게 보였다. 등대로 들어가는 문이 벌컥 열리고, 데이비드와 존이 어둠 속으로 뛰어들었다. 그러자 번쩍이는 섬광과 함께 등대 안쪽에서 M-16의 요란한 총성이 들려왔다. 스티브와 레베카가 문가에서 안으로 들어갔다, 나왔다를 반복하며 총을 발포했다. 빠른 움직임에 그들의 몸이 흐릿하게 보였고, 베레타는 마치 검은 새처럼 춤을 췄다.

모든 일이 너무 순식간에 일어나 멈출 때까지 아주 오랜 시간이 걸리는 것 같았다. 캐런은 얼굴을 찌푸리며 생각했다. 어떻게 이런 일이 있을 수 있지…….

그리고 다음 순간, 데이비드와 존이 푸른 달빛 아래로 나온 것을 보았다. 그러자 그들을 보게 되어 기쁘다는 것을 깨달았다. 그들의 얼굴이 기이하게 왜곡되어 있었고, 길게 늘어진 몸이 너무 빠르게 움직이긴 했지만.

'내게 무슨 일이 일어나고 있는 거지…….'

캐런이 머리를 흔들었지만 머릿속의 소음은 더 커지기만 했다. 그리고 다시 두려워졌다. 데이비드, 존, 스티브와 레베카가 자신을 버리고 갈까봐 두려웠다. 그들이 자신을 버리고 가면 아무도 자신의 불안을 덜어주지 않을 것 같았다. 그건 싫었다.

데이비드가 축축이 젖은 새빨간 체리 같은 눈으로 그녀를 바라보며 물었다.

"캐런, 괜찮아?"

그의 날카로운 얼굴에 담긴 걱정스러운 표정과 부드러운 목소리에 캐런은 다시 기분이 좋아졌다. 그리고 그들에게 진실을 말해주어야 한다는 걸 깨달았다. 그녀는 필사적으로 말을 하려고 애썼다. 벌레가 기어 다니는 듯한 몸과 웅웅대는 머리 밖으로 그녀의 목소리가 흘러나왔고, 그것은 바람 소리만큼이나 그녀 자신에게도 이상하게 들렸다.

"점점 더 심해지고 있어요. 제대로 생각할 수가 없어요. 대장, 날 버리지 말아요."

존과 레베카, 그들의 뜨거운 손이 그녀를 만지며 열린 문의 어둠 속으로 데리고 갔다. 몸은 제대로 움직였지만 생각은 웅웅거리는 잡음 때문에 점점 더 흐려지기만 했다. 그들에게 말하고 싶은 게 있었지만 그것은 마치 반짝이는 예쁜 그림 속을 떠다니는 구름처럼 머릿속을 둥둥 떠다니기만 했다.

그들이 데리고 간 건물은 어둡고 더웠다. 바닥에는 자동소총을 든 시체 한 구가 쓰러져 있었다. 그의 얼굴이 보였다. 전혀 이상하지 않았다. 하얗고, 또 하얗고, 휘어졌고, 웅웅대는 소리와 기어 다니는 질감이 느껴졌다. 그 얼굴이야말로 그녀 눈에는 멀쩡해 보이는 얼굴이었다.

"문은 제가 열죠. 1-3-5."

스티브가 올려다보며 씩 웃자 하얀 치아가 보였다. 열린 입구 옆에 키패드가 있었고, 아래로 내려가는 계단이 보였다. 스티브의 치아가 사라졌다. 그의 납작한 얼굴은 우글쭈글했다.

"캐런."

"서둘러야 해요."

"조금만 참아, 조금만. 이제 금방이야."

캐런은 그들이 자신을 부축하도록 놔두었다. 왜 그들의 얼굴이 그리도 이상하게 보이는지, 왜 그들에게서 그리도 따끈하고 맛있는 냄새가 나는지 궁금했다.

제14장

에이든스가 실패했다.

그리피스 박사는 에이든스를 저주하고, 라일 아몬을 저주하고, 자신의 불운을 저주하며 문 옆에 부착된 깜빡이는 흰색 불빛을 노려보았다. 에이든스에게 다시 돌아오는 방법을 알려주지 않았으니 그건 곧 침입자들이 그가 지키던 길목을 통과했다는 뜻이리라. 아몬이 그들에게 메시지를 남겼든 보냈든, 그건 중요하지 않았다. 중요한 건 그들이 오고 있다는 것이고, 그건 곧 그들이 키 카드를 가지고 있다는 뜻이다. 몇 주 전에 시설 내 표지판을 다 뜯어냈는데. 혹시 지도 같은 걸 가지고 있는지도 모른다. 그렇다면 놈들이 그를 찾아내어……

'겁먹지 마, 그럴 필요 없어. 대비를 다 해뒀잖아? 다음 계획으로 넘어가면 돼. 우선 놈들을 갈라놓으면 일석이조지. 화력이 줄어들고 나중에 미끼로 쓸 수도 있으니까. 그리고 키니슨이 얼마나 임무를 잘 수행하는지 확인해볼 수 있는 기회이기도 하고.'

그리피스가 키니슨 박사를 향해 빠르게 말했다. 지시 사항은 최대한 명확하고 단순하게, 가는 길은 아주 쉽게 설명했다. 그들이 물어볼 가능성이 높은 질문도 미리 준비해두었다. 또한 침입자들이 더 많은 정보를 물어볼 경우를 대비해 몇 가지 문장을 더 알려주었다. 그다음 친 박사의 책상 서랍에서 꺼낸 작은 반자동 권총을 내주고는, 키니슨 박사가 권총을 실험실 가운 아래에 보이지 않게 잘 숨기는 것을 지켜보았다. 총알은 없었지만 공이를 뒤로 당기지 않는 한 빈총임을 알아챌 수 없을 것이다. 또한 키니슨에게 자신의 키 카드를 주었다. 분명 위험한 일이지만 사실 따지고 보면 시나리오 전체가 위험 요소로 가득하지 않은가. 세상의 운명이 자신의 두 손에 놓인 지금, 필요하다면 그 정도 위험부담은 기꺼이 감수해야 했다.

키니슨이 나간 뒤 그리피스는 의자에 앉아 조금 기다리기로 했다. 그의 시선이 기대감을 감추지 못하고 여섯 개의 스테인리스 가압캔으로 향했다. 계획은 실패하지 않을 것이다. 이렇게 의로운 임무를 수행하는 자신을 침입자들 따위가 결코 막을 수 있을 리 없었다. 키니슨이 들통 난다 해도 Ma7들이 남아 있고, 루이스 서먼도 있고, 주사기와 은신처도 있으며 에어로크 조작 장치도 손에 닿는 곳에 있었다.

이 상황만 지나면 일출이 그를 기다리고 있다. 그리피스 박사는 행복한 미소를 지었다.

캐런은 아직 걸을 수 있었고, 팀원들의 대화 중 일부는 이해하는 것 같았다. 하지만 그녀가 겨우 내뱉은 몇 안 되는 단어들은 의미가 전혀 통하지 않았다. 계단을 내려가는 동안 그녀는 '따끈따끈'이라는 말을 두 번 중얼거렸다. 계단을 다 내려와 넓고 축축한 터널에 들어섰을 때는 '하고 싶지 않아'라고 말했는데, 그때 그녀의 창백한 얼굴에는 정답을 찾는 듯한 초조함과 두려움이 어려 있었다. 백신을 찾아내더라도 이미 늦은 게 아닐까, 레베카는 덜컥 겁이 났다.

모든 일이 너무 급작스럽게 벌어지는 바람에 그녀는 아직도 받아들이기가 힘들었다. 등대의 어둠 속에서 한 남자가 그들을 기다리고 있었다. 데이비드가 예상한 함정이었다. 그들이 안으로 들어서자마자 남자는 구불구불한 금속 계단 아래의 그림자 속에서 문을 향해 자동소총을 난사했다. 하지만 데이비드의 계획 덕분에 상황은 몇 초만에 종료되었다. 스티브가 문을 발견해 비밀번호를 입력하는 동안 레베카와 존은 자신들을 공격했던 남자를 살펴보았다. 존의 손전등에 비춰진 그 남자는 바이러스에 감염되어 있었다. 백지장 같은 흰 피부는 벗겨지고, 언뜻 깊은 주름처럼 보이는 기이한 선들로 주름이 잡혀 있었다. 이제껏 본 트라이스쿼드와는 어딘가 모르게 달라 보였다. 부패가 덜했고, 멍하게 벌어진 두 눈은 조금이나마 멀쩡한 사람처럼 보였다. 하지만 그때 데이비드가 캐런을 데리러 가는 바람에 레베카의 관심은 캐런을 향할 수밖에 없었다.

경사진 언덕을 올라온 탓에 증상이 한층 더 악화된 것이 분명했다. 바이러스 증식을 더욱 가속화시킨 원인으로 그것 말고는 다른 것을 떠올릴 수 없었다. 심박 수와 혈액순환 증가라는 생리적 변화에 T-바이러스가 반응한 것이 틀림없었다. 하지만 레베카는 비틀거리는 캐런을 등대 안으로 데리고 들어오면서 깨달았다. 더 이상 '어떻게'는 중요한 것이 아니라는 사실을. 그녀가 원하는 건 어서 빨리 실험실을 찾아내 캐런의 온전한 정신을 최대한 되살리는 것뿐이다.

절벽의 석회암을 깎아내 만든 등대 아래 터널은 구불구불 이어지며 연구시설 쪽으로 되돌아가는 것 같았다. 광산에서 쓰이는 조명이 벽을 따라 걸려 있어 전진하는 그들 뒤로 기이한 형태의 그림자를 만들었다. 두려움과 근심으로 침묵을 지키며 존과 스티브가 캐런을 반쯤 끌다시피 부축했고, 레베카는 대열의 마지막에 섰다. 비틀비틀 뛰어가다 보니 스펜서 저택 지하의 터널이 떠올라 끔찍한 기시감이 느껴졌다. 축축한 냉기가 돌벽에서 배어나왔고, 알지 못하는 위험을 향해 움직이는 이 똑같은 상황이 두려웠다. 무척 피곤하기도 했고, 일을 망칠까봐, 끔찍한 재앙을 막지 못할까봐 두렵기도 했다.

'끔찍한 재앙은 이미 일어났잖아. 캐런이 죽어가고 있어. 한 시간 뒤 아니, 그보다 짧은 시간 안에 그녀는 돌이키기 힘든 지경이 될 거야.'

레베카가 걷는 것조차 힘들어 하는 캐런을 바라봤다.

존과 스티브가 그렇게 밀착한 채 캐런을 부축하는 모습이 염려스러웠다. 한순간의 움직임만으로도 캐런은 둘 중 한 명을 손쉽게 공격할 수 있다. 아마 그들은 팔을 놓기도 전에 물어뜯길 것이다. 그런 생각만으로도 그녀는 슬픔과 괴로움, 지독한 상실감에 몸서리가 쳐졌다.

터널이 왼쪽으로 휘어졌다. 레베카는 바다에 아주 가까워졌음을 알 수 있었다. 벽 너머에서 들리는 낮은 굉음에 벽이 부르르 떨리는 것 같았고, 축축한 비린내가 공기 중을 가득 채웠다. 바닥의 일부는 인간이 만들었다고 보기에는 너무 매끄러웠다. 위쪽 어딘가에 구멍이 있다면 한때 바닷물이 밀려 들어오지 않았을까, 하고 레베카는 문득 생각했다.

"이런 제길, 망할."

데이비드가 나지막이 욕설을 내뱉었다.

레베카가 위를 올려다보았다. 앞에 무엇이 있는지를 본 순간, 그녀는 캐런을 향한 마지막 희망의 불꽃이 꺼지는 것을 느꼈다.

'절대 제시간에 백신을 찾아내지 못할 거야.'

데이비드가 멈춰 선 곳 앞에는 터널이 넓어지면서 무려 다섯 개의 작은 터널로 갈라져 있었던 것이다. 그리고 각각의 터널은 조금씩 다른 방향으로 휘어져 있었다.

"어느 쪽이 남서쪽이지?"

존이 다급히 물었다. 그에게 기댄 캐런이 고개를 앞으로 떨어뜨린 채 흔들고 있었다.

데이비드의 목소리는 여전히 화가 나 있었다. 분노와 불안에 높아진 그의 목소리가 메아리쳐 다섯 개의 터널을 따라 울려 퍼지다가 다시 넓은 동굴로 돌아왔다.

"모르겠어. 이미 남서쪽을 향해 가고 있다고 생각했는데. 이중에 어떤 터널을 택해야 하는지 알 수가 없어. 힌트의 마지막에 나온 것처럼 동쪽으로 향한 터널도 없고."

그들은 거칠게 깎아 만든 넓은 공간 안으로 들어가 그곳에서부터 뻗어나간 매끄러운 작은 터널들을 무력하게 바라보았다. 동굴마다 달린 조명이 휘어진 모퉁이 너머로 사라졌다. 동굴은 물에 침식된 것이 분명했다. 데이비드가 처음에 찾으려고 했던 바다 동굴과 연결되어 있는지도 모른다. 그 터널들은 지금 그들이 서 있는 곳만큼 넓진 않았지만 사람이 충분히 지나다닐 정도였으며, 높이는 최소 3미터 정도 되었다. 그중 어떤 것이 실험실로 이어지는 터널인지 알아낼 방법이 없었다.

'아니, 이중에 실험실로 이어지는 터널이 있기는 한 건지, 그것조차 모르잖아.'

"이 터널들 중에 동쪽으로 가는 게 없다면 남서쪽으로 갈 가능성이 가장 높아 보이는 길을 선택해야 해요. 게다가 이곳에서 동쪽이라면 바닷속이라고요."

스티브가 빠르게 말했다.

그때 캐런이 알아들을 수 없는 말을 중얼거리자 레베카는 걱정스러운 얼굴로 그녀의 상태를 확인하기 위해 앞으로 나섰다. 존과 스티브가 붙들고 있긴 했지만 아직은 혼자 서 있는 게 가능한 것 같았다.

레베카가 그녀의 축축한 이마를 만지자 초점 없이 움직이던 캐런의 두 눈이 그녀에게 고정되었다. 눈동자는 유리알처럼 번들거리고 붉었으며 동공이 팽창되어 있었다.

"캐런, 어때요?"

레베카가 조심스레 묻자 캐런이 천천히 눈을 깜빡였다.

"목말라."

그녀가 속삭였다. 목소리는 가래가 끓는 듯 축축했다.

'아직 반응은 있어. 정말 다행이야.'

레베카가 캐런의 목을 가볍게 만지자 손가락 아래에서 빠르고 가느다란 맥박이 느껴졌다. 확실히 아까보다 빨라졌다. 바이러스가 어떤 작용을 하는지는 몰라도 캐런의 몸이 결코 오래 버텨내진 못할 것이다.

레베카가 돌아섰다. 갑자기 절망적인 분노가 솟구쳐 누군가에게 뭐라도 해보라고 악을 쓰고 싶었다.

그 순간, 다급히 달려오는 발소리가 들렸다. 앞에 보이는 터널들 중 한 곳에서였다. 그녀는 베레타를 황급히 손에 쥐었고, 스티브가 캐런을 붙들자 존과 데이비드도 총을 꺼내 들었다.

'어느 쪽이지? 어디에서 들리는 거야? 그리피스? 그리피스일까?'

소리는 원을 그리며 사방에서 한꺼번에 들려오는 것 같았다. 다음 순간, 레베카는 한 남자를 보았다. 오른쪽 두 번째 터널에서 막 모퉁이를 돌아 나오는 남자를. 비틀거리는 모양새, 펄럭이는 더러운 실험실 가운…….

그리고 남자도 그들을 보았다. 15미터 떨어진 거리에서도 그의 얼굴을 스치는 놀라움과 극도의 기쁨을 알아볼 수 있었다. 남자가 그들을 향해 달려왔다. 그의 짧은 갈색 머리는 엉망으로 헝클어져 있었고 눈은 퀭하고 입술은 떨렸다. 무기를 들진 않았지만 레베카는 베레타를 든 손을 내리지 않았다.

"오! 하느님, 감사합니다. 감사합니다! 도와주세요! 서먼 박사가 미쳤어요. 당장 여기를 빠져나가야 해요!"

그는 비틀거리며 터널을 빠져나와 데이비드의 품으로 달려들다시피 했다. 자신을 향해 겨누고 있는 권총은 눈에 보이지도 않는 듯, 자기 할 말만 정신없이 쏟아냈다.

"가야 해요. 보트가 있어요. 그가 우릴 다 죽이기 전에 여길 빠져나가야 해요!"

뒤를 힐끗 돌아본 데이비드는 레베카와 존이 여전히 자신을 엄호하고 있음을 확인했다. 그는 베레타를 옆구리에 찬 총집에 집어넣은 뒤 한 걸음 다가서서 그 남자의 팔을 붙잡았다.

"자, 진정하십시오. 누구시죠? 여기서 일합니까?"

"앨런 키니슨이라고 합니다. 서먼이 날 실험실에 가뒀는데, 당신들이 오는 걸 알고 당황한 사이에 겨우 빠져나왔어요. 그는 미쳤어요. 얼른 보트로 갑시다. 거기 무전기가 있어요. 도움을 청할 수 있다고요!"

그가 숨을 헐떡이며 말했다.

'실험실!'

"실험실은 어느 쪽입니까?"

데이비드가 다급히 물었지만 키니슨은 그의 물음을 듣지 못한 것 같았다. 서먼이 무슨 짓을 할지 몰라 두려운 나머지 제정신이 아닌 듯했다.

"보트에 무전기가 있어요. 도움을 청하고 도망칠 수 있다고요!"

"실험실은요? 내 말 잘 들으십시오. 지금 거기에서 오는 길입니까?"

데이비드가 재차 묻자 키니슨이 고개를 돌리더니 그가 방금 지나온 터널의 옆 터널, 그러니까 가운데 있는 터널을 가리켰다.

"실험실은 저쪽이에요."

그러더니 자신이 온 길을 다시 가리켰다.

"보트가 있는 쪽은 저쪽이고요. 이 터널은 미로 같아요."

키니슨은 터널이 있는 쪽을 가리키며 조금은 진정된 것 같았으나 그들에게로 고개를 돌리자 다시 흥분한 표정으로 바뀌었다. 처음 봤을 때는 삼십 대 중반으로 보였으나 데이비드는 그의 눈가와 입가에 깊은 주름을 보고 그의 나이가 생각보다 많을 것이라 짐작했다. 누구든, 몇 살이든 간에 그는 제정신을 차릴 수 없을 정도로 겁에 질려 있었다.

"보트에 무전기가 있어요. 도움을 청하고 도망칠 수 있다고요!"

빠르게 뛰는 심장박동에 맞춰 데이비드의 생각도 빠르게 움직였다. 이건 그들이 기다리던 기회였다.

'실험실로 가서 그 서먼이라는 작자가 백신을 내놓게 한 다음 여기서 빠져나가는 거야. 누군가 더 다치기 전에.'

고개를 돌려 다른 대원들을 둘러보았다. 그들 역시 희망에 찬 표정으로 데이비드를 보고 있었고, 존과 스티브는 재빨리 고개를 끄덕였다. 하지만 레베카는 그들만큼 달가워하지 않는 것 같았다. 데이비드에게 잠시 이리 오라는 듯 그녀가 고갯짓을 했다.

"잠시 실례합니다."

데이비드는 내키지 않았지만 예의바르게 말했다. 어쨌거나 키니슨은 트렌트가 준 명단에 있는 연구원들 중 한 명이다.

"서둘러야 해요!"

키니슨이 소리쳤지만 대원들을 향해 걸어가는 데이비드를 따라오진 않았다. 네 명이 이야기를 하기 위해 머리를 맞댔고, 캐런은 스티브의 팔에 기대어 있었다.

레베카의 낮은 목소리는 걱정으로 가득했다.

"데이비드, 그리피스가 아니 서먼이 실험실에 있다면 캐런을 데려갈 수 없어요. 총격전이라도 벌어지면 어떻게 해요?"

존이 제정신이 아닌 듯한 키니슨을 힐끗 쳐다보며 고개를 끄덕였다.

"저 사람을 혼자 놔둬서도 안 된다고 봐요. 자기 혼자 보트를 타고 달아날지도 모르잖아요."

데이비드가 생각에 잠긴 채 미간을 찌푸렸다. 사격 실력은 스티브가 더 나았지만 존은 힘이 셌다. 무력을 써서 서먼으로부터 T-바이러스 백신을 빼앗아야 한다면 존이 더 나을 것이다.

"그럼 두 팀으로 갈라진다. 스티브는 캐런을 데리고 보트로 가되, 키니슨을 주시하도록. 우리는 실험실로 가서 필요한 걸 찾은 다음,

다시 만난다. 동의하나?"

긴장된 고갯짓이 오간 후, 데이비드가 돌아서서 키니슨을 불렀다.

"우리는 실험실로 가야 하는데 대원 중 한 명의 몸 상태가 좋지 않습니다. 캐런과 스티브, 이 두 사람과 함께 먼저 보트로 가서 우리를 기다려주면 좋겠는데요."

그러자 키니슨의 눈이 찰나의 순간 멍하게 흐려졌다. 그 기이하고 공허한 눈빛은 잠시 나타났다가 순식간에 사라져 데이비드는 자신이 본 걸 확신할 수 없었다.

"서둘러야 해요."

키니슨은 재빨리 말하고는 몸을 돌려 자신이 방금 지나온 통로를 따라 빠른 걸음으로 되돌아가기 시작했다.

데이비드는 빠른 속도로 사라지는 키니슨의 등을 노려보며 갑작스레 의구심이 들었다. 그의 더러운 실험실 가운이 등 뒤에서 펄럭였다.

'우리가 누군지 묻지도 않았잖아.'

스티브와 캐런이 키니슨의 뒤를 따라 좁은 터널로 들어서자 데이비드가 스티브의 팔을 붙잡고 나지막이 말했다.

"그를 잘 지켜봐, 스티브. 우리도 최대한 빨리 돌아오겠다."

스티브가 고개를 끄덕이고는 키니슨 박사의 뒤를 서둘러 쫓았다. 캐런도 그의 옆에서 비틀거리며 따라갔다.

존과 레베카는 여전히 권총을 손에 든 채 가운데 터널 앞에서 대기하고 있었다. 밖에서 낮은 천둥소리 같은 것이 들려오고 동굴 전체가 부르르 흔들렸다.

세 사람은 피로에 지친 듯 아무 말도 없었지만 어두운 터널을 따라 걷는 발걸음이 결의에 차 있었다. 이제 곧 캘리밴 코브의 수많은 비극을 일으킨 장본인, 그 괴물을 마주할 시간이었다.

///

첫 번째 모퉁이를 따라 돌았다. 캐런은 땀을 흘리는 차디찬 손으로 스티브의 어깨에 매달려 있었고, 키니슨은 100미터는 족히 떨어져 있는 모퉁이를 하나 더 돌았다. 펄럭이는 흰색 가운과 검정색 구두 뒤축이 살짝 보이더니 이내 시야에서 사라졌다. 뚜벅거리는 발소리가 점점 더 멀어졌다.

'이것 참 잘됐군. 정신 나간 과학자 양반께서는 뭐가 그리 바쁘신지. 망할 바다 동굴 미로에서 길을 잃게 생겼어.'

그때 캐런이 고통스러운 듯 낮게 신음을 흘리자 스티브는 뱃속에 있는 딱딱한 덩어리가 더 단단히 뭉치는 듯한 기분을 느꼈다. 길을 잃을까 걱정하는 마음은 캐런을 걱정하는 마음과 비교조차 할 수 없었다. 그녀는 점점 더 몸을 가누지 못했고, 축축한 석회암 바닥에 발이 질질 끌렸다.

'대장, 존, 레베카, 제발 서둘러요. 캐런이 더 이상 악화되지 않도록.'

스티브는 그녀를 부축하며 최대한 빠르게 움직였다. 키니슨을 따라잡아야 한다는 사실에 신경이 쓰였고, 다른 대원들이 위험에 처하진 않을까 불안했으며, 지금 자신에게 매달려 있는 캐런이 극도로 걱정되었다. 레베카와 만난 걸 제외하면 정말이지 인생 최악의 날이었다. 스타스에 들어온 지 1년 반밖에 되지 않았고, 전에도 위험한 상황에 처해본 적은 있었지만 고무보트가 뒤집힌 이후 지금까지 단 몇 시간 동안 겪은 일에 비하면 아무것도 아니었다.

'바다 괴물, 총 든 좀비들, 이젠 캐런까지. 똑똑하고 냉철한 캐런이 판단력을 잃어가다니. 어쩌면 놈들처럼 변할지도 몰라. 조금만 더 버티면 이곳을 벗어날 수 있겠지만 그래도 너무 늦은 게 아닐까.'

다음 모퉁이에 다다르자 스티브는 키니슨의 발소리가 더 이상 들리지 않는다는 것을 깨달았다. 그는 힘들게 모퉁이를 돌았다. 그 정신 나간 과학자한테 조금만 기다려달라고, 너무 앞서가지 말라고 소리쳐야 하지 않을까, 하고 생각하던 찰나 그는 우뚝 멈춰 서고 말았다.

키니슨이 소구경 반자동 권총을 든 채 2미터 떨어진 곳에 서 있었다. 그의 얼굴과 눈은 마네킹처럼 공허하고 생명력이 없었다. 그가 다가와 작은 총구를 스티브의 배에 대고 세게 꾹 누르더니, 총집에서 그의 베레타를 끄집어낸 다음 다시 뒤로 물러섰다. 키니슨은 표정 없는 얼굴로 총 두 자루를 든 채 한쪽 옆으로 물러서서 스티브에게 앞으로 다가오라는 손짓을 했다.

'그를 잘 지켜봐, 스티브.'

스티브는 캐런을 부축한 채 시간을 끌 수 있는 방법을, 그를 설득할 수 있는 방법을 떠올리려 애썼다. 머릿속에서는 시키는 대로 하라고, 총에 맞고 싶지 않으면 허튼짓하지 말라고 아우성을 치는 동안 잔뜩 긴장한 몸은 금방이라도 앞으로 튕겨 나갈 것만 같았다.

'그럼 캐런한테 무슨 일이 일어나겠어?'

"나와 함께 실험실로 가자. 안 그러면 죽이겠다."

키니슨이 단조로운 어조로 말했다.

차갑도록 무표정한 얼굴의 남자에게서 나오는 목소리는 컴퓨터의 굴곡 없는 음성과 다르지 않았다. 갑자기 키니슨 박사가 온전한 사람처럼 보이지 않았다.

"여기서 네놈들이 무슨 짓을 했는지 다 알고 있어. 망할 트라이스쿼드에 대해서도, T-바이러스에 대해서도 다 알아. 혹시라도 이대로 빠져나갈 수 있다고 생각한다면……."

"나와 함께 실험실로 가자. 안 그러면 죽이겠다."

스티브는 무력감과 함께 몸이 떨리는 것을 느꼈다. 키니슨의 어조와 시선은 변화도 감정도 없었다. 스티브는 그제야 그의 주름살을 알아보았다. 그의 차가운 갈색 눈에서 거미줄처럼 뻗어 나온 깊은 주름이 표정이라고는 없는 입가까지 이어져 있었다.

'오, 하느님.'

"나와 함께 실험실로 가자. 안 그러면 죽이겠다."

그가 다시 반복했다. 그리고 이번에는 권총 두 자루를 모두 들어 올리더니 축 늘어져 있는 캐런의 머리를 겨누었다.

스티브는 그녀가 죽어가고 있다는 걸 알고 있었다. 이 밤이 지나기 전에 그녀가 바이러스에 굴복하여 끔찍한 괴물로 변하리라는 것도.

'그래도 할 수 있는 한 캐런을 보호해야 해. 내 목숨 건지겠다고

그녀를 희생시킬 수는 없어. 치료될 수 있는 일말의 희망이라도 있다면 말이야.'

결코 캐런을 포기하지 않을 것이다. 설사 그로 인해 자신의 목숨을 잃게 되더라도 말이다.

스티브는 캐런을 부축한 손에 더욱 힘을 주며 놈을 따라 걷기 시작했다.

///

충분한 시간이 흘렀다. 침입자들이 계획대로 따라주었다면 지금쯤 두 팀으로 나뉘어서 몇 명은 실험실로 가는 길인 줄 알고 Ma7 우리로 향하고 있을 테고, 몇 명은 선량한 키니슨 박사를 따라 실험실로 오고 있을 터였다. 키니슨이 실패했다 하더라도 최소한 침입자들이 동굴에 머물도록 시간을 끌었을 것이다. 어쨌거나 이제 시간이 되었다.

그리피스는 Ma7이 갇혀 있는 우리를 조작하는 원격 제어장치를 눌렀다. 침입자들의 표정을 볼 수 있다면 얼마나 재미있을까. 아쉬운 생각이 들었다. 붉은빛이 녹색으로 바뀌었다. Ma7의 우리 문이 완전히 열렸다는 뜻이다.

구경을 못하더라도 괜찮다. 놈들이 죽어주기만 한다면.

제15장

구불구불 이어지는 터널은 영영 끝나지 않을 것 같았다. 레베카는 모퉁이를 하나 돌 때마다 감춰진 문과 함께 키 카드를 사용할 수 있는 단말기가 나타나기를 기대했다. 하지만 모퉁이는 계속해서 나왔고, 천장에 달린 조명은 기다란 터널을 따라 끝없이 이어졌다. 문 같은 건 보이지 않는 텅 빈 구간이 계속해서 이어졌다. 레베카는 이제 문이 나타나기를 바라지도 않았다. 엉뚱한 길로 온 것이 분명하다는 불안감을 잠재워줄 수 있는 것이라면 무엇이든 좋았다. 표지판이든 벽에 칠해진 화살표든 아니면 분필 자국이든.

'도덕적인 엄브렐러 연구원이 설마 거짓말을 했겠어? 그런 말도 안 되는 생각은 그만둬!'

머릿속에서 피로에 지친 빈정거리는 목소리가 들려왔다. 키니슨은 어딘가 이상하긴 했지만 분명 발작 수준에 가까울 정도로 겁에 질려 있었다. 공황 상태에서 엉뚱한 길을 가르쳐준 건 아닐까? 아니면 실험실이 생각보다 훨씬 더 깊이 숨겨져 있는 걸까?

'그것도 아니면 그가 일부러 우릴 엉뚱한 곳으로, 막다른 길이나 함정 같은 곳으로 보낸 걸까? 우리가 이쪽에서 옴짝달싹 못하는 동안 무슨 짓을 하려고?'

혹시 스티브와 캐런에게 무슨 짓을 하려는 건 아닐까? 그 생각은 함정으로 가고 있다는 생각보다 더 무서웠다. 캐런은 병세가 심각해서 자신을 방어할 수 없는 상태였고 스티브는…….

'아니, 스티브는 괜찮을 거야. 눈 깜빡할 사이에 키니슨을 제압할 수 있어.'

하지만 문제는 캐런이 그와 함께 있다는 사실이었다. 병세가 점점 악화되고 있는, 똑바로 서 있는 것조차 힘든 캐런이.

달리는 속도가 점차 떨어졌다. 데이비드와 존 두 사람 다 숨을 몰아쉬면서 지친 얼굴을 잔뜩 찌푸리고 있었다. 데이비드가 한 손을 들어 그들을 멈춰 세웠다.

"이 길이 아닌 것 같다. 지금쯤이면 뭔가가 보였어야 해. 그리고 키 카드에 붙어 있던 종이에 남서쪽, 동쪽이라고 되어 있었잖아. 확실치는 않지만 마지막 모퉁이를 돈 이후 서쪽으로 향하고 있는 것 같다."

존이 고개를 끄덕였다. 그의 짧은 머리가 땀으로 번들거렸다.

"어느 쪽으로 가고 있는지는 몰라도 그 키니슨이라는 작자를 믿을 수 없다는 것만은 확실합니다. 엄브렐러 밑에서 일하고 있는 놈이잖아요!"

"저도 동의해요. 돌아가야 할 것 같아요. 어서 실험실로 가야 해요. 이러다간……."

철그렁!

그들이 멈칫한 채 서로를 쳐다보았다. 끝없이 이어진 터널 저 끝 어딘가에서 금속으로 만들어진 무언가가 움직였다.

"실험실 아닐까요? 혹시……?"

레베카가 희망에 차 말했다.

그때 낮고 기이한 소리가 그녀의 말을 끊었다. 말소리가 잦아드는 와중에도 소음은 점점 더 커졌다. 그건 들어본 적이 없는 소리였다. 개의 하울링과 음정이 맞지 않는 휘파람 소리, 갓 태어난 아기가 악을 쓰며 울어대는 소리가 합쳐진 것 같았다. 끔찍한 소리가 터널을 따라 커졌다 작아졌다를 반복하더니, 마침내 애절하고 기괴한 비명을 내질렀다. 거기에 정체 모를 잡음들까지 더해졌다.

레베카는 돌연 소리의 근원을 확인하고 싶지 않다는 생각이 들었다. 뒤로 물러서기 시작하는 데이비드의 얼굴 역시 창백하게 질려 있었다.

"달려."

데이비드는 앞에 보이는 통로를 향해 베레타를 겨냥하고서 두 사람을 먼저 보낸 뒤 재빨리 뒤따랐다.

레베카는 아드레날린이 분비되면서 놀라운 에너지가 솟구치는 것을 느꼈다. 그들을 쫓아오는 알 수 없는 존재의 기괴한 비명에서 벗어나기 위해 그녀는 날듯이 어두운 터널을 달렸다. 존은 그녀의 앞에 있었다. 그의 우람한 팔과 다리가 펌프질하듯 움직였고, 바로 뒤에서는 데이비드의 거친 발소리가 들려왔다.

울부짖는 소리가 점점 더 커졌다. 달리는 발아래로 돌바닥이 가볍게 진동하는 것을 느낄 수 있었다. 비명을 지르는 놈들의 묵직하고 빠른 발소리가 천둥처럼 그들을 따라오고 있었다.

'안 되겠어.'

따라잡히고 말 것이라는 두려움을 느낀 순간, 데이비드가 헐떡이며 소리쳤다.

"다음 모퉁이!"

빈 터널을 따라 다음 모퉁이에 도착한 순간, 레베카는 획 몸을 틀었다. 그리고 땀으로 축축해진 떨리는 손으로 모퉁이를 향해 베레타를 겨냥했다. 존과 데이비드가 그녀 뒤에서 숨을 몰아쉬며 같은 방향을 조준했다. 텅 빈 통로는 보이지 않는 추격자들의 날카로운 비명으로 가득 채워졌다.

놈들이 드디어 시야에 들어오자 셋은 동시에 총을 쏘기 시작했다. 총을 맞은 놈들을 보고 레베카는 처음에 암사자인 줄 알았다. 그러다가 거대한 도마뱀으로, 그 다음에는 개로 생각이 바뀌었다. 결국 그녀가 내린 결론은 여러 조각들이 더해진, 존재 자체가 불가능한 기이한 괴물이라는 것.

놈들을 이루고 있는 조각조각을 머릿속에서 하나로 종합했다. 가늘게 찢어진 고양이 같은 눈동자, 거대한 뱀 모양의 머리, 벌린 채 침을 흘리고 있는 커다란 턱과 그 안을 채운 칼날처럼 날카로운 이빨들. 놈들은 땅딸막하고 강해 보이는 몸통, 연갈색의 구부러진 두꺼운 다리, 근육이 잘 발달한 엉덩이와 뒷다리로 그들을 향해 놀라운 속도로 달려오고 있었다.

파충류의 표피 같은 살가죽에 총알이 박히는 동안에도 또 다른 놈이 뒤에서 나타났다.

폭발하듯 발포되는 총알에 마침내 가장 가까이에 있던 놈이 나가떨어지면서 기다란 발톱이 달린 발이 휘청거렸다. 묽은 피가 터널 벽에 흩뿌려지고 놈이 비틀비틀 뒤로 물러섰다.

그러더니 머리를 이리저리 흔들고는 맹렬한 기세로 울부짖으며 다시 한 번 그들을 향해 돌진해왔다.

'이런 젠장!'

레베카가 방아쇠를 다시 당겼다. 네 번, 다섯 번, 여섯 번, 괴물 두 놈이 그들을 향해 달려오는 동안 그녀의 머릿속에서도 비명이 이어졌다. 여덟 번, 아홉 번, 열 번.

첫 번째 놈이 드디어 쓰러지더니 일어서지 않았다. 하지만 아직 두 번째 놈이 남아 있었고, 어느새 세 번째 놈이 나타나 그들을 향해 빠른 속도로 달려왔다. 베레타에는 오직 열다섯 발만 장전된다.

'이러다간 죽고 말 거야.'

데이비드가 재빨리 빗발치는 총알 뒤편으로 물러섰다. 빈 탄창이 바닥으로 떨어지는 동시에 재장전한 데이비드가 곧바로 레베카 옆으로 돌아와 방아쇠를 당겼다. 숙련된 그의 손에서 베레타가 매끄럽게 튕겼다.

레베카도 마지막 총알을 확인하고는 허둥지둥 뒤로 물러섰다. 자신도 데이비드처럼 빠르게 재장전할 수 있기만을 빌었다.

그때, 세 번째 놈이 비틀비틀 뒤로 물러서는 것이 보였다. 놈의 널따란 가슴에서 피가 흘러내리고 있었다. 놈은 자신이 만든 피 웅덩이로 쓰러지더니 일어서지 않았다.

더는 아무것도 움직이지 않았지만 모퉁이 너머 보이지 않는 곳에는 최소한 두 놈이 더 있었다. 놈들의 울부짖는 소리가 계속해서 터널을 따라 들려왔지만 쉽사리 모습을 드러내지는 않았다. 마치 형제들에게 무슨 일이 생겼는지 아는 것처럼. 자신들을 기다리고 있는 죽음을 향해 무작정 달려들지 않을 정도의 지능은 갖추고 있는 것 같았다.

"물러선다."

데이비드가 쉰 목소리로 말했다. 보이지 않는 모퉁이를 향해 총을 겨눈 채 그들은 조금씩 뒤로 물러서기 시작했다. 잡종 괴물의 날카로운 괴성이 멈추지 않고 계속 들려왔다.

문 열리는 소리를 들은 그리피스는 재빨리 뒤로 물러섰다. 키니슨이 누구를 데려올지는 몰라도 가까이 다가가고 싶지 않았다. 급작스러운 움직임이 있을 경우를 대비해 서먼을 대기시켰지만, 젊은 남자 한 명과 몸도 제대로 가누지 못하는 여자 한 명이 들어오는 것을 본 그는 걱정할 필요가 없다고 생각했다.

'저 여자는 술을 너무 많이 드셨나? 아니면 보이지 않는 부위에 치명적인 부상이라도?'

그리피스가 씩 웃으며 남자가 입을 열든지, 아니면 여자가 움직이기를 기다렸다. 기분이 좋아 절로 흥이 났다. 명령하지 않아도 반응을 보이는 사람과 대화해본 지도 너무 오래되었고, 세심하게 세운 계획이 성공했다는 사실에 기분이 더욱 좋아졌다. 뒤에서 키니슨이 문을 잠그고 두 정의 무기를 두 사람에게 겨눈 채 무표정한 얼굴로 섰다.

젊은 남자는 커다란 눈으로 실험실 안을 두리번거렸다. 그의 짙은 눈동자가 경악의 빛을 띤 채 넓은 에어로크에 닿았다. 여자의 머리는 숙여진 상태로 목을 가누지 못하고 가슴 위에서 흔들리고 있었다.

젊은 남자는 히스패닉이나 인도 사람처럼 자연스러운 갈색 피부였다. 키가 그리 크진 않았지만 튼튼해 보였다. 좋아, 썩 좋은걸. 어쩌면 이자가 등대 입구에서 에이든스를 해치웠는지도 모른다. 그렇다면 일종의 복수의 의미도 된다.

사방을 훑던 남자의 시선이 마침내 그리피스에게서 멈췄다. 호기심이 가득했고, 생각 외로 그다지 겁에 질린 것 같진 않았다.

'어디 언제까지 버티는지 한번 보자고.'

"여긴 어디지?"

젊은 남자가 조용히 물었다.

"캘리밴 코브 지표면 아래로 약 20미터에 위치한 화학 실험실이다. 아주 흥미롭지? 똑똑한 설계자들이 실험실을 난파선 안에 지었다니까. 아니, 실험실 주변으로 난파선을 만든 것이었나? 정확히 어느 쪽인지는 잊어버렸……."

"당신이 서면인가?"

'무례하기 짝이 없군!'

그리피스가 고개를 저으며 다시 미소 지었다.

"아니, 자네 왼쪽에 서 있는 저 뚱뚱하고 구제불능인 사람이 바로 서면 박사지. 나는 니콜라스 그리피스라고 하네. 그러는 자네는?"

젊은 남자가 입을 열려는 찰나, 여자가 천천히 머리를 들어 올렸다. 흔들거리는 창백한 얼굴이 굶주린 표정으로 주변을 두리번거렸다.

'감염자잖아!'

"서면, 저 여자를 단단히 붙들도록."

그리피스가 재빨리 말했다. 키니슨이 데려온 이 훌륭한 표본을 손상시킬 수는 없었다.

하지만 서면이 여자를 잡으려 하자 젊은 남자가 가만히 있지 않았다. 그는 빠르고 분노에 찬 손놀림으로 서면을 밀어냈다. 그의 얼굴에는 혈기 왕성한 객기가 가득했다.

그리피스는 순간적으로 긴장했다.

"키니슨, 그를 쳐!"

앨런 키니슨이 무기를 든 손을 올리더니, 몸부림치는 남자의 뒤통수를 날카롭게 가격했다. 남자가 잠시 저항을 멈춘 틈을 타 서면이 재빨리 여자를 떼어냈다.

"여자는 끝났어. 한번 봐. 더 이상 인간이 아니라는 걸 모르겠나? 그녀는 이미 버킨의 꼭두각시, 굶주림에 사로잡힌 괴물이야. 좀비, 아직 훈련되지 않은 트라이스쿼드라고!"

그리피스가 목소리에 힘을 실어 말했다. 대체 무슨 이유로 그런 괴물한테 미련을 갖는 건지 궁금했다.

그리피스가 떠들어대는 와중에 아주 흥미로운 일이 벌어졌다. 여자가 서먼에게 잡힌 채로 꿈틀거리더니, 신속하고 매끄러운 한 번의 움직임으로 서먼의 얼굴을 물어뜯은 것이다. 그녀가 서먼의 볼을 크게 한 입 물어 뜯어내더니, 열정적으로 씹기 시작했다.

"캐런, 오, 하느님! 안 돼!"

크게 슬퍼하는 것 같았지만 젊은 남자는 그녀를 멈추려 하지 않았다. 그건 서먼도 마찬가지였다. 그는 얼굴에서 피를 쏟으면서도 침착하게 서서 여자 좀비가 자신의 부드러운 살점을 말끔히 씹어 삼키는 것을 지켜보았다. 그리피스는 그 광경에서 눈을 뗄 수 없었다.

"저걸 봐. 일말의 감정도 내보이지 않잖아? 웃어봐, 서먼."

서먼이 씩 미소 짓는 동안 여자가 다시 한 번 달려들더니, 이번에는 비죽 튀어나온 그의 아랫입술을 깨무는 데 성공했다. 축축한 살점이 북 뜯어지는 소리와 함께, 입술이 떨어져 나오고 미소는 더욱 커졌다. 피가 솟구쳤다. 여자는 뜯어낸 입술을 계속 씹어댔다.

'대단해. 숨이 멎을 듯한 멋진 광경이군.'

젊은 남자가 꿈틀거렸다. 그의 갈색 피부 아래로 창백한 기운이 번졌다. 그는 자신의 눈앞에서 펼쳐지는 광경이 마음에 들지 않는 것 같았다. 그리피스는 그녀가 젊은 남자의 친구나 동료라는 확신이 들었다.

'안됐군. 그래도 어쩔 수 없어.'

"키니슨, 젊은 남자를 붙잡아. 꽉 붙들어."

남자는 무시무시한 공포에 사로잡힌 듯 저항하지 않았다. 여자가 서먼의 볼을 한 입 더 먹어치우자 서먼의 미소가 잠시 흔들렸다. 하지만 그건 근육 손상 때문인 것 같았다.

계속 지켜보고 싶은 마음이 굴뚝같았지만 해야 할 일이 있었다. 이 젊은 남자의 다른 친구들이 Ma7들을 처리했을지도 모른다. 그렇다면 이 남자를 찾으러 올 것이다.

'하지만 그때쯤이면 이 젊은이는 내 친구가 되어 있겠지.'

그리피스는 카운터로 걸어가 이미 약을 주입해놓은 주사기를 들어 올려 손가락으로 톡톡 두들겼다. 그리고 침묵에 싸인 젊은 남자를 향해 돌아섰다. 그는 이제 그들을 생포한 자신의 훌륭한 계획을 설명해주어야 하는 게 아닐까 생각했다. 영화에서 보면 '나쁜 놈'이 언제나 그렇게 하지 않던가? 그리피스는 아주 잠깐 고민하다가 그만두기로 했다. 그건 정말 한심하고 말도 안 되는, 개연성이라고는 찾아볼 수 없는 행동이라고 생각했다. 무엇보다도 자신은 '나쁜 놈'이 아니지 않은가. 그의 안식처를 침입하고, 세계 평화를 창조하려는 위대한 계획에 훼방을 놓은 건 그들이었다. 이 상황에서 나쁜 놈이 누구인지는 누가 봐도 뻔했다.

젊은 히스패닉계 남자는 여전히 피가 낭자한 식사 장면을 바라보고 있었다. 그의 입이 경악으로 벌어졌다. 여자는 이제 서먼의 코를 씹어 삼키며 주변을 상당히 더럽히는 중이었다. 서먼의 팔에서 힘이 빠져 나가기 전에 여자를 처리해야 했다. 물론 그렇게 되기까지는 시간이 제법 남아 있었지만.

그리피스가 재빨리 앞으로 나서며 젊은 남자의 건장한 팔뚝에 주사기를 꽂고 약을 주입했다. 그제야 그가 움직임을 보였다. 깜짝 놀란 남자의 눈이 그리피스를 향했고, 그는 거칠게 몸부림쳤다. 키니슨의 팔 한쪽이 남자의 몸부림을 따라 같이 움직였으나 다시 남자를 단단히 붙들었다.

그리피스가 고개를 절레절레 흔들며 남자의 얼굴에 대고 미소 지었다.

"진정하라고. 몇 분만 지나면 아무것도 느끼지 못하게 될 테니 말이야."

///

파충류와 비슷한 괴물들이 계속해서 쫓아오고 있는 가운데 그들은 천천히, 아주 천천히 왔던 길을 뒷걸음으로 되돌아 나갔다. 놈들은 몸을 드러내지 않도록 주의하며 끔찍한 괴성을 끊임없이 질러댔다. 존은 엄브렐러의 연구원을 따라 어딘지도 모를 곳으로 가버린 캐런과 스티브를 계속 떠올렸다. 그리고 이 괴물들이 이제 그만 제대로 공격해 오기를 간절히 빌었다. 귀중한 시간이 덧없이 흘러가고 있었다. 캐런에게 남은 유일한 희망이 사라질지도 모르고, 스티브가 죽을힘을 다해 싸우고 있을지도 모를 이 시간이.

"이 빌어먹을 괴물들아, 어서 오라니까! 여기 있다고! 공짜 먹이야! 어서!"

소리를 질러보기도 하고, 총을 쏘고 발을 굴러보기도 했지만 놈들은 미끼를 물지 않았다. 한번은 놈들을 속이려고 했다. 세 사람이 모퉁이를 돌아 몸을 숨긴 것이다. 거대한 도마뱀들이 그들을 쫓아와 모습을 드러낸 순간, 데이비드 일행이 뛰어나와 총을 난사하기 시작했다. 존이 한 놈에게 총탄 한 발을 명중시켰고, 남은 건 두 놈뿐이라는 걸 확인했다. 하지만 그 두 놈은 더 큰 부상을 당하기 전에 몸을 숨겼고, 다시는 그런 술책에 넘어가지 않았다.

"교활한 자식들. 대체 뭘 기다리고 있는 거야?"

존이 최대한 빠른 속도로 뒷걸음질 치며 말했다. 벌써 똑같은 말을 스무 번은 내뱉은 것 같았다.

레베카도 데이비드도 대답하지 않았다. 이미 놈들의 시끄러운 괴성 사이로 그 이유를 논의한 바 있었다. 놈들은 그들이 등을 보이기만을 기다리는 것 같았다.

영원처럼 긴 시간 동안 더듬거리며 한 번에 한 걸음씩 빈 터널을 따라 후퇴한 끝에, 좁은 터널로 접어들기 전 잠시 머물렀던 거대한 공간의 낯익은 소리가 멀리서 들려왔다. 놈들의 울부짖는 소리 밑으로 파도 소리와 부르르 떨리는 진동 소리가 메아리쳤다.

'하느님, 감사합니다. 감사합니다. 시간이 얼마나 지났지? 15분? 20분?'

"열린 공간에 들어서면 터널의 측면에서 공격한다. 내가 달리면서 놈들을 끌어내겠다."

데이비드의 말에 레베카가 고개를 흔들었다. 앳된 얼굴이 걱정으로 그늘져 있었다.

"대장이 저보다 총을 잘 다루시잖아요. 빨리 달리는 건 저도 자신 있어요. 제가 해야 해요."

드디어 터널 끝에 다다랐다. 존이 데이비드를 힐끗 쳐다보았다. 그가 갈등하는 것이 보였다. 마침내 데이비드가 한숨을 쉬며 고개를 끄덕였다.

"좋다. 최대한 빨리 달려서 등대로 가는 계단으로 돌아간다. 놈들은 우리가 한 놈씩 처리하겠다."

레베카가 날카롭게 숨을 내뱉었다.

"알겠습니다. 신호만 보내주세요."

존은 등 뒤로 공기에 변화가 생기는 것을 느낄 수 있었다. 지하 공간을 떠도는 찬바람이 목덜미를 스쳤다. 한 발만 더 가면 넓은 공간으로 진입한다.

존이 재빨리 옆으로 물러서며 방금 지나온 터널과 그 옆에 있는 또 다른 터널 사이에 섰다. 데이비드 역시 위치를 잡았고, 레베카는 통로 입구에 미동도 없이 서 있었다.

"가!"

레베카가 돌아서서 빠른 속도로 달려 나갔고, 존은 베레타를 얼굴 가까이에 대고 몸을 긴장시킨 채 놈들의 괴성과 발소리가 가까워지기를 기다렸다.

"지금이야!"

데이비드의 외침과 함께 둘은 통로 쪽으로 몸을 틀어 방아쇠를 당겼다.

탕! 탕! 탕!

울부짖는 괴물들은 몇 미터도 채 떨어지지 않은 곳에 있었다. 총알이 놈들의 몸에 날아가 박히자 고무처럼 번들거리는 피부를 뚫고 피투성이 구멍이 생겨났다. 뼈와 묽은 피가 사방으로 튀었다.

빗발치는 총성 아래 괴물들의 비명이 잦아들었다. 두 놈 모두 좁은 터널 입구까지 도달하지 못했다. 기이하게 생긴 두 구의 사체가 너덜너덜해진 채 돌바닥에 널브러졌다.

사격을 멈추자마자 레베카가 다시 그들에게 달려왔다. 양 볼이 발갛게 달아올라 있었다.

"가자."

세 사람은 키니슨이 사라진 통로를 향해 달렸다. 손실된 시간 때문에 마음이 더욱 급해졌다. 기다시피 후퇴하면서 감내해야 했던 분노와 좌절감을 떨쳐내자 존은 밀려드는 두려움을 느꼈다.

'캐런, 제발 무사해야 해. 제발! 스티브, 그녀를 지켜달라고.'

터널이 내리막을 따라 휘어지자 세 사람은 구부러진 길을 따라 내달렸다. 친구이자 동료를 향한 근심과 염려가 그들을 필사적으로 달리게 했다. 존은 캐런에게 아직 시간이 남았다면, 그들 모두가 살아서 이곳을 빠져나갈 수 있다면, 무엇이든 내놓겠다고 다짐했다.

'차, 집, 돈, 다 내놓을게요. 결혼하기 전까지 앞으로 아무하고도 자지 않을게요. 건전하게 바른 생활만 할게요.'

그걸로는 부족했다. 솔직히 존은 그런 식으로 살고 싶어 하는 사람들을 이해할 수 없었지만, 무엇이든 희생하고 무슨 일이든 하기로 마음먹었다.

또다시 통로의 방향이 바뀌었다. 여전히 내리막이 이어졌고 그들은 정신없이 모퉁이를 돌았다.

그러자 활짝 열린 양문이 나타났다. 바깥문과 안문 사이에 좁은 통로가 보였고, 그 뒤에는 거대하고 어두운 방이 있었다. 그리고 스티브가 베레타를 든 채 문틀에 기대어 있었다. 창백하고 공허한 얼굴로.

"스티브! 무슨 일이야? 대체 무슨 일……?"

데이비드가 다급히 물었지만 그들이 다가오는 것을 바라보는 스티브의 텅 빈 표정에 그들 모두 우뚝 멈춰 서고 말았다. 상황을 애써 부인하려 했지만 존의 마음은 상실의 아픔으로 무너져 내렸다.

"캐런이 죽었어요."

스티브가 나지막이 중얼거리더니 어두운 방으로 힘없이 걸어 들어갔다.

제16장

'안 돼…….'

레베카는 스티브의 뒷모습을 멍하니 바라보며 마음속 깊은 곳에서 슬픔이 밀려드는 것을 느꼈다. 존과 데이비드는 그녀 옆에서 침울한 표정으로 침묵을 지켰다. 스티브가 돌아서기 전 얼굴에 나타난 공허함이 그들에게 무슨 일이 벌어졌는지 말해주는 것만 같았다.

'불쌍한 캐런. 그리고 스티브, 얼마나 끔찍했을까.'

실험실을 너무 늦게 발견했다. 그녀는 양문을 통해 안으로 들어서면서 그 옆에 달린 키 카드 단말기를 힐끗 내려다보았다. 모든 것이 얼마나 부질없고 쓸데없는 짓이었는가. 엄브렐러에 관한 정보를 찾으러 왔건만 그들을 기다리고 있던 건 이상한 테스트뿐이었고, 결국 캐런은 끔찍한 바이러스에 감염되고 말았다. 그리고 그녀를 살릴 수 있는 유일한 기회가 찾아온 순간 스티브를 공격하려 들었겠지.

'그렇다면 키니슨과 서먼은……?'

레베카가 두 번째 문을 통과하며 미간을 찌푸렸다. 실험실은 거대했다. 카운터마다 장비가 줄지어 늘어서 있고, 책상에는 엄청난 양의 서류가 산더미처럼 쌓여 있었다. 하지만 정작 그녀의 시선을 사로잡은 건 맞은편에 보이는 열린 해치였다. 두꺼운 문에 장착된 합성수지인지 강화유리인지 모를 두꺼운 유리판이 눈에 들어왔다.

그건 에어로크였다. 안쪽 문은 열려 있었다. 그리고 굳게 닫힌 두 번째 유리문 뒤의 철망 너머로 검푸른 바닷물이 빠르게 지나가며 거품이 뽀글뽀글 피어오르고 있었다. 실험실은 바닷속에 자리하고 있었던 것이다.

레베카가 두 번째로 본 것은 바로 핏자국이었다. 넓게 퍼진 선홍색 핏자국이 콘크리트 바닥 여러 군데에 튄 채로 이어지다가 무언가를 질질 끌고 간 듯 길게 얼룩져 있었다. 스티브가 시신을 치운 것이 분명했다.

'오, 하느님, 캐런은 아니길.'

스티브가 에어로크 쪽으로 걸어가더니 고개를 돌려 데이비드 일행을 쳐다보았다. 그들이 실험실을 가로질러 오길 기다리는 것 같았다. 레베카가 그를 향해 다가갔다. 스티브를 향한 연민과 솟아오르는 눈물 때문에 목이 메었다. 존과 데이비드는 그녀 뒤에서 조용히 거대한 실험실 안을 둘러보고 있었다.

그 순간 그들 뒤에서 통로로 나가는 문이 쾅 소리를 내며 닫혔다.

그들이 재빨리 돌아서자 키니슨이 서 있는 것이 보였다. 아주 작은 0.25구경 반자동 권총을 든 그가 표정 없이 그들을 겨냥하고 있었다.

"무기를 버려."

낮고 조용한 목소리는 분명 스티브의 목소리였다.

레베카가 어리둥절하여 다시 고개를 돌렸다. 스티브가 그들에게 베레타를 겨누고 있는 모습이 눈에 들어왔다. 그의 얼굴은 키니슨만큼이나 무표정했다. 에어로크에 가까이 서 있던 레베카는 쇠창살이 쳐진 바닥 위의 시신을 알아볼 수 있었다. 그것은 캐런이었다. 그녀의 흰 얼굴은 온통 피로 범벅이 되어 있었고, 왼쪽 눈이 있던 자리는 새카만 구멍으로 변해 있었다.

'오, 하느님. 이게 대체 무슨 일이지?'

데이비드가 자신의 베레타를 느슨하게 쥔 채 스티브를 향해 다가갔다. 그는 당혹감을 감추지 못했다.

"스티브, 뭐 하는 거야? 무슨 일이 있었어?"

"무기를 버려."

스티브가 다시 말했다. 그의 목소리에는 아무 감정도 담겨 있지 않았다.

"무슨 짓을 한 거야!"

존이 고함을 지르며 키니슨을 향해 총을 쏘았다. 총알이 키니슨의 왼쪽 관자놀이를 깨끗하게 관통했고, 그는 그 자리에서 풀썩 쓰러졌다.

탕!

두 번째 총성은 스티브의 베레타에서 들려왔다. 총구에서 발포된 총알이 존의 등에 박혔다. 총상에서 피가 솟구치며 존이 비틀거렸다. 레베카는 존의 입가에서 흘러내리는 검붉은 피와 그의 눈에 담긴 황망함을 보았다.

존이 바닥으로 쓰러지더니 발작하듯 움찔거리다가 이내 잠잠해졌다. 이 모든 일은 순식간에 벌어졌다.

"무기를 버려."

스티브가 표정 없는 얼굴로 다시 말했다. 그러고는 총구를 레베카에게로 향했다.

레베카는 아무것도 할 수 없었다. 그녀는 공포에 질려 스티브를 멍하니 바라보았다. 얼어붙은 것처럼 무감각한 볼 위로 눈물이 흘러내렸다. 무슨 일이 벌어지는 건지 이해할 수 없었다.

"레베카, 총을 버려."

데이비드가 조용히 말하고는 손에서 천천히 힘을 빼자 털커덕하는 소리와 함께 그의 베레타가 바닥에 떨어졌다.

레베카도 총을 버렸다. 무거운 권총이 감각을 잃은 손가락에서 멀어졌다.

"뒤로 물러서."

스티브가 레베카의 가슴을 겨냥한 채 말했다.

"시키는 대로 해."

데이비드의 목소리가 아주 조금 떨리고 있었다.

그들은 천천히 뒤로 물러섰다. 레베카는 스티브의 얼굴에서 눈을 뗄 수 없었다. 호감을 갖게 된 그의 앳되고 잘생긴 얼굴은 이제 한낱 가면에 불과했다.

'좀비가 쏜 가면.'

뒤로 물러나던 그들은 책상에 닿자 멈춰 서서 자신들의 무기를 집어 올리는 스티브를 멍하니 바라보았다. 레베카의 머릿속에는 공포와 상실감 이상의 것들로 가득 채워졌다. 보통 사람처럼 걷고 말할 수 있는 좀비라니. 키니슨처럼, 스티브처럼.

'어떻게 이런 일이 벌어진 거지?'

스티브가 물러서자 방 모퉁이 책상 너머에서 부드럽고 매끈한 남자 목소리가 들려왔다.

"그럼 이제 다 끝났나? 세상에, 그리스 비극이 따로 없군."

목소리의 주인이 모습을 드러냈다. 회색 머리의 호리호리한 남자가 일어서더니 아무렇지 않게 스티브 옆에 섰다. 오십 대 중반의 남자는 긴 머리가 실험실 가운 옷깃에 닿았고, 주름진 얼굴에는 미소가 가득했다.

"손님들을 위해 다시 한 번 지시 사항을 들려주지. 둘 중 누구라도 움직이면 둘 다 쏴버려."

그가 즐겁다는 듯 말했다.

레베카는 그가 누구인지 즉시 알아차렸다. 자신의 생각이 틀리지 않았다.

"니콜라스 그리피스 박사."

레베카가 낮게 중얼거리자 그리피스가 한쪽 눈썹을 치켜세웠다. 흥미롭다는 듯이.

"내가 그리 유명했나? 어떻게 알았지?"

"당신에 관해 들었지. 아니, 정확히 말하자면 니콜라스 듄에 대해서.”

그녀가 차갑게 대꾸하자 그의 미소가 잠시 얼어붙었다.

“모두 다 지나간 일이야. 그리고 미안하지만 날 만난 사실은 누구한테도 말할 수 없을 거야.”

한 손을 공중에 휘휘 저으며 빈정대는 그리피스의 미소가 흐려지고 그의 파란색 눈동자가 차갑게 변했다.

“너희들 때문에 시간을 꽤 낭비했어. 이 게임도 따분해지기 시작했고. 이제 이 젊은이를 시켜 너희들을 죽여야겠어.”

그리피스의 얼굴이 다시 환하게 밝아졌다. 레베카는 그의 눈 속에서 번쩍이는 광기를 보았다. 그는 제정신이 아니었다.

“아니, 생각해보니 실험실을 더 더럽힐 것 있나? 스티브, 친구분들을 에어로크로 모셔다드리겠나?”

스티브가 레베카의 심장을 향해 총구를 고정했다.

“에어로크로 들어가.”

스티브가 차분하게 말했다.

///

데이비드가 한 걸음을 채 떼기도 전에 레베카가 빠르고 침착하게 질문을 던졌다.

“T-바이러스였어? 이게 뭔지는 몰라도 T-바이러스를 베이스로 이용한 거야? 증식하는 데 걸리는 시간을 줄인 게 당신이라는 건 알고 있었지만 이건 완전히 새로운 거잖아. 엄브렐러도 모르는 것. 순간적인 세포막 융합으로 만들어낸 돌연변이야, 그렇지?"

그리피스의 눈이 커다래졌다.

"잠깐, 세포막 융합에 대해 뭘 알고 있지, 어린 아가씨?"

"당신이 완벽하게 만들어냈다는 건 알아. 빠르게 융합하는 비리온을 만들어낸 것도. 아마 1시간 내에 두뇌 조직을 감염시키겠지."

"아니, 10분 안이야."

그리피스가 말했다. 그의 태도가 싱글거리던 중년 남자에서 광신도로 바뀌고, 시선은 위험할 정도로 또렷하고 강렬해졌으며, 굳게 다문 입술이 가늘어졌다.

"이 멍청하고도 멍청한 것들이 그 우스꽝스러운 T-바이러스만 붙들고 늘어졌지! 버킨은 머리가 있을지 몰라도 나머지는 죄다 머저리들이야. 무기를 만든답시고 애들 장난이나 할 때, 난 기적을 창조했어!"

그가 돌아서더니 실험실 입구 옆에 세워진 산소탱크처럼 생긴 물건들을 가리켰다.

"저게 뭔지 알아? 내가 뭘 만들어냈는지 아냐고? 평화야! 인류의 평화, 그리고 모든 선택으로부터의 자유!"

데이비드의 심장이 격렬하게 뛰기 시작하고 온몸에서 차디찬 식은땀이 배어나왔다. 그리피스는 서성거리며 말을 이었다. 그의 눈은 광기로 번뜩였다.

"저 탱크 안에는 24시간 안에 십억 명을 감염시키기에 충분한 바이러스가, 나의 창조물이 들어 있지! 난 해답을 찾아냈어. 이 한심하고, 이기적이고, 오만한 인류를 구원해줄 해답. 나의 선물을 바람에 풀어주면 세상은 다시 자유로워질 거야. 다시 태어나겠지. 크든 작든 모든 생물이 본능 하나만으로 살 수 있는 단순하고 아름다운 곳으로!"

"당신은 미쳤어. 제정신이 아니라고!"

데이비드가 소리쳤다. 그리피스가 자신들을 죽일 수 있다는 걸, 죽이고 말 거라는 걸 알면서도 참을 수가 없었다.

'고작 이게 우리 팀원들과 이 많은 사람들이 죽은 이유라니. 세상 사람들을 끔찍한 괴물로 만들려고 해.'

그러자 그리피스가 그를 향해 으르렁거렸다. 입에서는 침이 튀었다.

"하지만 넌 죽을 거야. 내가 창조한 기적이 이 세상에 은혜를 내릴 때, 넌 여기 있지 않을 거라고. 나는 너희 둘 모두에게 은혜를 내리지 않겠다! 내일 태양이 떠오를 때 세상에는 오직 평화만이 존재하게 될 거야. 하지만 너희는 그 기적을 단 1초도 경험하지 못할 것이다!"

그가 획 돌아서더니 스티브에게 소리쳤다.

"저자들을 에어로크에 처넣어, 당장!"

스티브가 다시 베레타를 들더니 열린 해치를 향해 손짓했다. 그곳에는 캐런의 피투성이 몸이 바닥에 널브러져 있었다.

'너무 멀어. 무기를 제때 빼앗는 건 불가능해.'

"당장! 움직이지 않으면 죽여버려!"

그리피스가 다시 악을 썼다.

결국 데이비드와 레베카는 에어로크 안으로 들어갔다. 데이비드의 몸이 차갑게 긴장되었다. 무슨 일이든 해야 했다. 그렇지 않으면 이 미치광이의 망상 때문에 온 세상 사람이 모두 바이러스에 감염되고 말 것이다.

스티브가 문을 잠갔다.

그들은 꼼짝없이 갇히고 말았다.

제17장

그리피스는 머리끝까지 화가 치밀었다. 에어로크 문이 닫히는 동안 그는 분노로 몸을 부들부들 떨었다. 정말 모르는 거야? 자신의 하찮고 어리석은 목숨 말고는 다른 어떤 것도 이해하지 못하는 거야?

그리피스가 스티브를 노려보았다. 더 이상 치솟는 분노를 감당할 수 없었다. 먹은 걸 죄다 게워낼 것만 같았다. 들끓는 살육의 욕망을 쏟아내야만 했다.

"네놈의 못생긴 얼굴에 총을 겨누고 방아쇠를 당겨! 죽어, 죽어, 죽어버려!"

스티브가 총을 들었다.

레베카가 비명을 지르며 두꺼운 금속 문을 주먹으로 정신없이 두들겼다.

'안 돼, 안 돼, 안 돼!'

탕!

요란한 총성과 함께 그녀의 비명 소리가 멎었다. 스티브는 해치 아래쪽에 부딪혀 쓰러지면서 주르륵 미끄러져 시야에서 사라졌다.

'이미 죽었어. 그는 이미 죽었다고. 저건 스티브가 아니야.'

"빌어먹을."

데이비드가 중얼거렸다. 레베카의 눈이 유리창 너머 광기와 욕망으로 가득한 그리피스의 눈동자와 마주쳤다.

그리피스 박사가 갑자기 피식 웃었다. 성취의 기쁨과 악의가 가득 담긴 혐오스러운 미소였다. 그녀가 느끼고 있던 상실감과 공포가 그 미소를 보자 다른 감정으로 바뀌었다. 레베카는 불타는 듯한 그의 눈을 들여다보며 지금껏 느낀 증오심은 진짜가 아니라는 걸 깨달았다.

'이 역겨운 괴물.'

그리피스가 자신의 계획을 알려주긴 했지만 그 순간에는 의미를 가늠할 수 없었다. 너무 거대하고 너무 미친 짓이라 도저히 이해할 수가 없었다. 이해할 수 있는 것이라고는 그가 캐런과 존을, 그리고 스티브를 죽였다는 사실뿐이었다. 그를 무너뜨리고 싶었다. 그가 실패하는 것을, 그가 고통받고 괴로워하는 것을 보고 싶었다.

'하지만 우리가 무슨 짓이든 하지 않으면 그의 광기 어린 망상이 실현되고 말 거야. 멈춰야만 해. 그가 세상의 무덤 위에서 춤추는 걸 막아야만 해.'

그리피스가 문 옆에 설치된 계기판으로 다가가더니 싱글거리며 버튼 여러 개를 누르기 시작했다. 쇠창살로 이루어진 바닥에서 묵직한 소리가 들리더니 부글거리며 물이 들어오기 시작했다. 바깥 해치를 짓누르고 있던 차디찬 검은 바닷물이었다. 에어로크는 레베카와 데이비드가 캐런의 시신을 밟지 않고 나란히 설 수 있는 정도의 크기였다. 이미 핏빛으로 물든 바닷물은 보이지 않는 구멍에서 거품을 내며 올라와 그들의 발을 적시고, 캐런의 하얀 손가락을 적셨다.

'1분, 어쩌면 1분도 안 걸릴지 몰라.'

그리피스가 그들 맞은편에 놓인 책상에 기대어 팔짱을 낀 채 의기양양한 표정으로 바라보고 있었다. 그 뒤에는 키니슨과 존의 시신이 배경처럼 자리하고, 그리피스의 사악한 천재성으로 가득 채워진 철제 깡통이 반짝거리며 놓여 있었다.

'뭐든 해야 해!'

레베카가 절망적인 표정으로 데이비드를 바라보았다. 그에게 무슨 아이디어라도 있기를 바라면서. 하지만 축 처진 어깨로 캐런의 시신을 내려다보고 있는 그의 눈에는 낙심과 슬픔만이 가득했다.

"대장……."

그가 암울한 표정으로 그녀를 올려다보았다.

"미안해, 레베카. 모두 내 잘못이다."

데이비드가 낮고 조용하게 중얼거렸다.

캐런의 두 손이 물 위로 둥둥 떠오르고, 짧은 금발이 가여운 그녀의 얼굴 주변에 후광을 만들었다. 레베카는 해치 문손잡이를 잡아당겨 보았지만 완전히 밀폐되어 꿈쩍도 하지 않았다. 차디찬 물이 운동화로 새어 들어오고 발목 위로 차올랐다. 점점 진해지는 소금기와 암흑, 피 냄새가 데이비드의 절망적인 속삭임만큼이나 그녀를 두렵게 했다.

"내가 이기적으로 굴지만 않았다면…… 레베카, 정말 미안하다. 이렇게 될 줄은……."

발작 직전까지 겁에 질린 레베카가 그의 양어깨를 거칠게 붙들고 소리쳤다.

"그래, 좋아요. 대장, 당신은 정말 나쁜 놈이에요. 하지만 그리피스가 저 바이러스를 유출시키면 수많은 사람들이 죽게 될 거라고요!"

찰나지만 그녀는 데이비드가 자신의 말을 듣지 못했다고 생각했다. 바닷물은 어느새 종아리까지 차올랐다. 심장이 격렬하게 뛰었다. 그 순간, 데이비드의 빛을 잃은 멍한 눈동자에 날카로운 생기가 돌았다. 그가 좁은 공간 안을 재빨리 둘러보았다. 그의 머릿속이 빠르게 돌아가며 날카로운 시선으로 세세한 것까지 확인하는 걸 알 수 있었다. 강철, 방수 해치, 바깥문 너머의 상어 우리 같은 60센티미터 폭으로 쳐진 철망, 무릎 위로 올라오고 있는 차가운 물, 물에 둥둥 떠 있는 캐런의 팔과 들려 올라가는 머리…….

"문은 강철이고, 창문은 5센티미터 두께의 합성수지…… 해치가 열리더라도 철망 우리가 있어."

날카롭게 빛나던 데이비드의 눈이 분노와 충격, 죄책감으로 다시 흐려졌다. 그가 고개를 저었다.

레베카가 두 손을 떨궜다. 추위로 몸이 떨리기 시작했고, 더 이상 희망이 보이지 않았다. 데이비드가 물을 헤치고 가까이 다가오더니 두 팔로 레베카를 감싸 안았다.

"날 만난 게 불운이었군."

그가 이를 달그락거리며 떨고 있는 레베카의 양팔을 문질러주었다. 물이 그녀의 엉덩이까지 차오르고 캐런의 손이 그녀의 다리를 스쳤다.

'불운, 행운, 캐런.'

레베카는 순간 심장이 멈추는 것 같았다.

데이비드는 레베카의 어깨를 붙든 채 필사적으로 방법을 간구했지만 모든 게 이미 늦었다. 실험실 쪽을 힐끗 쳐다보자 그리피스가 여전히 웃으며 그들을 지켜보고 있었다. 그는 고개를 돌렸다. 이제는 소용없는 증오가 들끓는 가운데 얼음장 같은 물이 그의 엉덩이까지 차올랐다.

'미친 살인자.'

그때 그의 품에 안겨 있던 레베카의 몸이 갑자기 굳었다. 그녀가 그를 밀치고 빠져나오더니 캐런의 시신을 붙들었다. 레베카의 손이 캐런의 조끼를 정신없이 뒤졌다. 그러고는 느닷없이 웃음을 터뜨렸다. 기뻐하는 듯한 웃음이었다.

'미쳐버린 게 분명해.'

조끼를 뒤지던 레베카의 손에 둥근 물체가 들려 있었다. 그것을 본 데이비드 역시 놀라움과 환희가 온몸을 관통하는 것을 느꼈다.

"캐런이 행운의 부적이라며 가지고 다녔어요. 작동될 거예요."

레베카가 이를 덜덜거리며 빠르게 말했다.

데이비드가 수류탄을 받아 등 뒤에 숨겼다. 그의 머리가 빠르게 회전하며 주변 상황을 파악했다. 물이 허리까지, 레베카는 가슴까지 올라와 있었다.

'바깥문이 열리면 핀을 뽑고 철망 우리 안으로 들어간다. 그런 다음 해치를 꽉 붙들어 닫는 거야.'

그래도 살아남지는 못할 것이다. 하지만 제대로 해내기만 한다면 그리피스도 함께 데려갈 수 있다.

/////

그리피스는 물이 차오르는 것과 두 사람이 찍는 진부한 멜로드라마를 무심히 지켜보았다. 그의 생각은 이미 다가오는 새벽을 향해 있었다. 무거운 가압캔들을 위로 운반하는 것도 문제였다. 그런 일을 당해도 싸다. 이성을 잃고 스티브를 죽여버렸으니…….

두 사람은 이제 하이라이트를 향해 가고 있었다. 영국 놈이 무기력해지자 여자가 화를 내고, 곤경에서 벗어날 방도를 찾아 주변을 둘러보고, 마지막으로 포옹을 하는가 싶더니, 여자가 공황 발작이라도 일으킨 건지 T-바이러스로 죽은 여자 시신을 붙들고 몸부림을 치고, 영국 놈이 그녀에게 뭐라고 지껄여댔다. 가슴까지 물이 차오르자 그녀가 제정신을 잃은 게 아닌가 걱정하는 것 같았다.

'슬프군. 참으로 슬픈 일이야. 그러게 애초에 여길 왜 온 거야? 날 잡으려 하지 않았다면 좋았잖아.'

이제 물이 거의 다 차오르고 남자는 피할 수 없는 결과를 조금이라도 늦춰보겠다며 한심하게도 여자를 안아 올리고 있었다. 둘이 죽고 나면 바깥문을 열어 레비아탄들에게 마지막 간식으로 내줄 생각이다. 사람이 없는 바닷속을 헤엄치며 평화롭게 살아가도록 풀어 주기 전에 말이다.

'바다와 땅이 하나가 되는 거지. 모두가 오직 본능에 따라 살아가는 세상.'

여자의 시신이 느릿느릿 떠올라 창문을 스쳐 지나갔다. 그러자 두 명의 침입자들이 해치 사이에 두 다리로 버티고 서서 마지막 남은 공기를 조금이라도 들이마시려고 애쓰는 것이 보였다. 멍청하긴 해도 참으로 끈질긴 두 사람이다. 그러자 그들이 누구인지, 누가 보내서 여기까지 왔는지 알아내지 않았다는 사실이 새삼 떠올랐다.

'하지만 이젠 아무래도 상관없잖아?'

에어로크가 물로 가득 찼다. 계기판의 불이 들어와 바깥문이 열렸음을 알려주었다. 이제 끝났다.

그런데도 그들은 여전히 빠져나오려고 발버둥 치고 있었다. 거칠게 발길질을 해대며 우리 속으로 들어가더니, 무언가 작은 물건이 유리창을 지나 떨어지고, 그들은 곧장 우리 문을 닫았다.

그리피스가 미간을 찡그렸다.

콰앙!

놀라움을 느낄 정도의 찰나만이 주어졌다. 다음 순간 해치가 무서운 속도로 그리피스의 몸을 향해 날아와 박히더니 곧이어 얼음장 같은 물살이 그의 숨을 앗아갔다.

제18장

수류탄이 폭발하자 모든 일이 너무나 빠르게 벌어져 레베카는 아무 생각도 할 수 없었다. 오직 본능적인 느낌만이 존재했고, 공포가 그녀를 압도했다.

문이 바깥쪽을 향해 날아가자 눈을 뜰 수 없을 정도의 빛과 폭발이 이어지며 등으로 거센 압력이 몰아치고 그녀의 폐가 비명을 질렀다. 수십억 개의 거품 방울들이 총알처럼 날아들고, 믿을 수 없는 압력이 계속해서 이어졌다. 빠른 것보다 더 빠르게, 모든 것이 어지러이 움직이고 낮은 진폭의 기이한 소리가 귓전을 가득 채웠다.

그녀의 감각 위로 어두운 형체들이 움직이며 모든 것을 흐릿하게 만들었고, 폐가 스스로를 먹어 들어가는 것만 같았다. 그녀는 다리에 힘이 빠질 때까지 발을 차고 또 찼다. 어둠이 그녀를 집어삼키려는 순간이었다.

산소, 달콤한 산소가 죽어가던 그녀의 얼굴을 감쌌다. 그녀는 연거푸 헐떡이며 발작하듯 산소를 들이마셨다. 레베카는 아무 생각도 하지 않았다. 그녀의 몸이 생각을 대신 해주며 탐욕스레 산소를 삼켰다. 흩뿌려대는 물줄기와 따끔거리는 눈과 코, 아까보다 따뜻하게 느껴지는 파도, 귓속을 울리는 윙윙대는 소리.

콰앙!

거대한 압력의 파도가 그녀를 밀어붙였다. 머리 위로 바닷물이 쏟아지며 콧속으로 물이 가득 들어갔다.

레베카가 다시 숨을 헐떡였다. 세상이 빙글빙글 돌았다. 하지만 그 덕분에 정신과 몸이 다시 하나로 합쳐졌다.

'데이비드! 무슨 일이……?'

"레베카!"

힘겨운 외침이 소음으로 가득한 어둠 속 어딘가에서 들려왔다. 윙윙대는 소음이 더 또렷하게 들렸다. 그건…….

콰앙!

또 한 번 파도가 솟구치고, 또 한차례 물줄기가 머리 위로 쏟아졌다. 그리피스가 못다 한 일을 대신해서 그녀를 익사시키기로 작정한 것 같았다. 물줄기가 사라지자 빛이 보였다. 두꺼운 빛기둥이 어둠 속을, 요동치는 바다 위를 꿰뚫었다.

보트였다. 거센 바다 위를 달려 그녀에게 가까워지자 보트 엔진의 시끄러운 진동음이 점점 커졌다.

"레베카!"

데이비드의 필사적인 외침이 그녀의 왼쪽에서 들려왔다.

"이쪽이야!"

콰앙!

이번에는 폭발을 볼 수 있었다. 잔해로 뒤덮인 물결이 그녀에게 부딪히기 직전, 물살이 세게 얼굴을 때려 눈을 가리기 전에 서치라이트를 배경으로 거대한 물기둥의 윤곽이 보였다. 레베카는 솟구친 물기둥이 하강해 자신을 때리고 일렁이는 표면 위로 부서지기 전에 재빨리 산소를 들이마셨다.

'수중 폭뢰잖아. 폭뢰를 터뜨리고 있어. 엄브렐러인가?'

보트가 더 가까이 오자 갑자기 엔진이 꺼지고 수면 위를 돌아다니던 빛이 그녀 앞에 멈췄다. 가까이에서 물이 튀기며 무언가가 움직였다.

다음 순간, 멈춰 있던 빛이 움직였다. 눈을 멀게 할 정도의 밝은 빛줄기 하나가 데이비드의 지친 얼굴을 찾아냈다.

이제 그들을 향해 가까워지고 있는 보트에서 한 남자의 목소리가 들렸다.

"스타스 필라델피아 지부의 블레이크 대위다. 신원을 밝혀라!"

'스타스?'

블레이크라는 남자가 다시 입을 열었다. 보트가 가까워지자 그의 외침이 더욱 커졌다.

"바다는 위험하다! 곧 꺼내주겠다!"

그러자 데이비드가 갈라진 목소리로 대답했다.

"트랩, 엑서터 지부의 데이비드 트랩과 레베카 체임버스!"

블레이크 대위가 다시 입을 열었을 때, 그의 입에서 나온 말은 레베카가 지금까지 들었던 말 중에서 가장 멋지고 아름다운 말이었다.

"배리 버튼이 보냈습니다! 조금만 참아요!"

'오, 하느님! 감사합니다. 배리!'

지칠 대로 지쳤다. 길고 끔찍한 밤을 보내며 상실감과 두려움에 마음이 갈기갈기 찢어졌다. 하지만 미소를 지을 정도의 힘은 남아 있었다.

그때 그녀 뒤에서 콜록대는 소리가 들려왔다.

///

붉은빛을 띠고 고통이 메아리치는 어둠이 있었다. 그 어둠 속에서는 자기 자신도, 안식도 없었다. 그는 홀로 싸우고 있었다. 빛의 부재를 끝내기 위한 치열한 싸움. 그 끝을 빨리 찾아내는 게 중요하다는 걸 알고 있었지만 기이하고 무시무시한 이미지로 이루어진 미로가 그의 앞을 막고는 서두를 필요가 없다고 고집을 피웠다. 유령, 전사, 분노. 더 이상 존재하지 않는 어떤 여자의 공허한 웃음소리. 그리고 폭발 속에서 빛을 빼앗아버린 끔찍한 죽은 눈. 이제는 기억하기조차 두려운 눈…….

미로가 그를 향해 손짓했다. 더 깊이 들어와 보라고, 어둠의 끝으로 가는 길을 포기하라고 유혹했다. 그 길로 가는 건 더 큰 고통으로 이어졌다. 싸움을 포기하기로, 그림자가 덮쳐오도록 그냥 놔두기로 마음먹었을 때, 귀가 멀 정도의 굉음과 함께 빛이 그를 찾아냈다.

그는 얼음과 검은 액체를 뚫고 날아가다 지독한 고통에 의식을 되찾았다. 그 시끄럽고 괴로운 움직임 속에서도 그가 내내 정신을 집중했던 건 바로 그 고통이었다. 그를 어둠 속에서 싸우도록 이끌어준 고통. 폐 속에서 공기가 얼어붙고, 몰아치는 냉기에 더 이상 고통이 느껴지지 않을 때, 그의 의식은 점점 흐려졌다. 하지만 다음 순간, 드디어 숨을 쉴 수 있었고 움켜쥔 손가락 아래에서 오르내리는 나뭇조각이 그곳에 빛이 있음을 알려주었다. 그는 죽지 않았다. 죽기를 바랄 정도로 고통스러웠지만 말이다. 아직도 숨 쉬기가 힘들었고, 등에서 느껴지는 통증은 말로 표현하기 힘들 정도로 고통스러웠다. 그때 몰아치는 파도 속에서 데이비드의 목소리를 들었다. 그리고 느꼈다. 살아야만 한다고.

그도 소리를 지르고 싶었지만 입에서 나오는 소리라고는 고통에 지친 신음뿐이었다. 눈부시게 밝은 빛이 스치고 지나가더니 다시 어둠이 돌아왔다. 하지만 이번에는 의식이 어렴풋이 돌아와 무슨 일이 벌어지고 있는지 이해할 수 있었다. 고통과 움직임, 무게감 없이 둥둥 떠 있는 느낌, 볼에 닿는 딱딱한 무엇. 추위와 많은 움직임, 옷이 뜯어지고 종이가 찢어지는 소리, 시끄러운 목소리와 명령, 찢어진 피부의 통증. 그가 다시 정신을 차렸을 때 스타스 조끼를 입은 그림자 하나가 한 손에 링거 주머니를, 다른 한 손에 주삿바늘을 들고 있었다.

'모르핀이었으면 좋겠군.'

말을 하고 싶었지만 이번에도 입에서 나오는 건 신음뿐이었다.

잠시 뒤, 스타스 조끼를 입은 그림자가 따뜻하고 부드러운 손길로 무슨 일인가를 하고 있는 가운데 두 개의 또 다른 흐릿한 그림자가 그에게로 다가와 머무는 것을 보았다. 그건 데이비드와 레베카였다. 눈 밑으로 검은 그림자가 드리우고, 머리에서는 물이 뚝뚝 떨어졌다. 두 사람의 얼굴은 지치고 힘이 없었다.

"괜찮을 거야, 존. 이제 쉬어. 다 끝났어."

데이비드가 나지막이 말했다.

그의 몸을 따라 따뜻한 온기가 퍼져 나가기 시작했다. 견디기 힘들던 고통을 아주 먼 곳으로 보내는 달콤하고 나른한 온기였다. 친숙한 어둠으로 들어가기 직전, 그는 데이비드의 눈을 들여다보며 그 어느 때보다도 하고 싶었던 말을 쉰 목소리로 중얼거렸다. 정말 힘들긴 했지만 꼭 말해야 했다.

"두 사람 다 코요테가 집어삼켰다가 절벽 아래로 싸놓은 똥 같아 보여. 정말로……."

존은 달콤한 웃음소리에 이어 그를 반기는 치유의 어둠 속으로 곧장 빨려 들어갔다.

///

중년의 스타스 군의관이 존을 9미터 길이의 보트 안 작은 선실로 데리고 들어가더니 잠시 뒤, 상태가 괜찮아 보인다고 말해주었다. 갈비뼈 두 대가 부러지고, 조직에 깊은 외상을 입었고, 폐에 구멍이 뚫렸지만 잘 처치하여 이제 안정적인 상태로 편히 쉬고 있다고 했다. 공중 수송 헬기가 곧 도착하기로 했고, 존은 빠른 시일 내로 회복할 것이라고 했다. 데이비드는 그 소식을 듣고 눈물을 흘렸지만 자신의 눈물이 조금도 부끄럽지 않았다.

그들이 보트 뒤편에서 까끌까끌한 담요 아래 웅크리고 앉아 있는 동안 블레이크 대위와 그의 팀원들이 캘리밴 코브를 앞뒤로 움직이며 계속해서 폭뢰를 떨어뜨렸다. 실험실에서 폭발이 일어나 잔해가 몰려나오기 전에 이미 필라델피아 팀에서 폭뢰로 네 마리의 거대한 괴물을 물 밖으로 끌어냈고, 이제 더는 없는 것으로 추정했다.

검은 하늘이 점차 짙은 연푸른색으로 변하는 동안 데이비드가 한 팔로 레베카를 감싸고 그녀는 그의 가슴에 기대어 있었다. 둘 다 아무 말도 하지 않았다. 필라델피아 스타스가 폭뢰를 떨어뜨리고, 주변을 수색하고, 앞뒤로 움직이는 것을 바라보는 것 외에 다른 일을 하기에는 너무 지쳐 있었다. 블레이크 대위는 바다가 잠잠해지면 곧바로 잠수부를 보내 그리피스의 바이러스 가압캔을 찾겠다고 약속했다. 이미 갑판에 두 벌의 잠수복이 나와 있었고, 이름은 기억나지 않지만 젊은 대원이 집중한 채 잠수를 준비하고 있었다. 그는 스티브를 연상시켰다.

이상한 일이지만 스티브를 떠올려도 데이비드가 예상한 그런 종류의 고통은 느껴지지 않았다. 물론 괴로웠다. 캐런과 스티브가 목숨을 잃은 건 죽을 만큼 괴로웠다. 하지만 그들이 무엇을 막아냈는지, 어떤 일을 해냈는지 생각하면 견딜 수 있었다.

'결코 헛된 일이 아니었어. 그리피스의 광기를 막아냈지. 그가 수백만의 사람들을 해치려는 걸 막았잖아. 두 사람도 자랑스러워 할

거야.'

고통은 컸지만 죄책감에 짓눌리지는 않았다. 그가 그들을 죽게 만들었다는 책임감은 앞으로도 오랜 시간 짊어져야 할 짐이겠지만 언젠가는 그것을 받아들일 수 있으리라 생각했다. 방법은 몰랐지만 존이 회복할 것이라는 말을 듣고 눈물을 흘린 것을 보면 이미 옳은 방향으로 나아가고 있는 것 같았다.

어느덧 데이비드의 생각이 그리피스 박사의 광기에 엄브렐러가 어떤 영향을 미쳤는가에 닿았다. 물론 엄브렐러가 자신들이 고용한 연구원을 직접적으로 미치게 만든 건 아니겠지만 이 모든 상황을 조성한 건 그들이었다. 인간의 목숨을 하찮게 여김으로써 그리피스 같은 인물에게 그런 행위를 독려한 것이나 다름없었다. 그리고 엄브렐러가 없었다면 그리피스 박사도 애초에 T-바이러스에 접근조차 할 수 없었을 것이다.

'언젠가 자신들이 저지른 일의 죗값을 치르게 될 것이다. 오늘은, 당장 내일은 아닐지 몰라도 곧······.'

어쩌면 트렌트라는 이름의 남자가 다시 도와줄지도 모른다. 어쩌면 배리와 질, 크리스가 라쿤에서 더 많은 정보를 알아낼지도 모른다. 어쩌면······.

레베카가 그에게 더 가까이 다가와 몸을 기댔다. 조금씩 말라가는 옷 위로 그녀의 숨이 따뜻하고 고르게 느껴졌다. 데이비드도 지금만큼은 그저 가만히 앉아 아무것도 생각지 않기로 했다. 견딜 수 없이 피곤했으니까.

아침 햇살이 수평선 너머로 비쳐오기 시작할 때쯤 블레이크 대위가 이제 이곳은 정리가 되었다고 말해주었지만 데이비드도 레베카도 그의 말을 듣지 못했다. 둘 다 다가오는 날의 여명 속에서 꿈 없는 깊은 잠에 빠져 있었다.

에필로그

회의실은 차분하면서도 지나치게 화려하지 않고 우아했다. 위엄 있는 오크나무 테이블에 세 명의 남자가 둘러앉아 있고, 또 한 명의 남자가 창문가에 서서 생각에 잠긴 채 안개 낀 아침 하늘을 내다보고 있었다. 창가의 남자에겐 유리창에 비친 다른 사람들의 얼굴이 보였지만 그들은 그 사실을 모를 것이다. 정치적으로는 유능할지 몰라도 자기 주변에서 무슨 일이 벌어지는지 알지 못하는 꽤 둔한 사람들이니까.

전화 회의가 끝난 뒤 언제나 푸른색 옷을 입는 남자가 잘 다듬어진 콧수염을 기른 나이 지긋한 남자를 향해 먼저 입을 열었다.

"이 일의 여파를 논의할 필요가 있겠습니까?"

푸른색 옷을 입은 남자가 묻자 콧수염을 기른 남자가 한숨을 쉬었다.

"보고서에 잘 나와 있었던 걸로 아는데요."

차를 마시던 남자가 달그락거리는 소리와 함께 찻잔을 내려놓으며 끼어들었다. 김이 오르는 차(茶)가 찻잔 가장자리로 쏟아지며 옆면에 그려져 있던 작은 우산(umbrella, 엄브렐러) 로고를 일그러뜨렸다.

"이 문제점의 중요성을 과소평가하는 건 좋은 생각이 아니라고 봅니다. 특히 현재의 불안정성을 고려한다면 말이죠."

차를 마시던 남자의 말에 푸른색 옷을 입은 남자가 고개를 끄덕였다.

"동의합니다. 이런 일은 언제나 걷잡을 수 없이 커지는 경향이 있죠. 처음에는 라쿤에서 2차 사고가 터지더니, 이제는 코브에서도……."

그러자 콧수염 남자가 날카로운 시선으로 그의 말을 끊었다. 푸른색 옷 남자는 겸연쩍은 표정을 짓더니 헛기침을 했다. 그는 벌겋게 달아오른 얼굴로 상황을 수습하기 위해 애썼다.

"제 말은, 이 일들에 대해 조금 더 철저한 조사가 있어야 한다는 겁니다. 안 그렇습니까, 트렌트 씨?"

그 소리에 창가에 서 있던 남자가 돌아섰다. 이 사람들이 대체 어떻게 이 자리까지 왔는지 의아할 따름이었다. 그는 미소 짓지 않았다. 자신이 웃지 않을 때 상대방이 얼마나 긴장하는지 잘 알고 있었다.

"그 점에 대해서는 생각해보고 나중에 알려드려야겠군요."

트렌트가 서늘한 어조로 대꾸하자 푸른색 옷 남자가 재빨리 고개를 끄덕였다.

"그럼요. 여유를 가지고 생각해보십시오. 서두르실 것 없습니다. 안 그렇습니까, 여러분?"

트렌트는 그 말을 끝으로 방을 나갔다. 겉으로는 그들이 기대하는 대로, 그들이 원하는 대로 언제나 위협적이고 명확한 태도를 유지했다.

하지만 내심 이 게임이 얼마나 오래 갈 수 있을지 궁금했다.

바이오하자드 2

캘리밴 코브의 비밀

초판 1쇄 | 2016년 7월 11일

지은이 | S.D 페리
옮긴이 | 구세희

펴낸이 | 서인석
펴낸곳 | (주)제우미디어
출판등록 | 제 3-429호
등록일자 | 1992년 8월 17일
주소 | 서울특별시 마포구 독막로 76-1(상수동) 한주빌딩 5층
전화 | (02)3142-6845
팩스 | (02)3142-0075
홈페이지 | www.jeumedia.com

ISBN
978-89-5952-508-9
978-89-5952-481-5(SET)
※파본은 본사나 구입하신 서점에서 교환해 드립니다.

제우미디어 소설 공식 카페 | cafe.naver.com/jeunovels
제우미디어 페이스북 | www.facebook.com/jeumedia
제우미디어 블로그 | blog.naver.com/jeumediablog

만든 사람들
출판사업부 총괄 손대현 | **편집장** 전태준 | **책임 편집** 문대현 | **기획** 홍지영
디자인 경놈 | **제작** 김금남 | **영업** 김영욱, 박임혜